BLUEHAVEN
COLD COVE
Windy Hall
Fuller House
e House
HIGH STREET
BATTLE AVENUE
LA TOUR STREET
TARRATINE STREET
Police Department
Marine Academy
PLEASANT STREET
Bluehaven Inn
Captain's House
PERKINS STREET
MAIN STREET
RT STREET
GREEN STREET
Farmers & Sons
WATER STREET
HARBOR
New Spoon

Oetinger

KRYSTYNA KUHN

MONDAY CLUB

Der zweite Verrat

Verlag Friedrich Oetinger
Hamburg

Ich bin keine Geschichtenerzählerin.
Und doch ist dies meine Geschichte.
Jedes Wort davon ist wahr.
Aber damit man mir glaubt, brauche ich
mehr Beweise.
Und denen bin ich jetzt auf der Spur.
Faye Mason

MIX
Papier aus verantwortungsvollen Quellen
FSC® C014496

Einband von Carolin Liepins
Vor- und Nachsatzgestaltung Constanze Spengler
Satz: Dörlemann Satz, Lemförde
Druck und Bindung: GGP Media GmbH, Pößneck
Printed 2016
ISBN 978-3-7891-4062-4

www.oetinger.de
www.monday-club.de

WAS BISHER GESCHAH ...

BAND 1
DAS ERSTE OPFER

Schlaflose Nächte hinterlassen Spuren.

Sie verursachen Halluzinationen.

Faye Mason leidet unter der mysteriösen Krankheit *Idiopathische Insomnie*. Und manchmal sieht und hört sie Dinge, die nicht real sind. Ruhelos läuft sie nachts durch Bluehaven, die idyllische Hafenstadt an der Ostküste, in der sie mit ihrem geliebten Dad und ihrem Kater Oz wohnt.

Eines Nachts begegnet sie der verrückten, verängstigten Missy Austen ausgerechnet im Garten des leer stehenden Fullerhauses. Als Kind haben Faye und ihre liebste Freundin Amy geglaubt, in dem verlassenen Haus würde es spuken. Kein Wunder, denn sie finden in einem der Zimmer die gruselige Nachricht: *Hilfe, ich werde gefangen gehalten.* Und William Fuller, der Besitzer, ist spurlos verschwunden. Zumindest behauptet das der mächtige Monday Club, der die Geschicke von Bluehaven lenkt.

Warum sollte Faye daran zweifeln? Die Lancasters, Sheramys, Westons und ihre Tante, Liz St. Clair, gehören schließlich alle zum Monday Club. Josh Lancaster ist Fayes große Liebe. Mit seiner Schwester Ginger ist sie seit ihrer Kindheit befreundet. Dann ist da noch Caleb Sheramy, sein Vater hat dieses Buch über die unglaublichen Möglichkeiten des menschlichen Geistes geschrieben. Und am allerwichtigsten für Faye ist natürlich Liz. Sie hat Faye schon immer verwöhnt und behütet. Und sie kann es sich nicht verzeihen, dass sie Fayes Mutter bei der Geburt nicht retten konnte.

Der wunderbare Sommer mit Josh ist vorbei. Faye freut sich auf ihr Abschlussjahr an der Highschool. Vor allem erwartet sie sehnsüchtig Amys Rückkehr aus dem Sommerlager.

Doch kaum ist Amy wieder da, kommt sie bei einem Autounfall ums Leben. Nur wenige Stunden später läuft Faye verzweifelt durch Bluehaven, als etwas geschieht, das sie völlig zusammenbrechen lässt: An einer Bushaltestelle sieht sie Amy auf sich zukommen. Barfuß und nur mit einem weißen Hemd bekleidet. Obwohl Amy nach ihr ruft, läuft sie fassungslos weg.

Amy ist tot.

Sie hat selbst gehört, wie Dr. Virginia Donnelly im Krankenwagen den Todeszeitpunkt genannt hat.

Sie kann sie also nicht gesehen haben.

Aber da ist noch die Nachricht, die Amy vier Stunden nach ihrem Tod mit ihrem Handy an Faye geschickt hat: *Watch it!*

Ist Faye verrückt wie Missy? Hat sie sich die Begegnung mit Amy auf der Straße nur eingebildet?

Der Einzige, dem Faye diese Geschichte erzählt, ist ein Fremder. Luke Salerno ist William Fullers Sohn und in das Spukhaus gezogen. Er behauptet, dass der Monday Club den

Aufenthaltsort seines Vaters kannte. Er hat schließlich seine Unterbringung in einer psychiatrischen Klinik bezahlt.
In der Hoffnung, die Wahrheit über Amys letzte Stunden herauszufinden, brechen die beiden in den sogenannten Drachenraum ein. Ein geheimes Archiv, in dem mysteriöse Akten versteckt sind.
Zwar finden sie keine Unterlagen zu Amy, dafür medizinische Berichte über William Fuller und seine Schwester Zoey, die mit sechzehn an einem epileptischen Anfall gestorben ist.
Faye sieht sich immer mehr mit Lügen konfrontiert. Warum vertuscht der Monday Club, dass Ginger schuld an dem Autounfall ist, der Amy das Leben gekostet hat? Wer hat Faye die Handynachricht geschickt? Warum war Amy nicht im Sommercamp, sondern in einer Klinik in Boston?
Faye stellt ihre Tante zur Rede. Liz muss ihr sagen, was in der Unfallnacht wirklich passiert ist. Doch die Antwort bleibt dieselbe: Faye kann Amy unmöglich getroffen haben. Es war lediglich eine Halluzination. Ein Wunschtraum.
Nun bleibt nur noch Dr. Virginia Donnelly. Sie kennt als Einzige die Wahrheit. Aber als Faye am Strandhaus ankommt, ist die Ärztin nicht da. Auf dem Schreibtisch entdeckt sie Amys Krankenakte. Faye wird klar: Amy hat noch Stunden nach dem Unfall gelebt. Sie haben sich also tatsächlich an der Bushaltestelle getroffen. Faye ist *nicht* verrückt.
Aber was hat Virginia Amy angetan?
Warum musste Amy sterben?
Als Faye das Haus der Ärztin verlässt, sieht sie Virginias Segelboot, die *Escape*. Das Schiff ist auf ein Riff gelaufen und droht unterzugehen. Faye setzt ihr Leben aufs Spiel. Sie

kämpft sich bei heftigem Sturm durch die tobenden Wellen. Doch als sie auf dem Boot ankommt, bricht der Mast über Virginia zusammen.
Die Polizei findet heraus, dass Virginia sich selbst betäubt und an den Mast gebunden hat, um mit der *Escape* unterzugehen.
War Amys Tod der Grund für Virginias Selbstmord? Warum hat sie Amy mehrfach reanimiert, um sie dann sterben zu lassen? Ging es wirklich um die Erforschung von Nahtoderlebnissen?
Fayes Tante bestreitet weiter, dass Faye Amy begegnet sein könnte. Denn Virginia war die ganze Zeit an Amys Seite, und laut Liz war diese nicht in der Lage, das Bett im Krankenhaus zu verlassen.
Am Ende bringt ausgerechnet die verrückte Missy Faye auf die richtige Spur. Gemeinsam mit Luke findet sie Amys Handy bei Missys Cottage und entdeckt ein letztes Video. Darin erzählt Amy von dem Treffen mit Faye an der Bushaltestelle. Alles ist genau so, wie Faye es tatsächlich erlebt hat.
Doch Amy sagt in dem Video, es war nur ein Traum.
Wird Faye dieses Rätsel jemals lösen?
Sie muss.
Denn Virginias letzte Worte waren: *Du wirst die Nächste sein.*

BAND 2:

DER ZWEITE VERRAT

Das Universum hält mehr für uns bereit, als wir ahnen.

Roger Sheramy. *Possibilities of the Human Brain.*
Harvard 1999, S. 301

MONDAY CLUB

Wieder ein Mädchen.

Es waren fast immer Mädchen.

Sie starrte auf den reglosen, geradezu durchscheinenden Körper hinunter. Das einzig Lebendige waren die leuchtend roten Haare, die das blasse Gesicht einrahmten, und nicht zu vergessen das Geräusch der Maschine, die für das Mädchen, für Paige, atmete.

Koma … bedeutete *tiefer Schlaf*. Das Wort klang sanft, beruhigend. Nur dass Paige nicht aussah, als würde sie wieder aufwachen.

Keine Angst, dachte sie, keine Angst. Bald wird es vorbei sein, und niemand wird je erfahren, was wirklich mit ihr passiert ist.

Ihre linke Hand ging zum Hals. *Außer, ich würde mein Schweigen brechen.*

»Wie lange liegt das Mädchen schon hier?«, fragte die Älteste unter ihnen. Ihre Pupillen waren silbrig. Wenn sie einen ansah, verharrte ihr Blick so lange auf einem, dass man das Gefühl hatte, sie sei blind.

»Drei Monate«, antwortete jemand.
»Dann würde ich sagen, es ist so weit. Ich verstehe nicht, warum ihr die Entscheidung so lange hinauszögert.«
»Wer nicht wagt, der nicht gewinnt«, erwiderte die Präsidentin. Sie legte ihre Hand auf Paiges Stirn, und als sie diese zurückzog, hatten ihre zahlreichen Ringe Abdrücke auf der weißen Haut hinterlassen. »Sie ist kalt. Es wird nicht mehr lange dauern.« Ein kurzes Nicken, und alle folgten ihr nach oben, ohne einen letzten Blick auf das Mädchen zu werfen, dessen Schicksal soeben beschlossen worden war. Ruhig nahm die Runde Platz, und auch sie schob sich auf einen Stuhl. Für einen kurzen Augenblick bildeten ihre Silhouetten eine Kette aus unbeweglichen Schattenrissen.
»Es war nicht unsere Schuld«, sagte die Präsidentin schließlich entschieden und sah sie direkt an. »Es war nicht geplant. Virginia ist außer Kontrolle geraten. Sie war das Monster, nicht wir. Vergesst das nicht. So etwas darf nie wieder passieren. Aber wir dürfen auch unser Ziel nicht aus den Augen verlieren!«
Das kurze Räuspern kam von ihm. Er saß wie immer zurückgelehnt im Sessel ihr gegenüber, der linke Arm ruhte auf der Lehne, während er mit der rechten Hand nervös die Krawatte richtete. »Als Erstes müssen wir alle Beweise vernichten«, sagte er, machte eine Pause und beugte sich nach vorne. »Wir haben das Handy von Amy immer noch nicht gefunden. Kümmerst du dich darum?« Sein Blick fixierte sie.
Sie nickte. Natürlich. Sie würde nicht aufgeben, bis sie Amys Telefon gefunden hatte.
»Das hätten wir also geklärt.« Er erhob sich, stützte beide

Hände auf den Tisch und sah in die Runde. »Seit dem Tag ihrer Geburt ist Faye auserwählt. Liz hat sie für ihre erste Reise gut vorbereitet. Aber … ich warne euch ausdrücklich, wenn wir jetzt nicht handeln, besteht die Gefahr, dass wir den richtigen Zeitpunkt verpassen und die Kontrolle über Faye verlieren. Wir haben schon zu viel gewagt, um das Experiment jetzt aufzugeben. Also – jetzt oder nie.«
In diesem Augenblick wurde die Tür aufgerissen. Eisige Luft strömte in den halbrunden Raum, in den nicht mehr als dieser Tisch passte.
Fröstelnd schlang sie die Arme um sich.
Die dunklen Haare klebten ihm an der Stirn. Offenbar war er den ganzen langen Weg zu Fuß gegangen, und er trug keinen Mantel, obwohl es regnete.
»Faye ist nicht stark genug.« Er blickte in die Runde. »Wir dachten, sie wäre es, aber wir haben uns geirrt. Wir müssen Geduld haben. Und wir dürfen das Unternehmen nicht gefährden. Denn nur wenn wir Geduld haben, werden wir überdauern.« Er sprach undeutlich, lallte fast. »Sie wird kein Mensch mehr sein. Wird nicht zurückkommen. Dann ist alles verloren!«
Mein Gott, er war betrunken. Sie konnte es in seinen grünen Augen sehen, die für einen Moment an ihr hängen blieben. Vor langer Zeit war er einmal in sie verliebt gewesen.
»Wenn wir noch länger warten, kann es zu spät sein. Das weißt du«, entgegnete die Präsidentin scharf, griff nach ihrem Filofax und blätterte schweigend darin herum.
War es nicht bereits zu spät? Das Risiko zu groß? Und Josh? Er hatte sich nicht so verhalten, wie sie es alle von ihm er-

wartet hatten. Sie hatte Probleme, die Nervosität in ihrer Stimme zu unterdrücken. »Was ist mit Josh?«

»Keine Sorge, ich habe ihn unter Kontrolle. Er wird nicht mehr zu unseren Versammlungen kommen.« Die Präsidentin hob mit einem zufriedenen Lächeln die Schultern. »Irgendwann wird er es verstehen. Er weiß, was Familie bedeutet.«

Die darauf folgende Stille war beängstigend. Sie bedeutete, dass es keine weitere Diskussion geben würde. Die Sache war entschieden.

Sie griff an ihre Kette und umfasste das silberne Herz, auf dessen Rückseite *Faye* eingraviert war.

LUCY

Niemand sucht nach ihr. Das ist das Schlimmste. Dass sie einfach spurlos verschwinden kann. Aber wer soll sie auch vermissen?

Ihre Mom? Die mit ihrem *neuen Mann* irgendwo in Texas lebt? Die letzte Nachricht – eine billige Ansichtskarte aus Corpus Christi vor über einem Jahr. Paige hat gesagt, das liegt in Texas, über zweitausend Meilen von Salem Wood und Bluehaven entfernt. Das war das letzte Mal, dass Lucy etwas von ihrer Mutter gehört hat.

Sie hat sie einfach bei Rusty im Trailerpark zurückgelassen wie ein Haustier. Sie kann froh sein, dass er sie bei sich wohnen lässt. Er bezahlt die Schulbücher, und ab und zu lässt er sogar ein Taschengeld springen. Wenn er gut gelaunt ist, weil die Geschäfte laufen.

Die Einzige, die Himmel und Hölle in Bewegung setzen würde, um sie zu finden, wäre Paige. Aber sie ist an einem Ort, der noch unerreichbarer ist als Corpus Christi. Auch wenn ihre Mutter fest daran glaubt, ihre Prinzessin würde wieder aufwachen. Lucy hat es auf Rustys Laptop gegoogelt.

Nach einem Schädel-Hirn-Trauma beträgt die Wahrscheinlichkeit, wieder aus dem Koma zu erwachen, nur zwölf Prozent.
Sie lehnt sich gegen die kalte Wand und zieht zitternd die Knie hoch an die Brust.
Und wie hoch ist der Prozentsatz, dass ein vermisster Teenager wiederauftaucht?
Es sind erst drei Tage und drei Nächte.
Noch muss sie keine Striche in den Bettpfosten ritzen, um zu wissen, wie lange sie bereits hier ist. Obwohl es schwer ist, den Überblick zu behalten. Wann geht die Sonne unter? Wann beginnt ein Morgen?
In dem spärlich eingerichteten Zimmer bleibt es dunkel. Falsch! Es gibt Licht in Form einer nackten Glühbirne über dem Bett, an der tote Fliegen kleben. Die Tür ist abgeschlossen. Das Fenster jedoch ist – und sie zittert, wenn sie daran denkt – zubetoniert. Es bleiben nur Geräusche, an denen sie sich orientieren kann. Der Lärm von der Straße, das Vogelgezwitscher, und ab und zu zählt sie die Schläge von Kirchenglocken.
Das Zimmer – es gibt ein altes Messingbett, einen Stuhl, einen Tisch, ein Regal – ist okay, in jedem Fall größer als ihre Nische im Trailer. Auch wenn Rusty über ihrer Pritsche, die tagsüber hochgeklappt wird, ein Brett an die Wand genagelt hat, damit sie Platz für ihre Bücher hat. Immerhin steht ihr hier eine ganze Bibliothek von Klassikern zur Verfügung. *Der Zauberer von Oz*, *Alice im Wunderland*, eine Gesamtausgabe von Mark Twain.
Und ein verlotterter Kühlschrank mit reichlich Getränken

und Essensvorräten. Mindestens zehn Tage kann sie so überleben – wenn sie sparsam ist, auch länger.
Ekelhaft ist nur der grüne Plastikeimer, in den sie pinkeln muss und Schlimmeres. Der Geruch ist noch ekliger als der Gestank auf dem Männerklo im Trailerpark.
Sie hat inzwischen aufgegeben, gegen die Tür zu treten und zu schreien. Niemand hört sie. Sie scheint völlig allein im Haus zu sein. Nur manchmal leise Schritte. Die kann sie sich auch einbilden, oder es sind Mäuse, Ratten, ein Waschbär, der sich verirrt hat.
Wie ist sie nur hierhergeraten?
Sie schließt die Augen, und zum hundertsten Mal geht sie zurück zu diesem Morgen vor drei Tagen.
Schon beim Aufwachen fühlt sie die ersten Anzeichen von Kopfschmerzen. Sie ist wie benommen, und ihre Gedanken sind taub. Dr. Donnelly nennt das Aura. Ein schönes Wort für eine richtig miese Sache. Rusty fährt sie daher ausnahmsweise mit dem Pick-up ins Westmill, und sie ist total gespannt auf diese geheimnisvollen Untersuchungen, von denen Dr. Donnelly schon lange spricht. Doch die Ärztin ist nicht da. Dr. St. Clair erklärt ihr, dass Dr. Donnelly gestorben ist. Es dauert einige Minuten, bis sie es begreift. Danach werden die Kopfschmerzen so schlimm, dass sie sich mehrmals übergeben muss. Dr. St. Clair gibt ihr eine Tablette und meint, gleich werde es ihr besser gehen. Sie schluckt sie einfach so, ohne Wasser, hinunter.
Irgendetwas knarrt vor der Tür. Ist die Frau zurückgekommen?
Sekundenlang lauscht sie und erschrickt, weil es im Haus so

still ist. Das ist sie nicht gewohnt. Rustys Wohnwagen zittert bei jedem Windstoß. Dann weiß sie, dass sich etwas bewegt. Hier herrscht Totenstille. Sie ist eingemauert zwischen Wänden. Sie kriecht unter die alte Steppdecke, und ihr Herzschlag hört sich wie Regen an, der gegen ihre Brust trommelt.
Die Tablette, erinnert sie sich. Und dann? Es fällt ihr schwer, sich zu konzentrieren. Lucy, denk nach, ermahnt sie sich, was ist weiter passiert?
Ah, jetzt weiß sie es wieder: *Ein Spaziergang kann Wunder bewirken.* Das hat Dr. St. Clair zu ihr gesagt. Und: dass sie ins Westmill zurückkommen soll, sobald die Kopfschmerzen nachlassen. Sie muss unbedingt bei klarem Bewusstsein sein, wenn sie die Untersuchungen machen.
Es schüttet, als sie das Westmill verlässt. Es pisst – wie Paige sagt. Völlig durchnässt rennt sie die Straße entlang. Und da taucht plötzlich diese Frau aus dem Nichts auf und bietet ihr ihren Schirm an. Und nach einer Weile fängt sie an, von Paige zu sprechen. Paige sei nicht in Boston, sondern hier in Bluehaven. Deshalb geht sie mit dieser Frau mit. Weil Paige der einzige Mensch ist, an dem ihr etwas liegt. Das Herbstwetter ist tückisch, erklärt die Frau und gibt ihr trockene Kleidung. Du darfst nicht krank werden, warnt sie. Du musst dich aufwärmen, trink! Der Tee schmeckt süß. Nach Cranberrys und Zimt. Sie wird unglaublich müde. Stunden später wacht sie in diesem Zimmer auf, in dem das einzige Fenster zugemauert ist. Sie trommelt gegen die Tür, tritt mit den Füßen dagegen und schreit um Hilfe.
Und die Frau vor der Tür wiederholt immer nur denselben Satz: *Hier bist du in Sicherheit.*

Seitdem sind drei Tage vergangen. Die Tränen laufen ihr das Gesicht herunter, wenn sie daran denkt. Sie schluchzt laut in der Stille. Niemand wird sie finden. Weil man schnell jemanden vergisst, den man nicht vermisst.

KAPITEL 1

Du wirst die Nächste sein.

Jeden Abend war ich mit diesem Satz eingeschlafen und völlig betäubt, benommen von den Medikamenten, am Morgen aufgewacht.

Du wirst die Nächste sein.

Die letzte Botschaft von Virginia.

Erst Tage nach ihrem Selbstmord konnte ich mich wieder an diese Worte erinnern. Als hätten sie die Zeit gebraucht, um bei mir anzukommen. Als wären sie auf dem Weg in meinen Kopf verloren gegangen.

Seitdem zermarterte ich mir das Hirn. Was hatte Virginia mir sagen wollen? War ich in Gefahr? Wollte sie mich warnen? Was zum Teufel war in ihrem Kopf vorgegangen, dass sie sich an den Mast ihres Segelbootes gebunden hatte, um mit offenen Augen in den vom Sturm gepeitschten Wellen unterzugehen? Und – warum hatte sie Amy getötet?

Ich würde es nie erfahren. Die Antworten hatte sie mit in ihr Grab genommen, die Fragen blieben.

Irgendwo im Haus klingelte das Telefon. Als ich mich im

Bett aufrichtete, begann sich alles zu drehen. Gleich darauf drang Dads tiefer Bass aus dem unteren Stockwerk zu mir nach oben.

Ich konnte kein Wort verstehen, aber die Art, wie er die Stimme hob, verriet mir, dass etwas nicht in Ordnung war. Und tatsächlich, nur wenige Minuten später polterten seine Schritte die Treppe hoch, es klopfte, und ohne meine Antwort abzuwarten, betrat Dad mein Zimmer und setzte sich zu mir aufs Bett. Seine ärmellose Weste verströmte den Geruch von Bienenwachs. Er lenkte sich von den Ereignissen ab, indem er einen Shaker-Schaukelstuhl restaurierte. Unter seinen Augen lagen dunkle Schatten, und er hatte sich seit zwei Tagen nicht rasiert.

»Die Kühlanlage im *New Spoon* ist heute Nacht ausgefallen«, sagte er.

»Ich finde, dann solltest du so schnell wie möglich los.«

Er wischte sich mit dem Handrücken über die Stirn. »Kann ich dich wirklich alleine lassen, Liebes?«

»Ja, klar«, beruhigte ich ihn, obwohl mein Herzschlag schneller wurde. Dad war mein Anker. Ihm konnte ich vertrauen. Er würde nie etwas tun, was mir schaden könnte.

»Ich könnte auch Liz anrufen.«

»Mach dir keine Sorgen, Dad. Ich bin keine vier mehr …«, erklärte ich ihm.

»Manchmal wünschte ich, du wärst es noch«, murmelte er, erhob sich und verließ das Zimmer.

Ich auch, Dad, ich auch.

Die letzten drei Tage hatte ich es nicht gewagt, vor die Tür zu gehen oder mit jemandem zu telefonieren. Heulte der Wind, fuhr ich zusammen. Hörte ich in der Nacht die Brandung, raste mein Herz. Dann kehrte ich in die Hölle der Erinnerungen zurück: Die wild im Sturm schwankende *Escape*, das vom Sturm gepeitschte Meer, das Schlagen der zerfetzten Segel, die Wellenberge, die mich unter sich begruben. Ich spürte wieder die Panik und die Erschöpfung, als ich mich an der eiskalten Reling hochzog und mit letzter Kraft durch das im Boot stehende Wasser zu Virginia geschleppt hatte. Wie sie leblos am Schiffsmast hing. Den flatternden Blick ihrer Augen würde ich nie vergessen.

Wäre ich noch länger im Haus eingeschlossen, würde ich an diesen Bildern ersticken.

Ungeduldig lauschte ich Dads schweren Schritten im Stockwerk unter mir. Dann folgten ein Scheppern und lautes Fluchen. Offensichtlich war ihm in der Aufregung der Schlüsselbund aus der Hand gefallen.

Endlose Minuten verstrichen, in denen nichts passierte. Dann endlich hörte ich, wie die Haustür ins Schloss fiel.

Du wirst die Nächste sein.

Und wenn es die Wahrheit war? Nicht die verwirrten Worte eines Monsters? Hatte Liz Virginia so genannt?

Ich sprang aus dem Bett. Kühle Morgenluft strömte durch das halb offene Fenster und mit ihr der feuchte, salzige Geruch nach Meer. Die Gardine aus Spitze zitterte.

Ich riss den Wandschrank auf, warf mir irgendetwas zum Anziehen über, schlüpfte in meine Flipflops und rannte nach unten. Fauchend kam Oz mir entgegen – fast so, als wollte er mich zurück in mein Zimmer jagen. Manchmal schien es mir, als hätte er sich mit Dad verschworen. Ich zerrte die orangefarbenen Nikes aus dem Garderobenschrank und zog mir meine Regenjacke über. Automatisch tastete ich nach dem Telefon in meiner Jeans, bis es mir wieder einfiel. Ich hatte Dad gebeten, es aufzuladen. Ich fand es in seinem Arbeitszimmer auf dem Schreibtisch, an dem kopfüber der Schaukelstuhl lehnte.

Das Display zeigte 8:10 Uhr. In fünf Minuten begann der Unterricht. Für einen Moment sehnte ich mich danach, zusammen mit Josh, Caleb und Ginger über den Schulhof der Weston High zu streifen, keine anderen Probleme zu kennen als den nächsten Physiktest bei Mr Scott und mich über Lauren Palmer aufzuregen. Nicht nur Lauren würde mich nach jedem gruseligen Detail fragen und es zu einem gigantischen Gerücht aufblasen.

Auch das war ein Grund, warum Liz mir verboten hatte, in die Schule zu gehen. Und ich müsste mich erst von dem Schock über Amys Tod und dem Trauma von Virginias Selbstmord erholen.

Konnte man sich davon erholen? Dad war bis heute nicht über den Tod meiner Mutter hinweggekommen und würde es vermutlich auch nie.

Auf dem Treppenabsatz blieb ich stehen und atmete tief durch. Die Luft schmeckte nach Herbst, Tang und Salz. Dunkle Regenwolken senkten sich über das Grundstück. Eine kalte Windböe fuhr mir durchs Haar und ließ mich erschaudern. Ich rannte los.

Der weiche, feuchte Boden unter meinen Schuhen fühlte sich an wie ein Trampolin – geradezu, als würde ich fliegen. Das Hochgefühl hielt nicht lange an.

Der Wind stoppte mich. Ich stülpte die Kapuze über, und für einen Augenblick konnte ich nichts sehen. Blind stolperte ich über die am Boden verstreuten Zweige eines Hortensienbusches, den der heftige Regen der letzten Tage fast dem Erdboden gleichgemacht hatte.
Ich wischte mir gerade die Erde von den Händen, da sah ich Liz' weißen Lexus in schnellem Tempo die High Street entlangfahren. Ich ging hinter dem Strauch in die Hocke. Sie bog in die Einfahrt ihres Hauses, und quietschend kam der Wagen vor unserem Haus zum Stehen. Sie telefonierte.
Meine Tante war der letzte Mensch, dem ich begegnen wollte. Sie hatte mich immer wieder belogen, was Amys Tod betraf. Ich konnte ihr nicht mehr ins Gesicht sehen, ohne zu denken: *Wer bist du?*
Mit zusammengebissenen Zähnen kauerte ich hinter dem Busch.
Fahr weiter! Fahr endlich weiter!
Stattdessen – nach einer gefühlten Ewigkeit – öffnete sich die Tür. Ihr langer weißer Arztmantel wickelte sich um ihre Beine, als ein Windstoß sie traf, und in dem düsteren Licht des regenverhangenen Himmels leuchtete ihr blasses Gesicht zu mir herüber. Meine Jacke war so auffällig wie ein riesiger Kürbis. Sie musste mich sehen.
Der erste dicke Regentropfen traf mich auf der Stirn, dann noch einer … und noch einer. Plötzlich prasselte ein Schauer auf mich herunter. Ich zählte bis zehn und schob vorsichtig einen dicken Zweig zur Seite.
Das Handy am Ohr eilte Liz nervös unsere Auffahrt hinunter Richtung Straße und starrte die High Street entlang,

als würde sie jemanden erwarten. Mit klopfendem Herzen rutschte ich immer weiter unter den Busch.
Dann fuhr sie herum und bog in den Fußweg, der in meine Richtung führte.
Nur drei, vier Schritte vor mir stoppte Liz.
Zunächst blieb es still. Bloß der Regen war zu hören und das Geräusch, wenn die nächste Brise durch das Laub fegte.
»Es ist zu früh«, rief Liz plötzlich und wischte sich das tropfnasse kurze Haar aus der Stirn. »Sie ist noch nicht so weit. Wir müssen warten, bis sie stabil ist. Sonst ist die Gefahr zu groß, dass sie nicht mehr zurückkommt.«
Ich war überzeugt, dass sie von einer Patientin sprach. Doch dann fiel mein Name. »Nein, ich werde Faye nicht opfern.«
Opfern?
Meine Beine rutschten unter mir weg. Ich hatte das Gefühl, über den Rand der Welt in die Tiefe zu stürzen.
Du wirst die Nächste sein.
Meine Gedanken fuhren Achterbahn. Amy hatte Virginia belauscht. Die wiederum hatte zu jemandem gesagt: *Sie werden Faye nicht aus den Augen lassen. Niemals. Sie ist das höchste Gut, das der Monday Club hat.*
Und jetzt sollte meine Tante mich opfern?
Ich wünschte mir mit jeder Faser meines angespannten Körpers, ich hätte auf Dad gehört und das Haus nicht verlassen.
Ich ließ den Zweig los, an den ich mich die ganze Zeit geklammert hatte. Er schlug mir ins Gesicht, und für den Bruchteil einer Sekunde konnte ich nichts sehen. Vorsichtig hob ich wieder den Kopf. Liz telefonierte nicht mehr. Sie saß bereits

wieder im Wagen. Langsam rollte sie die restlichen Meter bis hoch zu ihrer Garage. Bevor sie ausstieg, rannte ich bereits los.

Josh, Ginger und Caleb waren in der Schule, Dad im Restaurant, und der einzige Mensch, zu dem ich jetzt gehen konnte, war Luke. Luke Salerno. Der Junge, der vor etwa einem Monat in Bluehaven erschienen war, um in dem Haus zu wohnen, das er von seinem Vater, William Fuller, geerbt hatte. Der gekommen war, um zu bleiben.

Meine Schuhe hatten sich voll Wasser gesogen und quietschten auf dem Asphalt. Ich war nass bis auf die Knochen. Hastig wählte ich Lukes Nummer, doch es antwortete nur die Mailbox: *Ihr gewünschter Gesprächspartner ist zurzeit nicht erreichbar.*

KAPITEL 2

Völlig außer Atem erreichte ich das Fullerhaus und rannte die Treppe zur Veranda hoch. Aus der verbogenen Dachrinne schoss der Regen wie ein Wasserfall nach unten, und ich musste mich ducken, um dem Schwall zu entkommen.

Luke hatte mit den Ereignissen und den Lügen um Amys Tod nichts zu tun. Er hatte sie nicht einmal gekannt, ebenso wenig, wie er von Virginia wusste. Er war mit mir im Drachenraum gewesen, dem Archiv mit den Akten meines Großvaters. Außerdem hatte er als Einziger geahnt, dass Liz mich belog. Und – das Wichtigste: Er hatte mir, ohne zu zögern, geglaubt, als ich ihm erzählte, dass mir Amys Geist begegnet war. Luke würde mich nicht für verrückt erklären, wenn ich ihm von Virginias letzten Worten erzählte.

Und Josh? Der Gedanke an ihn lag mir wie ein Stein auf der Brust. Josh war nicht da gewesen, als ich ihn brauchte. Er war einfach verschwunden. Hatte meine Hilferufe ignoriert. Wer liebt, vertraut … wer nicht vertraut, liebt nicht. Nur, dass das nicht so leicht war.

Ein Schauer überfiel mich. Ich spähte durch das runde Fenster der Eingangstür. Das rötliche Licht des Kaminfeuers flackerte durch den Raum. Entschlossen riss ich die Haustür auf.

»Luke? Luke, bist du da?«

Stille.

Fröstelnd zog ich die nasse Regenjacke aus, ließ sie einfach fallen und löste die Schnürsenkel meiner Laufschuhe, unter denen sich bereits eine große Wasserpfütze gebildet hatte.

»Hallo, Luke? Ich bin's, Faye.«

Aber wieder nur Stille. Ich starrte hinüber zum Kamin. Jemand hatte erst vor Kurzem frisches Holz nachgelegt. Auf dem Teppich davor stand ein Teller mit den Resten eines Schinken-Sandwiches, daneben ein halb gefüllter Becher mit Tee.

Ein Unbehagen überfiel mich. Ein unheimliches Frösteln, das nicht von meiner nassen Kleidung rührte. Mit einem Mal kam es mir vor, als sei ich wieder acht Jahre alt. Das Haus wirkte plötzlich verlassen und … bedrückend still. Als würde es mich beobachten. Als spukte in den leeren Zimmern noch das zurückgelassene Leben von Zoey und William Fuller.

Ich redete mir ein, es sei ein Hirngespinst, zurückzuführen auf den Schock über Virginias Tod und die anschließenden Albträume. Und nicht zuletzt wirbelte auch immer noch Liz' Bemerkung in meinem Kopf herum: *Ich werde Faye nicht opfern.*

Aber ich war nicht mehr acht. Ich hatte keine Angst mehr vor dem Fullerhaus.

Ich durchquerte den Raum, und sobald ich den hinteren Flur

betrat, überfiel mich das Gefühl, dass ich diesem Haus nicht vertrauen durfte, noch stärker als zuvor. Ich zögerte am Fuß der schmalen Treppe, als ich ein leises Knacken über mir hörte, und blickte in die Finsternis hinauf.

»Luke?«

Oder war es vielleicht die verrückte Missy, die im Stockwerk über mir herumschlich? *Ich bin gut im Verstecken*, hatte sie gesagt. Und dann war sie bei Luke aufgetaucht und einfach geblieben.

Langsam stieg ich die Treppe hoch und klammerte mich dabei mit der rechten Hand an das Geländer. Je höher ich kam, desto unheimlicher wurde mir zumute. Als ich es bis nach oben geschafft hatte, stieß ich die Tür zum Rosenzimmer auf. Der Messingschlüssel, der von innen steckte, fiel klappernd zu Boden. Ich hob ihn auf, schob ihn zurück ins Schloss und knipste das Licht an.

Regen lief die schmutzige Fensterscheibe herunter, und die ganze Trostlosigkeit des Raums kam zum Vorschein. Die Tapeten waren vergilbt, der Teppichboden war durchgetreten, und die ursprüngliche Farbe des Lampenschirms konnte man nur erahnen.

Mein Blick fiel auf ein Sammelsurium von Plastiktüten aus allen möglichen Supermärkten der Umgebung, die Missy bis hoch zum Fenstersims gestapelt hatte. Wenn Luke nicht höllisch aufpasste, würde bald überhaupt kein Tageslicht mehr durch das Fenster dringen, und Missys Chaos würde das ganze Zimmer in Beschlag nehmen.

Umso seltsamer, wie akkurat die helle Überdecke über der Bettkante hing. Sie schien wie mit einer Walze glatt gezogen.

Ein alter Teddybär, aus dessen Gesicht mir anstelle des rechten Auges nur Holzwolle entgegenstarrte, lehnte am Kopfende. Ich setzte mich und nahm ihn in die Hand.
Hatte Missy ihn aus dem Müll gefischt?
Oder hatte er Zoey Fuller gehört?
Alles stürmte wieder auf mich ein.
Wie Amy und ich uns ausgemalt hatten, William Fuller würde hier jemanden quälen.
Die Lüge des Monday Clubs, William Fuller sei verschollen.
Die Enthüllung, dass er Lukes Vater gewesen und aufgrund der Diagnose *Paranoide Schizophrenie* von meinem Großvater in die Psychiatrie eingewiesen worden war.
Der Monday Club hatte es gewusst.
Ich werde Faye nicht opfern.
Meine Tante Liz hatte es gewusst.
Mit den Fingern fuhr ich über die Kratzer am Kopfteil des Bettes. Ergaben sie ein Muster? Handelte es sich um eine verschlüsselte Nachricht? Um die letzte verzweifelte Spur von Zoey, die hier – wie konnte ich noch länger daran zweifeln – gefangen gehalten worden war?
Es war eisig kalt, und meine Kleider und meine Haare waren nass vom Regen. Dazu die Trostlosigkeit, die Verlassenheit des Raums, der einsame Teddybär – wie gespenstisch das alles war.
Ich löschte das Licht und war erleichtert, als das Zimmer in der Dunkelheit des wolkenverhangenen, düsteren Tages versank.
Niemand war im Haus, nur ich und meine Angst.
Ich wollte gerade wieder die Treppe hinunterlaufen, als ein

schmaler Lichtstreifen meine Aufmerksamkeit weckte. Er drang durch den Türspalt des gegenüberliegenden Zimmers. Der alte Holzboden knarzte, und der Regen, der schwächer geworden war, trommelte jetzt langsamer und in kürzer werdenden Abständen auf das Dach.

Plopp ... Plopp ... Plopp.

Es war immer Amys Part gewesen, neugierig Türen zu öffnen und Schubladen aufzuziehen, in Regalen zu stöbern und Bücher aufzuschlagen, sich auf fremde Betten zu setzen und sie danach wieder glatt zu streichen, um alle Spuren zu verwischen. Jetzt schien ein Teil von mir Amy zu folgen, so als müsste ich tun, was sie nicht mehr tun konnte.

Die Tür knarrte, als ich sie aufstieß.

Ein schmales Bett, über das eine ähnliche Steppdecke gebreitet war wie im Rosenzimmer. Mehrere Loks einer Modelleisenbahn verstaubten auf dem Bord darüber. Zahllose Plakate von – inzwischen unbekannten – Baseballspielern der Red Sox hingen an den Wänden. Und in den soliden, dunklen Regalen reihten sich Bücher akkurat aneinander, wobei sich im unteren Regalfach Puzzles mit antiken Landkarten und Bahnhöfen aus vergangenen Zeiten stapelten. Viertausend und sogar fünftausend Teile für jemanden mit sehr viel Geduld. Hier hatte William Fuller gewohnt.

Nichts erinnerte an Luke, bis auf die blauen Turnschuhe vor dem Holzschrank, an dessen Knauf ein ranziger Baseballhandschuh hing.

Entschlossen zog ich die Tür hinter mir zu und starrte auf den Schreibtisch mir gegenüber. Ein aufgeklapptes Notebook, dessen Bildschirm dunkel war; daneben in einer leeren Bierdose Stifte, Lineal, Schere und eine riesige Flasche Kleber von Elmers.

Das kleine Licht am Drucker blinkte hektisch – das Papierfach war leer. Auf dem winzigen Schreibtisch türmten sich außerdem Zeitungsartikel, Fotografien in Schwarz-Weiß und Farbe und ein Stapel weißer Umschläge, wie das Westmill sie für medizinische Unterlagen verwendete. Überall auf dem Boden waren Papierschnipsel verstreut. Offensichtlich war Luke hier mit etwas schrecklich Wichtigem beschäftigt.

Plopp … Plopp … Plopp.

Ich begann zu zittern, als mit einem Mal jene mir so vertraute Melodie erklang. Ich drehte den Kopf nach rechts und links, aber die Klänge kamen aus allen Richtungen zugleich. Zuletzt hatte ich sie im Strandhaus gehört, kurz bevor ich versuchte, Virginias Leben zu retten.

Mit vier langen Schritten war ich am Schreibtisch unter dem Fenster. Ich griff nach dem Blatt, das der Drucker zuletzt ausgespuckt hatte. Das Papier war fast vollständig bekritzelt. Einige Namen waren mit einem Häkchen versehen, andere mit einem Kreuz.

Der dumpfe Klang der Regentropfen hallte in meinem Kopf wider und verwandelte sich in Musik. Der Raum umgab mich wie ein Vakuum.

Zoey, Fabiana, Amy, William … Namen, Namen, Namen.

Bisher waren sie in meinem Kopf herumgeschwirrt wie einzelne freie Atome. Jetzt fügten sie sich in einer sauberen, ordentlich gedruckten Liste zusammen und waren in einer Reihenfolge nummeriert, die mir Angst einjagte. Mein Bewusstsein schien sich in die Unendlichkeit auszudehnen.

Plopp.

Plopp.

Plopp.

Die Regentropfen wurden schwerer und schwerer.

Ich nahm all meine Konzentration zusammen und überflog die Liste ein zweites Mal. Fixierte lange die beiden Namen, die mir als erste ins Auge sprangen.

4. Fabiana Nuñez

5. Amy

Zwei Kreuze – zwei Tote.

Für ihren Tod war Virginia verantwortlich. Aber ich hatte Luke nichts von Fabiana erzählt, hatte ihn seit Virginias Tod nicht mehr gesehen. Also – woher kannte er ihren Namen?

Der Boden unter meinen Füßen schwankte. Ich schloss die Augen, um mein Gleichgewicht wiederzufinden, und holte tief Luft.

Was war mit den anderen?

1. Zoey Fuller

2. William Fuller

Wieder zwei Kreuze.

3. Missy Austen

Für einen kurzen Moment beruhigte ich mich. Kein Kreuz. Mein Herz klopfte. Doch was bedeutete es, dass ihr Name unterstrichen war? Dass sie in Gefahr schwebte?

Weiter, weiter, weiter.

6. Liam Fischer

7. Danny Gibson

Haken, Haken.

8. Paige Hunter

Etwas Rotes blitzte vor meinem inneren Auge auf, und in meinem Kopf formte sich eine Erinnerung, doch sosehr ich mich auch bemühte, ich konnte das Bild nicht fassen.

9. Lucía Flores

Und ganz am Ende: mein Name.

10. FAYE MASON

Ich ließ das Papier in meiner Hand los. Es segelte langsam zu Boden, und ein leises Rascheln ertönte, als es über die Dielen glitt und mit der beschriebenen Seite nach oben zum Liegen kam.

Was zum Teufel trieb Luke hier?

Ich starrte lange auf den Stapel weißer Papierumschläge.

Wenn ich die Umschläge öffnete, gab es kein Zurück mehr. Fremde Geheimnisse blieben für immer an einem kleben. Wie etwas Schmutziges.

Aber mein sechster Sinn sagte mir: *Tu es!*

Ich begann mit Zoey, William Fullers Schwester. Ihr Name hatte das erste Kreuz. Wenn wir beide auf der Liste standen, dann musste es etwas geben, was uns verband.

Ich zog ein Bündel Papiere aus dem Umschlag. Seitenweise Kopien. Dieselben medizinischen Unterlagen, die Luke und ich im Drachenraum gefunden hatten. Ihr gesamter Krankheitsverlauf, jeder ihrer epileptischen Anfälle war genau dokumentiert. Blutwerte, Medikamente, Röntgenbilder, EEG-Aufnahmen. Fotos von ihrem Zimmer, den Kratzspuren am Bett, von ihrem Grabstein. Die Geburtsurkunde. Die Sterbeurkunde. Die Todesursache: Hirnödem.

Ich stopfte alles wieder zurück.

Als Nächstes nahm ich mir Fabiana Nuñez vor.

Abgesehen von den Zeitungsartikeln, die ich kurz vor Virginias Selbstmord in ihrem Arbeitszimmer entdeckt hatte, fanden sich auch hier der Krankheitsverlauf, die Auflistung einzelner Anfälle mit der Messung der Gehirnströme und Bluttests. Todesursache: Ersticken.

Meine Finger bebten.

Amy.

EKG-Aufzeichnungen, Bluttests, Laborwerte, MRT, EEG. Todesursache: Herzversagen.

Was hatten die drei gemeinsam? Und wo war die Verbindung zu mir?

Ich wischte die restlichen Umschläge einfach vom Schreibtisch, bis ich den letzten in der Hand hielt: *Faye Mason.*

Ich fuhr mit der Hand hinein und griff ins Leere.

Nichts.

Ich war erleichtert und enttäuscht zugleich. Ich hatte gehofft, eine Erklärung zu finden, was mich mit den anderen verband, nun konnte ich mir einreden, dass diese Verbindung nicht existierte.

Nur – was hatte Luke mit diesen Unterlagen vor? Er war der Einzige, der in den vergangenen Wochen einen kühlen Kopf bewahrt hatte. Er hatte mich nicht im Stich gelassen wie Josh. Er hatte mich nicht belogen … zumindest war ich bis zu dieser Minute davon überzeugt gewesen. Doch jetzt musste ich feststellen, dass er ohne mein Wissen ein eigenes Archiv aufgebaut hatte.

Er spielte sein eigenes Spiel.

Meine Hand krallte sich in das weiße wattierte Papier der Umschläge. Er hatte mich einfach um den Finger gewickelt.

Hatte so getan, als würde er mir zuhören. Wie konnte ich mir nur einbilden, er hätte mir diese geisterhafte Begegnung mit Amy tatsächlich geglaubt? Wie naiv ich war. Wie hatte ich Luke mehr vertrauen können als Josh?

Ich hätte auf mein Gefühl hören sollen. Als ich Luke zum ersten Mal im *New Spoon* begegnet war, hatte ich es bereits gespürt: Luke war gekommen, um zu bleiben. Denn er hatte eine Mission zu erfüllen.

Nur hätte ich nie gedacht, dass *ich* diese Mission war.

Mein Körper schwankte, ich machte einen Schritt zurück, und mein rechter Fuß rutschte über Papier, sodass ich aus dem Gleichgewicht geriet. Ich fing mich, indem ich in die Knie ging und mich mit der linken Hand am Boden abstützte.

Vor mir lag das Foto einer Frau. Ihre grauen Augen schienen direkt in mich hineinzusehen. Ich erkannte sie und doch wieder nicht. Sie war älter geworden, und die Aufnahme war so klar, dass ich glaubte, ich brauchte die dicke Puderschicht, mit der die Falten bedeckt waren, nur wegzuwischen und darunter würde die frühere Dr. Erica Myers zum Vorschein kommen. Die, bei der ich als Achtjährige zur Therapie gegangen war, bis etwas vorgefallen war, das in völliger Dunkelheit lag. Mich aber immer noch in Panik versetzte.

Sie war es. Daran gab es keinen Zweifel. Ihr Name prangte fett in der rechten unteren Ecke und war mit einem dicken Ausrufezeichen versehen.

Hinter mir knarrte die Tür. Ich hatte Angst, mich umzudrehen, und ich hatte Angst, mich nicht umzudrehen.

»Was machst du hier?«, fragte eine heisere Stimme.

Ich sprang auf. Luke starrte mich an.

Plopp ... Plopp ... Plopp.

Sein Brustkorb hob und senkte sich mit jedem Atemzug. Aus den braunen Haaren tropfte Wasser auf seine breiten, muskulösen Schultern.

Die Luft zwischen uns schien plötzlich elektrisch aufgeladen, und einen Sekundenbruchteil lang konnte ich die Hitze spüren, die sein Körper ausstrahlte. Er war nackt bis auf das Handtuch, das er sich um die Hüften geschlungen hatte.

Dann war der Moment vorbei.

Sein Blick wanderte von mir zu dem Chaos, das ich angerichtet hatte, und anschließend langsam zurück zu dem Zettel in meiner Hand.

Ich erkannte ihn nicht wieder, wusste nicht mehr, wer er war.

Panik stieg in mir hoch und durchströmte meinen Körper wie ein eisiger Fluss.

»Was machst du hier?«, fragte er.

Der Boden unter mir drehte sich, und den Rest von dem, was er sagte, bekam ich nicht mehr mit, weil ich in einen schwarzen Abgrund stürzte.

KAPITEL 3

Woher kam plötzlich dieser ekelhafte Metallgeschmack in meinem Mund? Als hätte ich auf Alufolie gebissen. Mein Kopf fühlte sich an, als wären Tausende von Fliegen darin gefangen. Ein einziges Summen und Vibrieren in der Dunkelheit. Möglichst ruhig stand ich da, denn würde ich mich auch nur einen Millimeter bewegen, müsste ich mich übergeben.

Es war keine gewöhnliche Dunkelheit. Vergeblich bemühte ich mich, wenigstens einen winzigen Lichtschein auszumachen. Doch um mich herum nur tiefstes Schwarz. Eine Mauer umgab mich, unüberwindbar, undurchdringlich.

Ich blieb ganz still stehen und kämpfte gegen die aufsteigende Panik. War ich wirklich wach, oder träumte ich? Ich atmete, so langsam und konzentriert ich nur konnte. Mit jedem Atemzug füllte sich meine Lunge mit eiskalter Luft.

Wenn es nur ein wenig Licht gäbe, dachte ich verzweifelt. Da stieg ein hysterisches Lachen in mir hoch. Denn wie sollte ich auch etwas sehen können, wenn ich die Augen geschlossen hatte? Ich riss sie weit auf. Eine Wolke aus glitzerndem weißen Dunst schwebte für einige Sekunden etwa einen Meter über mir, teilte sich wieder und wieder, bis lauter einzelne schimmernde Perlen durch die Luft schwirrten. Sie veränderten ihre Farbe – weiß, lichtgelb, hellorange – und bildeten Muster wie in einem Kaleidoskop. Sie kamen auf mich zu und zogen sich wieder in die Dunkelheit zurück, nur um Sekunden später erneut aufzutauchen. Größer, heller, greller.

Ich spürte, wie mein Geist sich schärfte, und machte ein paar Schritte vor. Ein leises Geräusch war zu hören und erfüllte mich mit Eiseskälte.

Jemand atmete ein und aus.

»Hallo?« Für den winzigen Bruchteil einer Sekunde lauschte ich auf das Echo meiner Stimme, doch es schien, als wäre nicht ein einziger Ton über meine Lippen gekommen. Ich versuchte es noch einmal. »Ist da jemand?«

Ja, mein Mund bewegte sich, die einzelnen Worte lösten sich von meinen Lippen, aber sie erzeugten keinen Klang. Da war nur Stille.

Eigentlich fühlte es sich an, als ob es überhaupt kein Innen, kein Außen mehr gab, als ob ich überhaupt nicht existierte. Ich spürte neue Panik in meiner Brust aufsteigen.

Oh Gott, oh Gott.

Wo war Luke?

Was hatte er mit mir gemacht?

Ein Bild blitzte auf. Erst nahm ich nur eine weiße Fläche wahr, dann kamen rote Linien, Kreise dazu. Ich strengte meine Augen an, damit das Bild klarer wurde. Am Ende eines Bettes konnte ich den Umriss einer Gestalt in einem

Schaukelstuhl ausmachen. Sie erinnerte mich an Calebs Strichzeichnungen, mit denen er seine Schulhefte vollkritzelte, wenn er sich im Unterricht langweilte. Nur langsam begriff ich, dass es sich bei der Gestalt um mich handelte. Ich sah von oben auf jemanden herunter. Auf ein Mädchen, deren rotes lockiges Haar die Blässe in ihrem Gesicht noch betonte.

Im ersten Moment dachte ich, sie sei tot, bis ich bemerkte, wie ihre Brust sich hob und senkte.

Eine Zeit lang betrachtete ich sie verwundert. Das Lächeln in ihrem Gesicht war heiter und sorglos. Für einen Moment fühlte ich mich glücklich. Doch das Bild begann zu flattern, wurde farblos, durchscheinend.

Manchmal gelang es mir in einem Traum, den Traum festzuhalten.

Bleib, flüsterte ich. Aber das Bild entfernte sich wie eine Seifenblase und zerplatzte schließlich zu unendlich vielen Lichtpunkten.

Am Himmel glitzerten Millionen von Diamanten, die Formationen bildeten, die ich noch nie gesehen hatte.

Wunderschön.

Es war lange her, dass ich so viele Sterne gesehen hatte. Ich hätte schwören können, dass sie sich vervielfacht hatten. Fast so, als hätte das Weltall Löcher, durch die ich in andere Universen blicken konnte.

Die nächste leuchtende Seifenblase entstand, stieg empor, und jetzt hörte ich eine Stimme.

Sie ist ein Püppchen, Püppchen.

Das ist krank, krank, krank.

Das ist krank, krank, krank.

Püppchen, Püppchen …

Ein Kindergedicht, seltsam vertraut. So etwas wie Sehnsucht stieg in mir auf. Schön und bitter. Dann wieder das Mädchen mit den roten Haaren. Erneut sah sie mich an. Alles schien gleich und war doch vollkommen anders. Erschrocken schnappte ich nach Luft. Ihr Blick war nun stumpf, fast schon leer. Sie strahlte eine Kälte aus, die mich an Amy erinnerte, als sie in dem mit weißem Satin ausgeschlagenen Sarg gelegen hatte.

Und erneut die Stimme wie von weit her, so als wäre sie nicht in diesem Raum, nicht in diesem Traum, sondern in einem ganz anderen Traum, der parallel zu diesem hier existierte.

Sie ruft die Frau Doktor, Doktor.

Die schreibt schnell, schnell, schnell.

Auf das Papier, Papier.

Bunte Pillen, Pillen, Pillen.

Ich schloss die Augen – oder waren sie bereits geschlossen? –, zählte stumm bis zehn und öffnete sie wieder.

Tiefe, unendliche Schwärze. Für eine Sekunde nur, denn dann schwebte silberner Dunst nach oben, und Diamanten glitzerten wieder über mir.

Es ist ein Traum, ein Traum im Traum im Traum, schoss es mir durch den Kopf. *Du musst bloß aufwachen. Los, Faye, mach schon. Du kannst es. Wach auf, verdammt noch mal, wach auf!*

Ich schaffte es nicht. Mein Geist blieb gefangen in einer Endlosschleife von Träumen.

Sie ist ein Püppchen, Püppchen.

Das ist krank, krank, krank.

Ein ungeheurer Druck lastete auf meinem Körper und drohte mich zu ersticken. Ich wollte schreien, aber ich konnte nicht. Ich bekam keine Luft. Wild schlug ich um mich und traf auf etwas Hartes.

KAPITEL 4

»Faye! Faye! Wach auf!« Jemand rüttelte mich an der Schulter.

Ich öffnete die Augen und kniff sie sofort wieder zusammen. Die blendende Helligkeit schmerzte, als wären meine Augen von den Lichtspielen im vergangenen Traum empfindlich geworden.

Ja, ich hatte geträumt.

Einige Sekunden lang lag ich einfach nur da. Dann hob ich vorsichtig die Lider, ein kleines Stück nur. Ein Stoff, der im Wind wehte, Regentropfen, die wie ein fein gesponnenes Netz die Fensterscheibe überzogen. Ich fand es einfach nur wundervoll.

»Du hast mir fast die Nase gebrochen«, hörte ich jemanden vorwurfsvoll sagen.

Ich wandte den Kopf, und mein Blick traf Luke. Er saß neben mir auf dem Bett, hielt sich die Hand vor die Nase und zog eine komische Grimasse. Ich war derart erleichtert, dass ich kurz auflachte. Er lächelte ebenfalls, und plötzlich wurde ich mir seiner Nähe bewusst.

Seine Füße waren nackt, die helle Jeans hing locker auf den schmalen Hüften, und auf seinem gebräunten Oberkörper zeichnete sich jeder einzelne Muskel perfekt ab, so als hätte Leonardo da Vinci persönlich ihn gemalt.
Ich setzte mich kerzengerade auf und zog die schwere Decke, die plötzlich einen muffigen Geruch ausströmte, bis hoch an die Brust. Ich lag im Rosenzimmer, in Zoeys Bett, und war mit der Steppdecke zugedeckt, in der Amy und ich die Nachricht gefunden hatten: *Hilfe, ich werde gefangen gehalten.*
Für einen Moment schien es mir, als wäre ich immer noch in einem unbegreiflichen Albtraum gefangen, als steckte ich darin fest wie eine Fliege im Bernstein. Alles war so real ... und gleichzeitig so absurd gewesen.
»Ich habe geschlafen«, sagte ich. »Und hatte einen furchtbaren Albtraum. Da lag ein Mädchen in einem Bett ...«
»Du hast nicht geschlafen«, unterbrach mich Luke. »Du warst bewusstlos.«
Etwas drückte wie Blei hinter meiner Stirn, es zog sich von Schläfe zu Schläfe und versperrte jedem klaren Gedanken den Weg. »Was ist passiert?«
»Na ja, ich bin aus der Dusche gekommen, du hast mich gesehen ... halb nackt«, er grinste über beide Ohren, »und plötzlich bist du einfach umgekippt. Ich konnte dich gerade noch auffangen, sonst hättest du jetzt wahrscheinlich ein Schädel-Hirn-Trauma. Du hast mir einen verdammten Schrecken eingejagt. Dein ganzer Körper hat gezittert, und deshalb habe ich dich zugedeckt. Ich war schon fast so weit, den Rettungswagen zu rufen, als du Gott sei Dank wieder zu dir gekommen bist.«

»Wie lange war ich weg?«

»Ein paar Minuten ...«

Ein paar Minuten. Das war mein persönlicher Rekord. Normalerweise dauerten meine Absencen – so nannte Liz die kurzen Aussetzer meines Bewusstseins – nie länger als zehn Sekunden, und oft nahm ich sie nicht einmal wahr.

Das rothaarige Mädchen. Das gruselige Kinderlied. Der vergangene Traum war nicht einfach nur einer dieser Flashs gewesen, sondern er fühlte sich mehr an wie eine Vision.

Ich versuchte mich aufzurichten, doch Luke hob die Hand. »Nein. Besser, du bleibst noch ein paar Minuten liegen, damit dein Kreislauf nicht gleich wieder schlappmacht. Möchtest du ein Glas Wasser?«

Ich nickte, und er stand auf.

Ein Luftzug fegte durchs Zimmer, als er ging, und die Tür schlug hinter ihm zu. Das Geräusch weckte eine Erinnerung. Der Schüssel steckte nicht. Warum schien das wichtig?

Mühsam kämpfte ich mich durch die Nebelschwaden, die meinen Kopf einhüllten, um mir ins Gedächtnis zu rufen, was vor meiner Bewusstlosigkeit geschehen war.

Da waren weiße Papierschnipsel gewesen, Papierstapel, Computerausdrucke, Zeitungsausschnitte, Kopien, Bilder.

Und eine Liste.

Die Liste mit den Namen. Amy – tot. Fabiana – tot. Zoey – tot. Faye ... *Du wirst die Nächste sein.*

Luke hatte das alles gesammelt, und als er mich in seinem Zimmer entdeckte, war er auf mich zugekommen.

Plötzlich war alles wieder da.

Bei dem Versuch, aufzustehen, kam mir der Fußboden entgegen. Eine Welle der Übelkeit rollte über mich hinweg. Ich brauchte meine ganze Konzentration, um einen Fuß vor den anderen zu setzen. Ich schwankte, doch dann schaffte ich es. Mit jedem Schritt kam meine Energie zurück. An der Tür angelangt, packte ich mit zitternden Händen den Türknauf und rüttelte daran. Er ließ sich nicht drehen, bewegte sich keinen Millimeter.

Und im Haus war es still. Unnatürlich still. Totenstill.

Ein furchtbarer Gedanke schoss mir durch den Kopf. Was, wenn Luke mich in diesem Raum eingeschlossen hatte? Angst überkam mich. Die eine Hand am Knauf, begann ich panisch, mit der anderen gegen die Tür zu hämmern. »Lass mich raus!«

Ich spürte, wie der Messingknopf gedreht wurde, und prallte zurück, als die Tür aufsprang. Luke stand vor mir, ein Glas Wasser in der Hand.

Ich schrie auf.

»Was ist los?«

Meine Lippen bebten. »Wer bist du wirklich?«

»Wer ich bin?« Er hob – spöttisch? – die Augenbrauen und lehnte sich lässig an den Türrahmen. Ich registrierte, dass er ein zerknittertes Hemd übergezogen, es aber nicht zugeknöpft hatte. »Ich würde sagen, derselbe wie vor fünf Minuten. Hier, dein Wasser.«

Er drückte mir das Glas in die Hand. Meine Hand zitterte so stark, dass das Wasser überschwappte. Er nahm es mir ab, stellte es neben sich auf den Boden, und als er sich wieder aufrichtete, hatte sein Blick sich verändert. »Ich wollte dir das alles zeigen.«

»Was sind das für Unterlagen? Und was bedeutet die Liste mit den Namen? Was weißt du über Fabiana Nuñez? Ich habe dir nie von ihr erzählt. Und woher kennst du Myers?«
Zum ersten Mal, seit ich ihn kannte, spielte er nicht den Coolen. Er sah mich fast bittend an. Ich versuchte, an ihm vorbeizukommen. Doch er packte meinen Arm und zwang mich, stehen zu bleiben. »Ich kann es dir erklären.«
Ich löste mich aus seinem Griff. »Erst hast du Tyler ausgefragt und dir dann, ach so verständnisvoll, meine verrückte Geschichte über Amy angehört. Du wolltest, dass ich dir vertraue, aber die ganze Zeit hast du nur versucht, Informationen aus mir herauszulocken. Und ich habe dir alles freiwillig erzählt. Wie dumm ich war! Du bist gar nicht hier, weil du dieses Haus geerbt hast und etwas über deinen Vater, William Fuller, erfahren willst, oder?«
»Hör dir einfach die Fakten an«, sagte Luke. »Und dann entscheide selbst.«
Ich schüttelte den Kopf und wollte mich erneut an ihm vorbeischieben, aber er trat mir in den Weg. »Bitte, Faye! Gib mir eine Chance, dir alles zu erklären.«
»Wieso steht mein Name auf der Liste?«, flüsterte ich. »Was hat das zu bedeuten?«
Bloß nicht weinen.
»Setz dich. Bitte! Es ist eine komplizierte Geschichte.«
Für einen langen, stillen Moment trafen sich unsere Blicke, und ich entdeckte in seinen Augen so etwas wie Verzweiflung. Ich kehrte zum Bett zurück und ließ mich darauffallen. Luke blieb in der Tür stehen und fuhr sich nervös mit den Fingern durch die feuchten Haare. »Es ist fast ein Jahr her.

Am 19. September. Ich war gerade nach Hause gekommen, da klingelte es. Ein Mann stand vor der Tür. Ich hielt ihn für einen Obdachlosen. Einen von der Sorte, die mit sich selbst spricht und mitten auf der Straße den Weltuntergang verkündet.« Er schluckte. »Aber er sagte: ›Du erkennst mich nicht, oder? Ich bin William Fuller. Dein Vater.‹«
Die Worte schwebten im Raum. Ich hielt den Atem an. Hatte Luke nicht erzählt, dass er seinen Vater nicht gekannt hatte? Oder hatte ich das nur geglaubt, weil ich immer davon überzeugt gewesen war, William Fuller sei schon lange tot?
»Das hat mich umgehauen. Ich war total entsetzt. Meine Mom hatte meinen Dad immer als unglaublich gebildet, belesen und sensibel beschrieben. Er hatte an der Medical School in Harvard studiert, bevor er krank wurde. Doch sie hat nie gesagt, an welcher Krankheit er litt. Die Diagnose *Paranoide Schizophrenie* habe ich erst aus seiner Akte im Drachenraum erfahren.« Nach einer kurzen Pause fuhr er leiser fort: »Niemand wünscht sich einen Vater, der krank ist, aber einen paranoiden Vater …? Da ist man fast froh, wenn man ihn nie kennengelernt hat, als man klein war.«
Ein Leben ohne meinen Dad konnte ich mir nicht vorstellen, doch was meine Mom betraf, so war sie schon lange nur noch ein Bild im Arbeitszimmer meines Großvaters. Auch wenn ich sie als Kind eine Zeit lang schrecklich vermisst hatte, so dachte ich doch die meiste Zeit nicht an sie. Genauso wenig, wie Luke vermutlich an seinen Vater gedacht hatte.
»Aber hast du nicht behauptet, er sei tot …?«, wandte ich ein.

»Ist er inzwischen auch …« Luke hielt inne, dann sprach er leise weiter, obwohl wir doch allein waren.
»Er kam mir total verrückt vor, Faye. Er hat zum Beispiel gesagt: ›Zoey hat mich gerufen, immer wieder. Und ich bin ihr gefolgt, den ganzen Weg. Aber ich bin nie angekommen. Und zurück – zurück konnte ich nicht mehr.‹ Mein Gott, da behauptet ein alter Mann, der heult wie ein Kind, mein Vater zu sein! Das fühlte sich nicht gut an. Ich war total am Ende und wollte nur noch, dass er ging. Das habe ich ihm auch gesagt, aber ich glaube, er hat es gar nicht gehört. Nein, er blieb einfach sitzen und hat weiter seine verrückten Selbstgespräche geführt. ›Sie haben mich nicht zurückgeholt. Sie haben mich einfach nicht zurückgeholt.‹ Und dann hat er meine Hand gepackt. ›Du musst mir helfen, Luke. Du musst die Toten suchen, sie werden dir alles erzählen.‹«
Für einen kurzen Augenblick legte sich etwas Schweres auf meine Brust. »Dein Vater war paranoid.«
Luke ignorierte meine Bemerkung. »Ich habe nichts begriffen. Erst als ich hierherkam …« Er beugte sich vor und verbarg sein Gesicht in den Händen. »Hätte ich geahnt, worum es ihm wirklich ging … Stattdessen habe ich ihm nicht zugehört. Nein, ich habe ihn weggeschickt. Und drei Stunden später war er tot. Hätte ich ihm geholfen, würde er vielleicht noch leben.«
»Was ist passiert?«, flüsterte ich.
Luke kam zu mir herüber und setzte sich neben mich.
»Zwei Tage nach seinem Besuch kam ich auf dem Weg zur Redaktion an einem Kiosk vorbei und sah ein Bild auf der Titelseite der Zeitung, für die ich in Boston gearbeitet habe.

Kein Foto, sondern eine Fotomontage, oder besser die Rekonstruktion eines Gesichts mit einem Computerprogramm. Du weißt, was ich meine?«

Ich nickte.

»Erst ging ich weiter, doch plötzlich hatte ich so ein merkwürdiges Gefühl. Fast eine Art Déjà-vu. An der nächsten Ecke drehte ich um und kehrte zum Kiosk zurück. Aber immer noch war ich nicht sicher. Er sah jünger aus, nicht mehr wie ein Penner, sondern gepflegter. Ich konnte sogar die Ähnlichkeit zu mir erkennen. Wir haben dieselben störrischen Haare, unsere Nase ist identisch, und ich hatte das Gefühl, meine eigenen Augen starrten mich an. Ja, er hatte sogar den gleichen Leberfleck, hier oben an der Stirn.«

Luke schob seine Haare zur Seite, und da konnte ich den Fleck erkennen, den sein Pony bisher verborgen hatte.

»Und als ich die Überschrift las, da dachte ich, mein Herz würde stehen bleiben. *Selbstmord. Unbekannte Leiche*«.

Ein gequälter Ausdruck stand in seinen Augen, als er mich ansah.

Ich berührte ihn sacht an der Schulter. »Das ist schrecklich.«

Um ihm Zeit zu geben, sich zu fassen, erhob ich mich und trat zum Fenster. Die Äste der Bäume hingen trostlos herab, und genau so fühlte ich mich. »Du hast aus der Zeitung erfahren, dass er tot ist?«

Luke schien meine Frage nicht gehört zu haben.

»Ich habe ihm nicht geglaubt, und ich habe ihm nicht geholfen. Ich dachte einfach nur: Die brillantesten Geschichtenerzähler der Welt sitzen in Irrenhäusern. Und dann, nur wenig später, ist er tot.«

Ich wandte mich zu ihm um. »Aber wenn jemand sich wirklich umbringen will, dann kann man ihn nicht davon abhalten.«
Das hatte ich irgendwo gelesen. Oder hatte Liz es einmal gesagt?
Luke nestelte an der Steppdecke, wo sich ein Stoffstück gelöst hatte. Der Anblick der knallgelben Mondsichel darauf ließ mich frösteln.
Trau ihm, flüsterte mein Herz. Doch mein Verstand sagte mir etwas anderes: Vorsicht! Vertrau niemandem. Niemandem außer Dad.
»Okay, das ist alles wirklich schlimm«, sagte ich und zwang mich, mein Mitgefühl hinunterzuschlucken wie einen überflüssigen Kaugummi, den man einfach nur schnell loswerden will. »Aber ich verstehe immer noch nicht, was das mit mir zu tun hat.«
Luke räusperte sich. »Die Geschichte geht weiter. Nachdem ich sein Bild in der Zeitung erkannt hatte, ging ich sofort zum zuständigen Police Department. Ich musste ihn identifizieren, denn das wollte ich meiner Mutter ersparen.«
Ich wandte mich wieder Luke zu und starrte ihn an. *Jeder Mensch hat eine Geschichte zu erzählen.* Wieder mal eine von Dads hochheiligen Weisheiten. Bis zu Amys Tod hatte ich dabei immer nur an die guten Geschichten geglaubt. Möglichst mit einem Hammer-Happy-End. Doch als Luke jetzt weitersprach, wusste ich, diese Geschichte würde kein gutes Ende nehmen.
»Der Zugführer hatte nicht gewusst, was er da überfuhr, weil es dunkel war, aber er hatte ein komisches Gefühl. Also hat

er die Zentrale benachrichtigt, dass irgendetwas auf dem Gleis gelegen hatte. So wurde mein Dad, oder was noch von ihm übrig war, gefunden. Ich dachte, Selbstmord, okay, nur hörte die Polizei nicht auf, mir Fragen zu stellen.«

»Wozu, wenn es Selbstmord war? Und du kanntest ihn doch schließlich nicht.«

»Genau das habe ich ihnen auch gesagt. Sie haben meine Mom angerufen, damit sie meine Aussage bestätigt. Und in der Redaktion, um mein Alibi zu überprüfen. Aber das erfuhr ich erst später. Tatsache ist: Nachdem er von mir weg war, bin ich so durcheinander gewesen, dass ich mich einfach nur betrinken wollte.« Luke zog die Beine hoch und saß, die Knie unterm Kinn, auf dem Bett. »Weißt du, wann ich das erste Mal von Bluehaven gehört habe?«

Der plötzliche Themenwechsel verwirrte mich. Mich beschäftigte noch der Gedanke, dass die Polizei Luke offenbar verdächtigt hatte, er habe etwas mit dem Tod seines Vaters zu tun.

»Dad hatte keine Papiere bei sich. Aber ein Ticket in der Jackentasche für genau den Zug, der ihn dann getötet hat. Ein Ticket von Boston nach Brunswick. Und der Verkäufer konnte sich sogar noch an ihn erinnern. Dad hatte gefragt, wie er am besten nach Bluehaven kommt.«

Mein Gehirn arbeitete nun auf Hochtouren, und ich versuchte, ganz logisch zu denken. »Aber warum hat er sich ein Ticket gekauft, wenn er sich umbringen wollte?«

»Genau das hat sich die Polizei auch gefragt.« Luke fuhr sich durch die Haare und ließ die Hand dann auf dem Kopf liegen, als hätte er sie dort vergessen. »Inzwischen weiß ich,

weshalb sie mich verhört haben. Damals hatte ich es nicht verstanden, denn da glaubte ich ja noch an Selbstmord.«
Ich ließ mich wie in Zeitlupe auf den Boden sinken und schlang die Arme um meine Knie. Die Kante des Fenstersimses drückte gegen meinen Nacken.
»Etwas war allerdings merkwürdig. Bei der Obduktion seiner Leiche wurde eine hohe Konzentration eines Betäubungsmittels festgestellt. Hatte er sich betäuben wollen, um es sich nicht im letzten Moment doch noch anders zu überlegen? Hatte er das Mittel im Krankenhaus gestohlen? Sein Arzt meinte allerdings, zu so einer schwerwiegenden Entscheidung wäre er überhaupt nicht in der Lage gewesen.«
Ich schnappte nach Luft und schlug die Hand vor den Mund. Selbstmord. Betäubungsmittel. Gelähmte Beine.
Sah Luke den Zusammenhang nicht? Begriff er nicht? Nein, natürlich nicht. Er wusste es nicht. Er hatte keine Ahnung, was mit Virginia passiert war. Ich hatte noch keine Gelegenheit gehabt, es ihm zu erzählen.
Luke spürte, dass etwas mit mir passiert war. Er erhob sich vom Bett und kam zu mir herüber. Seine Augen waren dunkelblau vor Sorge.
»Was ist?«, fragte er heiser.
»Virginia Donnelly«, flüsterte ich. »Es ist genau wie bei ihr. Sie hing mit dem Tau festgebunden am Mast ihres Segelboots, und sie war betäubt. Damit sie sich nicht im letzten Moment losbinden konnte. Wenn die Polizei von Boston daran zweifelt, dass dein Vater sich freiwillig auf die Bahngleise gelegt hat … Was, wenn es bei Virginia dasselbe war? Wenn sie sich

gar nicht selbst betäubt, sich nicht umgebracht hat, sondern jemand anders hat …«

Lukes Antwort war Schweigen, und das ließ mich mehr frösteln als der pfeifende Windstoß, der den Vorhang hinter mir gespenstergleich aufblähte.

Warum reagierte er nicht? Warum sagte er kein Wort?

»Das wusstest du doch nicht, oder?«, flüsterte ich. »Bitte sag mir, dass du keine Ahnung davon hattest und diese Geschichte nicht erfunden hast.«

Luke kam näher. Sein Gesicht war nun direkt vor meinem. Er griff nach meinen Händen und drückte sie so fest, dass ich leise aufschrie.

»Nicht ein Wort, nicht ein einziges Wort von dem, was ich dir gerade erzählt habe, habe ich erfunden. Das musst du mir glauben, Faye!«

Seine Geschichte berührte mich ganz tief in meinem Innern, ja, aber ich hatte in den letzten Tagen gelernt, niemandem mehr zu vertrauen, niemandem außer Dad. Alle hatten mich belogen. Ginger, Liz, sogar Josh. Und sie kannte ich mein Leben lang. Luke dagegen war ein Fremder.

Ich ließ seine Hände los.

Er erhob sich. Seine Augen waren über meinen Kopf hinweg auf etwas draußen vor dem Fenster gerichtet. »Mein Vater hat übrigens einige Leute genannt und behauptet, sie würden ihn verfolgen.«

Sein Gesichtsausdruck jagte mir einen Schrecken ein.

»Was für Leute?«

»Erica Myers, Karen Lancaster … Nelson Lancaster … Roger Sheramy und …« Er machte eine Pause. »Liz St. Clair.«

Mir wurde übel. Alles drehte sich vor meinen Augen.
Fassungslos starrte ich ihn an. »Natürlich kannte William Fuller Liz und die anderen. Er hat in Bluehaven gelebt, er ist mit ihnen aufgewachsen. Dein Vater war verrückt, das hast du selbst gesagt. Der Monday Club hat seinen Klinikaufenthalt bezahlt. Er hat dafür gesorgt, dass er die beste medizinische Versorgung bekommt.«
»Ach ja?« Luke lachte spöttisch auf. »Also, so wie mein Dad über sie alle geredet hat, glaube ich nicht, dass sie alte Freunde waren. Nein, er hatte Angst vor ihnen, verstehst du nicht?! Er hat gesagt: ›Sie halten mich gefangen.‹«
Mein Kopf fühlte sich seltsam taub an, wie ausgehöhlt. Aber in der nächsten Sekunde pochte es hinter meiner Stirn. Meine Gedanken verließen ihre vertrauten Wege und liefen kreuz und quer.
Was, wenn nicht Zoey den Zettel in der Steppdecke geschrieben hatte, sondern ihr Bruder William?
»Er hat gesagt: ›Wenn sie mich finden, werden sie mich umbringen.‹«
Langsam stand ich auf. Mein Nacken schmerzte, aber das war unwichtig, verglichen mit der totalen Verwirrung, die sich in mir ausbreitete. Ich hatte das Gefühl, über den Rand der Welt in die Tiefe gestürzt zu sein.
Draußen hatte es wieder zu regnen begonnen.
Das alles ist nicht wahr, schoss es mir durch den Kopf. *Es macht keinen Sinn.*
»Wenn er wirklich so eine Angst vor ihnen hatte, wie du behauptest, warum hat er sich dann eine Fahrkarte nach Bluehaven gekauft?«, fragte ich.

»Genau das frage ich mich auch. Er wollte, dass ich ihm helfe, und ich … ich habe mich geweigert. Vielleicht wollte er die Sache selbst in die Hand nehmen?«

Eine lange Stille folgte, in der ich uns beide laut atmen hörte.

»Aber ich glaube ihm, Faye. Und weißt du auch, warum? Weil du recht hast. Virginias Selbstmord und der meines Vaters … Dass sie beide betäubt waren … Das kann doch kein Zufall sein. Und diese Liste, auf der auch dein Name steht, die habe ich bei Virginia im Strandhaus gefunden. Deshalb darfst du dem Monday Club nicht trauen, verstehst du, Faye?! Keinem von ihnen. Auch Liz nicht!«

MONDAY CLUB

Aufgeregt stand sie im Regen. Der schwarze BMW in der Auffahrt versperrte ihr den Weg. Ihr blieb nichts anderes übrig, als geduldig zu warten, bis Dr. Erica Myers langsam, sehr langsam, ausstieg, ihre Kleider ordnete und schließlich das Wort an sie richtete. »Versuchst du dich vor mir zu verstecken?«

»Im Westmill gibt es einen Patienten, der …«

Es reichte eine kurze Handbewegung, damit sie verstummte.

»Ich habe nicht den weiten Weg hierher gemacht, weil ich mich für deine Patienten interessiere. Alles gerät außer Kontrolle. Alle vier haben sich als Fehlinvestition erwiesen. Jetzt bleibt nur noch dein Joker.«

Sie ist auserwählt, hatte ihr Vater gesagt. *Ihr Leben für das Leben ihres Kindes. Auf der anderen Seite sehen sie sich wieder.*

Wie sollte sie das Faye erklären? Sie musste sich etwas ausdenken. Faye war intelligent auf eine besondere Weise. Ihre Gehirnströme liefen nicht wie bei anderen Menschen. Sie zeigten dreimal so viel Aktivität. All die Jahre war es nötig gewesen, sie mit Medikamenten ruhigzustellen. Nur hatte Faye keine Ahnung davon. Ebenso wenig ahnte sie, dass man sie für das bedeutendste wissenschaftliche Experiment der Menschheit ausgesucht hatte.

»Es wird Zeit, dass sie sich über ihren Zustand bewusst wird.« Erica wandte sich kurz um, drückte auf den Autoschlüssel, und die Scheinwerfer des BMW leuchteten auf, bevor die Türen sich mit einem surrenden Geräusch verschlossen. »Nur so können wir mit ihr arbeiten. Ihre Gabe allein wird nicht reichen. Wir müssen ihr Bewusstsein steuern.«

»Genau das ist das Problem. Sie steht völlig neben sich. Seit Amys Tod ist sie nicht mehr dieselbe. Und sie vertraut mir nicht länger.«

Weil sie zu klug ist, um sich auf Dauer täuschen zu lassen.

»Was habe ich damit zu tun?« Anstelle von Augenbrauen gingen die fett mit dem Kajalstift aufgetragenen Linien in die Höhe. »Dieses Problem musst *du* lösen.«

Erica hatte immer noch diese besondere Ausstrahlung wie früher. Immer noch konnte sie sich ihrer Wirkung nicht widersetzen. Sie war wieder fünfundzwanzig. Wieder Studentin.

»Faye ist nicht stark genug. Sie wird nicht zurückkommen, und wir werden sie verlieren. Nicht nur ich denke das.«

»Wer glaubt einem Mann, der seine Karriere verspielt hat, weil der Alkohol mehr Macht hatte als das eigene Genie?«

»Was willst du damit sagen?«

Doch Myers ging nicht auf ihre Frage ein. »Willst du es nicht verstehen? Das Zeitfenster ist geschrumpft. Ja, Amys Tod war ein Versehen. Es hätte nicht passieren dürfen. Aber die

Lage hat sich nicht geändert. Nächstes Jahr ist Faye weg. Sie geht aufs College. Und ... die Plastizität ihres Gehirns nimmt ab. Wenn, dann jetzt. Sonst ist alles verloren!« Der Autoschlüssel fiel in die Handtasche. »Außerdem ... was wir vor zwanzig Jahren vereinbart haben, gilt immer noch. Mein Schweigen für deine Nichte.«

Erica lächelte. Der kirschrote Lippenstift war zu jung für ihr Alter, zu grell für die helle Haut. Aber sie hatte schon immer starke Kontraste bevorzugt. Kompromisse gab es für sie nicht.

Und sie? Sie hatte dem nichts entgegenzusetzen. Dafür war es längst zu spät. Sie war eine Gefangene ihrer Versprechen und des Schwurs, den sie vor vielen Jahren geleistet hatte. Nur hatte sie nicht geahnt, dass sie einen Teufelspakt eingegangen war.

»Wichtig ist nur das Ergebnis, oder? Darum geht es. Und dafür kann ich nicht garantieren. Ich habe Faye nicht mehr unter Kontrolle.« Es war ihr letztes Argument.

»Dann solltest du versuchen, sie zu überzeugen. Sie muss sich vollkommen in meine Hände begeben. Muss daran glauben, dass nur wir ihr helfen können. Und ... vergiss nicht: Wenn *ich* rede, dann fliegt euch allen der Monday Club um die Ohren.«

Aus Ericas Mund klang es einfach. Weil sie nichts und niemanden zu verlieren hatte. Während bei *ihr* alles auf dem Spiel stand. Es war ein weiter Weg gewesen, der sie bis zu diesem Punkt geführt hatte. Und zum ersten Mal kam ihr der Gedanke, Zoeys Tod vor fünfundzwanzig Jahren war kein Zufall, kein Unglück gewesen. Erica Myers hatte schon damals alle Fäden in der Hand gehabt. Sie waren ihre Marionetten. Damals wie heute. Und sie würde sie nie loslassen. Wie viel Zeit vergangen war, und immer noch kämpfte sie um jeden Tag.

Ihre Gedanken rasten, das Hamsterrad in ihrem Kopf sprühte Funken.

»Es gibt nur einen Weg. Josh hat versagt. Also müssen wir Roy auf unsere Seite bringen«, sagte sie schließlich, und in ihrer Stimme lag hundertmal mehr Sicherheit, als sie fühlte. »Er hat den größten Einfluss auf sie. Faye wird am Ende tun, was ihr Vater sagt.«

Ein neues Lächeln erschien in Ericas Gesicht. »Na, siehst du, es geht doch. Lass uns mit ihm reden. Dann nehmen wir uns Faye vor. Ich habe schon eine Idee.«

KAPITEL 5

Ich ignorierte die Melodie meines Handys und rannte an den vertrauten Häusern vorbei, die mir plötzlich wie eine Kulisse vorkamen, wie Fassaden aus buntem Glanzpapier.

Der Regen drang durch meine Kleider, und ich spürte nur noch Kälte. Lukes Worte hämmerten in meinem Kopf. Sie waren wie Gift. Winzige Arsendosen, die langsam ihre Wirkung entfalteten.

Menschen, die ich zu kennen glaubte, wurden zu Fremden. Dinge, derer ich mir stets sicher gewesen war, brachen auseinander. Meine Gedanken taumelten am Rand eines Abgrunds.

Mir blieb nur noch Dad. Er würde mich beruhigen und die Sache in die Hand nehmen. Auf die eine oder andere Weise würde er die Einzelteile meiner Welt wieder in Ordnung bringen. Genauso, wie er auch alte Gegenstände, Möbel und Uhren immer wieder repariert bekam.

Liz' Wagen stand unverändert vor der Garage, und Dads roter Ford stand vor unserem Haus. Dazwischen ein dunkler

BMW mit einem Kennzeichen aus Massachusetts und dem dazugehörigen Slogan: *The Spirit of America.*

Ich stieß die Haustür auf. Im Innern schien es fast schon zu warm, zu gemütlich.

Oz kam mir aus dem oberen Stockwerk entgegen und strich laut miauend um meine Füße. Ich bückte mich, hob ihn hoch und presste ihn fest an mich. »Alles wird gut. Du wirst schon sehen.«

Aber meine Worte hatten weder eine Wirkung auf mich noch auf Oz. Der Kater befreite sich aus meinen Händen, rannte zur Küche und kratzte an der Tür. Sein Miauen steigerte sich, wurde zunehmend jammervoller und lauter.

Deshalb überhörte ich zunächst die gedämpften Stimmen, die aus dem Wohnzimmer in den Flur drangen. Dann zog ich möglichst leise meine nassen Schuhe aus und hängte die Jacke in den Wandschrank. Als ich vorsichtig die Tür schloss, hörte ich Dads Stimme. »Sie geht nicht an ihr Telefon.«

Ich spürte ein stechendes Schuldgefühl. Mein Handy hatte die ganze Zeit in meiner Tasche unten im Fullerhaus gelegen. Den letzten Anruf hatte ich ignoriert.

»Das muss ab sofort aufhören, dass du nicht weißt, wo sie ist. Sie sollte jederzeit erreichbar sein.«

Ich holte tief Luft. Warum war Liz hier? Und der BMW aus Massachusetts? Wem gehörte der?

Oz begann nun an der Küchentür zu kratzen. Vergeblich versuchte ich ihn davon abzubringen. Immer wieder entwand er sich meinem Griff, und ich hätte ihn dafür am liebsten erwürgt. So würde ich nicht unbemerkt in mein Zimmer kommen. Leise öffnete ich die Tür zur Küche, um ihn hineinzulassen. Doch in diesem Moment überlegte Oz es sich anders. Er stürmte an mir vorbei, stieß gegen den Schirmständer, der polternd umfiel, und als er die Treppe nach oben nahm, hörte es sich an, als wöge er mindestens dreißig Kilo.

»Das muss sie sein«, sagte Dad.

Durch die Glasscheibe konnte ich sehen, wie er sich aus dem Sessel erhob. Er trug die Jeans und das weiße Hemd von heute Morgen. Darüber die dunkelblaue ärmellose Weste. Und Straßenschuhe. Liz musste ihn überrascht haben mit ihrem Besuch, denn normalerweise zog er sich sofort um, wenn er aus dem *New Spoon* kam, um den Geruch nach Fett, Zwiebeln und Fisch loszuwerden. Und mit schmutzigen Schuhen über seine geheiligten Parkettböden zu laufen, die er selbst abgeschliffen hatte, war ein größeres Tabu als Oz' heimliche Raubzüge in die Speisekammer.

Die Glasscheiben in der Wohnzimmertür ließen das vertraute Klirren hören, als er zu mir in den Flur trat. Stumm musterte er meine feuchten Haare, die nasse Kleidung und die Wasserpfütze zu meinen Füßen. Ich rechnete fest damit, dass er mir einen strengen Vortrag halten und mich fragen würde, warum ich nicht ans Telefon gegangen war, doch er räusperte sich lediglich. »Liz ist da. Aber vielleicht solltest du dir erst etwas Trockenes anziehen.«

Hilfe suchend sah ich ihn an und signalisierte ihm verzweifelt: *Ich bin müde, Dad. Ich kann jetzt nicht mit Liz reden.* Normalerweise half das immer. Dad verstand meinen Blick, aber diesmal schüttelte er nur stumm den Kopf und seufzte schwer. »Sie muss mit dir reden.«

Ich stolperte die Treppe hoch, den Flur entlang in mein Zimmer, schloss die Tür hinter mir und ließ mich aufs Bett fallen. Mein Puls raste, mein Kopf fühlte sich heiß und mein Rücken unter dem feuchten Shirt kalt an.

Was wollte Liz von mir? Hatte sie mich am Morgen gesehen und wollte mich jetzt zur Rede stellen, weil ich ihr Gespräch belauscht hatte? War sie deswegen hier? Oder war es nur ein weiterer Versuch, mein Vertrauen zurückzugewinnen? Aber wie sollte ich ihr überhaupt je wieder in die Augen sehen können, nach Lukes Geschichte?

Etwas strich sanft an meiner Wade vorbei. Ich zuckte zusammen. Es war Oz, der sich unbemerkt ins Zimmer geschlichen hatte. Und er trieb sein Spiel mit mir. Er streckte sich, rieb sich mit dem Rücken an meinen Beinen, und als er es endlich geschafft hatte, dass ich mich bückte, um ihn zu streicheln, entwand er sich meinen Fingern wieder und rannte zur Tür. Vielleicht hatte er nur Hunger, aber vielleicht wollte er mir auch zeigen, dass ich keine Chance hatte. Irgendwann musste ich wieder mit Liz reden.

»Faye?«, drang von unten Dads Stimme zu mir.

In einer alten Jogginghose und einem ausgewaschenen grauen Kapuzenpulli kehrte ich, Oz auf dem Arm, zurück nach unten. Es war gespenstisch still, als ich das Wohnzimmer betrat.

»Hallo, Faye, möchtest du dich nicht setzen?«, hörte ich Liz' Stimme, die unglaublich sanft klang. Ich sah nicht zu ihr hin, sondern konzentrierte mich auf Oz. Wie um mich selbst zu beruhigen, strich ich ihm immer wieder über das weiche Fell.

»Ich will mich nicht setzen. Und nicht mit dir reden«, sagte ich.

Das Feuer im Kamin flackerte hell auf, und eine Fontäne aus Funken stieg auf. Dennoch ging Dad hinüber und legte frisches Holz nach.

»Du solltest auf deine Tante hören«, mischte sich eine andere Stimme ein. Erschrocken wandte ich den Kopf in ihre Richtung, und mein Blick traf eine Frau, die bisher von Liz verdeckt gewesen war.

Wie auf dem Foto hatte sie schulterlanges, dunkel gefärbtes Haar. Sie trug ein flattriges schwarzes Kleid mit weiten Trompetenärmeln. Und als sie sich jetzt erhob und auf mich zukam, hätte ich fast den Kopf eingezogen, denn sie kam mir vor wie ein riesiger schwarzer Vogel, dessen Krallen sich gleich in meinen Haaren verfangen würden. Ich erstarrte in ihrer Umarmung. Ein kalter Kuss links, ein eisiger rechts. Es ging so schnell, dass ich es kaum begriff. Oz sprang aus meinen Armen und flüchtete unter den Sessel.

»Wie schön, dich wiederzusehen.«

Erica Myers ist zurück. Und wird mich nicht mehr loslassen.

»Wie geht es dir, Faye? Das mit Amy tut mir wirklich leid. Ich habe sie im Krankenhaus besucht, und wir haben uns lange unterhalten. Sie hat so an dir gehangen. Ihr Verlust muss schrecklich für dich sein.«

Am liebsten hätte ich mir die Ohren zugehalten, weil der schmeichelnde, ja zuckersüße Unterton von Liz' Lieblingspsychiaterin Wellen von Übelkeit in mir auslöste. Verzweifelt sah ich mich nach Dad um, schickte ihm mit weit aufgerissenen Augen die stumme Frage: *Was macht Myers hier?*

Er stand mit verschränkten Augen am Kamin, seine Miene wurde zunehmend nervöser und die Furchen auf seiner Stirn immer tiefer. Er wich meinem Blick aus, griff nach dem Schürhaken und stocherte im Feuer, bis der Holzstoß in sich zusammenfiel. Offenbar wusste Dad bereits, was Liz und Myers mir sagen wollten.

Mein einziger Protest war Schweigen, aber das lag nur daran, dass ich kein Wort herausbrachte. Myers zögerte, ging um den Tisch, strich sich das Kleid glatt, nahm dann wieder Platz und legte ihre Hand auf Liz' Arm. »Setz dich, Faye! Liz möchte dir etwas sagen.«

Ich ließ mich ihnen gegenüber in den Sessel fallen, hob ein Kissen auf, das heruntergerutscht war, und presste es an mich.

Liz schob sich nervös eine blonde Haarsträhne hinters Ohr, die ihr sofort wieder ins Gesicht fiel, und deutete auf einen Umschlag vor sich auf dem Tisch. Mir wurde schlecht. Er war weiß wie die Umschläge, die ich bei Luke gefunden hatte.

»Ich habe mir deine letzten Untersuchungsergebnisse angesehen ...«, begann sie.

Ich hatte das Gefühl, das Zittern in ihrer Stimme brachte den ganzen Raum zum Schwanken.

»Deine Konzentrationsschwierigkeiten, der Bluthochdruck, dein geschwächtes Immunsystem, die Halluzinationen – wir sind immer davon ausgegangen, dass die Symptome mit deinem Schlafmangel zusammenhängen ...«

Liz brach ab. Nervös nestelte sie am Kragen ihrer weißen Bluse von Valentino. Wir hatten sie bei einem Ausflug nach

Boston gekauft, aber was sie gekostet hatte, wusste ich nicht. Liz bezahlte grundsätzlich nur mit Kreditkarte, ihr ganzer Geldbeutel war voll von diesen Plastikdingern. Eine von ihnen diente allein dazu, mich zu verwöhnen und mir alles zu schenken, was ich mir wünschte.

»Was Liz sagen will, ist ...« Myers' Worte rissen mich aus meinen Gedanken. »Als du nach dem ... Unfall im Westmill warst, hattest du einen Krampfanfall.«

Unfall? Was genau meinte sie? Amys Unfall ...? Nein, da war ich nicht im Westmill. Also ging es um den Tag, als ich bei dem wahnsinnigen Versuch, Virginia zu retten, fast ertrunken wäre.

»Hast du mich verstanden, Faye?«

Verwirrt blickte ich auf. »Was?«

»Weißt du, was das heißt: ein Krampfanfall?«

»Krampfanfall?«, wiederholte ich mechanisch und nahm Oz, der unter dem Sessel hervorkroch, wieder hoch.

»Es ist ein typisches Symptom, wenn du dich nicht mehr daran erinnern kannst.«

Wovon sprach Myers eigentlich? Meine Gedanken waren in einem völlig anderen Universum, in dem ich mir vorzustellen versuchte, dass sie und Liz tatsächlich etwas mit Virginias und William Fullers Tod zu tun hatten. Das war nicht möglich, oder? Ja, Liz hatte mich belogen, aber doch nur, um mich zu schützen. Oder?

»Hast du mich verstanden, Faye?« Myers' eindringliche Stimme brachte mich in ihre Welt zurück. »Du leidest unter einer Krankheit, die wir ›psychologische Epilepsie‹ nennen.«

Hatte ich mich verhört?

Ich versuchte, Dads Blick zu erhaschen, wartete auf eine beruhigende Geste, hoffte auf ein aufmunterndes Lächeln von ihm, einen einzigen Mach-dir-keine-Sorgen-Blick. *Komm schon, Dad.* Aber er starrte nur aus dem Fenster, vor dem die Wolken am grauen Himmel wie orientierungslos umhertrieben.

»Nein, das kann nicht sein«, murmelte ich.

»Doch. Leider ist es wahr, aber man kann lernen, mit dieser Diagnose zu leben.«

Epilepsie. Wie Zoey. Wie Fabiana.

Es schien, als ob alles an diesem Tag nur aus einem Grund geschah. Ich war die Nächste. Darum ging es hier.

»Werde ich sterben?«, flüsterte ich.

»Nein, nein, Liebes.« Liz sprang auf, kam zu mir herüber und nahm auf der Lehne des Sessels Platz. Ihr Arm legte sich um meine Schultern, und es fühlte sich an, als wäre er aus Blei. »Natürlich nicht. Wie kommst du denn auf so etwas? Du wirst nicht sterben.«

»Aber …«

»Wir werden dir alles erklären«, unterbrach mich Liz sanft. »Doch du darfst dich nicht aufregen, versprochen?«

Ich nickte automatisch. Die Bewegung sandte einen stechenden Schmerz durch meinen Kopf. Oz hörte nicht auf, meine Hand zu lecken, so als wollte er mich beruhigen.

»Erica sagt die Wahrheit. Du hattest wirklich einen Anfall an diesem Nachmittag. Nur einen leichten«, fügte sie hinzu. »Deshalb hast du nichts gespürt. Er hat nur wenige Sekunden gedauert. Es ist bloß so … du hattest solche Krampfzustände schon als Kleinkind.«

»Dad?« Meine Stimme hörte sich an, als würde ich gleich in Tränen ausbrechen. »Ist das wahr?«

Die Hände in den Hosentaschen vergraben, kam er zu mir. »Dein Großvater hat mich damals beruhigt. Krampfanfälle in diesem Alter seien nicht ungewöhnlich, sie träten bei etwa vier Prozent aller Kleinkinder auf. Es würde aufhören, sobald du größer wärst. Und so war es ja auch. Wirklich, ich habe gar nicht mehr daran gedacht.«

Es entstand eine längere Pause.

Wie konnte er das vergessen haben?

»Nur haben sie deinem Dad nicht die ganze Wahrheit gesagt«, ergriff wieder Myers das Wort. »Damals zeigten die EEG-Aufzeichnungen ein- oder zweimal abnorme Ausschläge in deinem Gehirnscan. Dein Großvater ging zunächst von Epilepsie aus. Aber es gab keine Muskelkrämpfe, du warst immer ansprechbar, und die Ergebnisse aller weiteren EEGs und MRTs waren unauffällig. Deshalb gingen wir davon aus, dass es sich um ›psychogene Anfälle‹ handeln musste.«

»Psychogen?«, wiederholte ich.

Liz holte tief Luft. »Was Erica meint, ist, dass die Symptome denen bei epileptischen Anfällen ähneln. Allerdings handelt es sich nicht um eine organische Störung, sondern die Ursachen sind rein psychologischer Natur.«

»Und unsere Diagnose war korrekt.« Myers schlug die Beine übereinander. »Deshalb konnte Liz dir auch die richtigen Medikamente verschreiben.«

Ich konnte mich selbst sehen wie in einem Spiegel. Nur nicht so, wie ich von außen aussah, sondern in meinem Innern bildeten sich Knoten, bis ich keine Luft mehr bekam.

»Ich nehme Medikamente gegen … Epilepsie?«

»Nein.« Liz löste ihren Arm von meiner Schulter. »Bei psychogenen Anfällen wäre das absolut kontraproduktiv. Aber Tavor und Sertralin-Produkte sorgen dafür, dass du dich entspannst und zur Ruhe kommst. Das minimiert das Risiko für neue Anfälle. Wir sollten sogar die Dosis erhöhen.«

»Du kannst froh sein, dass deine Tante dich behandelt«, übernahm wieder Myers. »Ein anderer Arzt hätte dir möglicherweise Antiepileptika verschrieben und damit deinen Zustand nur verschlimmert. Die Nebenwirkungen wären fatal gewesen. Liz hat alles richtig gemacht. Wenn du aber irgendetwas bemerkt hast, musst du es uns sagen.«

Sie sah mich aufmerksam an. Ich senkte den Kopf und streichelte Oz. Fast hatte ich vergessen, dass er immer noch auf meinem Schoß saß.

»Hattest du in letzter Zeit Schwindelanfälle? Bist du irgendwann einmal bewusstlos geworden? Hattest du wieder Halluzinationen?« Myers sprach plötzlich mit veränderter Stimme. »Es gibt Signale, Faye, sogenannte Auren.«

Vorhin bei Luke war ich einfach umgekippt … und mein Traum? War er eine Halluzination gewesen?

Ein Püppchen, Püppchen.

Das ist krank, krank, krank.

»Warum habt ihr mir das verschwiegen? Warum erzählt ihr mir erst jetzt davon?«

»Du stehst unter einem enormen Druck«, wich Liz mir aus. »Nicht nur die Sache mit Amy und Virginia. Da ist auch noch die Schule, du wirst deinen Abschluss machen, musst dich fürs College bewerben …«

Ungeduldig unterbrach Myers Liz' Erklärung. »Und dieser Stress kann Anfälle auslösen. Je besser du deinen Zustand verstehst, je mehr du weißt und uns erzählst, desto eher können wir dir helfen.«

»Wie wollt ihr mir denn helfen?«

Hatten die beiden dieses Gespräch eingeübt, jeder seinen Part auswendig gelernt, und nun war Liz wieder an der Reihe?

»Erica wird einige Experimente mit dir machen, um sicherzugehen. Eine Videoüberwachung könnte helfen, eine genaue Diagnose zu stellen. Und natürlich brauchst du jetzt eine intensive psychologische Betreuung.«

Oz hob den Kopf, und sein Schwanz schlug nervös hin und her. »Du wirst wieder zu Erica in Behandlung gehen«, erklärte Liz.

Ich fühlte mich plötzlich gefangen wie eine Fliege, die, in ein Marmeladenglas gesperrt, langsam den Verstand verlor. Ich schüttelte den Kopf und hörte nicht mehr damit auf.

»Faye, es ist völlig normal, wenn dir das alles Angst macht.« Jetzt sprach wieder Myers. »Aber wenn du dich an unsere Anweisungen hältst, wirst du wieder gesund. Doch jede Aufregung wird deinen Zustand verschlimmern. Du musst dich ausruhen. Schlafen. Und Liz hat recht: Du brauchst dringend jemanden, mit dem du reden kannst. Wir machen am besten sofort einen Termin.« Sie zog einen Filofax-Terminkalender aus rotem Leder aus ihrer schwarzen Handtasche, die sofort wieder wie eine Falle zuschnappte. »Übermorgen am späten Nachmittag, sagen wir siebzehn Uhr … Abgemacht?« Plötzlich war jede Sanftheit, jegliche Geduld verschwunden. »Ich wohne im Gästeapartment des Leuchtturms.«

Ich widersprach nicht, weil mir die Stimme wegkippte. Ich sah ihr einfach nur zu, wie sie den Termin notierte. Immer noch derselbe Waterman-Füllfederhalter, mit dem sie schon damals jedes einzelne Wort von mir protokolliert hatte. Nach jeder Sitzung legte sie dann das Notizbuch in die Schublade eines Schreibtisches, auf dem sich nichts befand außer einem Telefon. Was war aus ihren Notizen geworden? Hatte sie alles aufbewahrt?
Ich hatte ganz oft von Mom gesprochen. Von den wiederkehrenden Träumen während meiner kurzen Schlafattacken. Der rote Ball, der im offenen Meer auf mich zuflog. Nie, nicht ein einziges Mal, hatte ich ihn gefangen. Mom war mit der Strömung hinausgelaufen, bis das Meer sie verschluckte. Dann Mom auf der anderen Seite der Rolltreppe von Walmart. Moms Gesicht am Fenster in Liz' Haus. Ich hatte es vergessen, ich hatte es einfach aus meinem Gedächtnis gelöscht, dass Mom mir in meinen Träumen erschienen war. Wieder und wieder.
Liz riss mich aus dieser Erinnerung. »Nur ein leichtes Sedativum, danach wirst du ruhiger werden. Das ist wichtig, du darfst dich nicht aufregen.«
Ich musterte die beiden Tabletten in ihrer Hand, die sie von irgendwoher hervorgezaubert hatte. Vielleicht sollte ich sie wirklich einfach schlucken. Sie würden meinen Kopf in ein federleichtes Daunenkissen verwandeln. Meine Arme und Beine wären aus Watte; alles, was ich hörte, sah, fühlte, schmeckte, roch – es würde nicht mehr als sanfte Wellen in mir auslösen. Vielleicht hatten sie recht, und ich sollte einfach nur schlafen, schlafen, schlafen.

»Du bist jetzt sehr aufgeregt«, hörte ich Myers. »Du solltest schlafen. Damit wir morgen ausgeruht über das Ganze reden können.«
Obwohl ich gerade dasselbe gedacht hatte, sträubte sich plötzlich alles in mir. Myers würde mich zwingen, zu reden. Sie würde das Letzte aus mir herauspressen. Dazu war sie fähig. Ich wusste es. Ich würde über Luke sprechen müssen, über seinen Vater und über Virginia. Nein, ich durfte auf keinen Fall mit ihr reden.
»Dad!« Ich machte einen letzten Versuch. »Ich will das nicht!«
Doch er schüttelte den Kopf. »Sie wollen dir bloß helfen, damit du wieder gesund wirst. Wir müssen ihnen vertrauen, und niemand kennt deinen Zustand so gut wie Liz.«
Nein, ich werde Faye nicht opfern.
Zunehmend panischer wehrte ich mich mit allen Kräften. »Ich tue alles, was ihr wollt, versprochen! Ich schlucke Tabletten, ihr könnt mein Gehirn verkabeln, setzt mir einen Chip ein, aber ... keine Therapie.«
»Faye!«
Ich registrierte den gequälten Ausdruck in Dads Gesicht. Da wurde mir klar: Er war auf ihrer Seite. Doch er wusste nicht, was ich wusste. Und ich konnte es ihm nicht sagen. Es war vorbei. Jetzt würde er mir nicht mehr glauben, wenn ich ihm von Luke erzählte. Von seinem Verdacht gegen den Monday Club, von Virginias vorgetäuschtem Selbstmord, dem Betäubungsmittel. Myers und Liz hatten den Zeitpunkt geschickt gewählt.
Mein Kopf fühlte sich an, als hätte man mir eine Plastiktüte

übergestülpt. Oz sprang fauchend von meinem Schoß, und für einige Sekunden hing er in der Luft, als würde er schweben.

»Dein Gehirn ist keine Maschine«, drang Liz zu mir durch. »Irgendwann explodiert es, wenn es zu viel wird. Das ist keine Krankheit. Du empfindest einfach intensiver als andere, du nimmst mehr wahr.«

»Es ist eine Gabe, Faye.« Machte sich Erica Myers über mich lustig? »Und zusammen werden wir herausfinden, wie du sie nutzen kannst.«

Gabe.

Das Wort folgte mir wie ein Echo, als ich mich langsam erhob und Richtung Tür ging. Meine Beine fühlten sich an, als wären sie aus Gummi.

Fruchtgummi, dachte ich. Rote Zuckerherzen.

Mein Gott, Amy hatte das Zeug am Bootssteg tütenweise verschlungen.

Caleb hatte behauptet, eines Tages würde sie aufwachen und merken, dass sie nur noch aus Zucker bestand. *Zuckerfee. Zuckerpüppchen.* Ein hysterisches Kichern breitete sich in mir aus, wenn ich daran dachte, wie sie jetzt unter der Erde in ihrem Sarg lag.

Ja, dachte ich, während ich die Haustür aufstieß und nach draußen und über den Rasen rannte: Irgendwann wird es zu viel, und dann explodiert dein Gehirn einfach.

KAPITEL 6

Virginias Strandhaus erhob sich über der Bucht von Cold Cove. Über das Geländer der Veranda war ein gelbes Absperrband gespannt, das im Wind flatterte. Mein Herzschlag wurde schneller und meine Furcht mit jedem Schritt die Treppe hoch größer.

Hier hatte ich die Akten entdeckt, die Virginia entlarvten. Sie war nicht länger die fürsorgliche Ärztin, für die alle sie gehalten hatten. Nein, sie hatte sich als Monster entpuppt. Wieder und wieder hatte sie Amy ins Leben zurückgeholt, um sie dann erneut sterben zu lassen.

Warum?

Ich bahnte mir einen Weg durch das raschelnde Laub auf der Veranda, die sich einmal rund um das Haus zog.

An der Haustür hing noch das Siegel der Polizei. Ich spähte durch das schmutzige Fenster der Eingangstür in die Stille. Rechts konnte ich die Scherben der Glaslampe erkennen, die ich damals umgestoßen hatte. Die Erinnerung kam schlagartig zurück. Die Melodie dröhnte wieder in meinen Ohren. Es war das erste Mal gewesen, dass sie nicht in meinem Kopf zu entstehen schien, sondern von einer Musikanlage kam. Oder hatte mir mein Verstand damals einen Streich gespielt?

Ich wandte mich um und stolperte die Stufen wieder nach unten. Aufgewühlt rannte ich den Bootssteg entlang. Unter mir bebten die nassen, glitschigen Holzplanken, über mir flatterten die Möwen und warnten sich gegenseitig. Vielleicht hatten meine Gedanken sie aufgescheucht.

»Nein. Nein. Nein«, brüllte ich den über mir kreisenden Vögeln entgegen. »Sie lügen.«

Aber die Wahrheit war: Ich konnte mich erinnern.

Ich war auf einem blauen Dreirad zwischen Liz' und unserem Haus hin- und hergefahren. Die kleinen Gummiräder hatten laut gequietscht, ich hatte irgendein Kinderlied gesungen. Aber plötzlich fuhr ich nicht mehr. Meine kleinen Hände rutschten am Lenkrad ab, und ich fiel. Der Boden kam mir entgegen, noch bevor ich schreien konnte. An den Rest konnte ich mich nicht erinnern. Doch ich wusste noch, dass ich mir die Strumpfhose zerrissen hatte, meine absolute Hello-Kitty-Lieblingsstrumpfhose.

War das einer dieser frühen Anfälle gewesen?

Und heute bei Luke, flüsterte mir eine gehässige Stimme ein. Auch da bist du einfach umgefallen. Hast am ganzen Körper gezittert, so hatte es Luke beschrieben. Und was ist mit den Halluzinationen? Du kannst sie »Träume« nennen, aber du weißt es besser.

Ich hatte das Ende des Stegs erreicht. Das Boot, die *Escape*, war verschwunden. Übrig geblieben war nur ein langes Tau, das zusammengerollt am Ende des Schiffsanlegers lag. Hier hatte ich mich immer mit Amy getroffen. Wenn es noch einen Platz gab, an dem ich ihr nahe sein konnte, dann hier.

Ich bin wirklich sehr krank.

Das hatte Amy in ihren Notizbüchern geschrieben.

Sie sagen mir nicht die Wahrheit.

Ich stieß ein bitteres Lachen aus, das zu einem lauten Schluchzen wurde. Es schien, als hätte Amy gewusst, dass sie sterben würde. Sie hatte mir alle Gedanken und Gefühle ihres vergangenen Sommers hinterlassen. Ein nicht beendeter Brief zwischen eng beschriebenen Seiten, in dem sie mir gestand, dass sie im Krankenhaus sei und nicht im Sommercamp. Zwei Ansichtskarten von Harvard, auf denen sie mich anflehte zu kommen. Sie hatte sie nie abgeschickt. Dafür ausführliche, detaillierte Berichte über ihren Tagesablauf. Sorgfältig eingeklebte Speisepläne mit Amys Kommentaren: *Bitte sag deinem Dad, wenn ich zurückkomme, hätte ich gerne ein riesiges, fettes STEAK ohne Pommes, ohne Salat.*

Die Notizbücher waren ganz hinten in meinem Wandschrank versteckt.

Ich setzte mich auf die feuchten Holzplanken. Der Himmel war finster, aufgewühlt von schweren Wolken, doch der Regen hatte aufgehört. Hier draußen auf dem Steg blies der Wind heftiger; das Geräusch war wie das Flüstern Tausender Stimmen. Dazu das Tosen der Wellen, die von unten gegen den Steg schlugen.

Eine einzelne Möwe stieß hoch über mir einen Schrei aus, der mir das Blut in den Adern gefrieren ließ.

»Amy, hilf mir«, flüsterte ich. »Sag mir, was ich tun soll.«

Ja, es war verrückt, mit den Toten zu reden, aber sie konnten mich wenigstens nicht belügen. Selbst ihr Schweigen war ehrlicher als alle Worte, die ich von Myers und Liz gehört hatte.

Du wirst die Nächste sein.

Ich werde Faye nicht opfern.

Warum jetzt? Warum sagte Liz mir ausgerechnet jetzt die Wahrheit über meine Krankheit? Warum tauchte Myers plötzlich hier auf? Was war mit den Tabletten, die ich jahrelang geschluckt hatte? Liz hatte mir mehr und mehr gegeben, damit ich schlafen konnte. Was, wenn sie mich nur betäuben wollten?

Wie Virginia und William Fuller.

Jede Welle wiederholte sich. Jeder Schock brachte den nächsten.

Zum ersten Mal in meinem Leben fürchtete ich mich vor Liz. Seit meiner Kindheit hatte sie nichts anderes getan, als sich um mich zu kümmern, sich um mich zu sorgen, mir zu helfen und – meine Gedanken kehrten wieder zu dem einen Punkt zurück – mir Tabletten zu geben, die mir helfen sollten. Hatte sie mir wirklich Pillen verabreicht, die ich überhaupt nicht brauchte? Nein, das machte keinen Sinn. Aber wann hatte das letzte Mal etwas einen Sinn ergeben? Offenbar war ich verrückt, und »Psychologische Epilepsie« – klang das nicht wie die Vorstufe zum Wahnsinn?

»Amy«, flüsterte ich erneut. »Was passiert mit mir?«

Die unaufhörlich an den Steg schlagenden Wellen des Meeres zogen meine Gedanken immer weiter in die Tiefe. Schwarzes Wasser, Salz in meinen Lungen. Mein Atem wurde zu Schlamm. Meine Zähne klapperten vor Kälte und Übelkeit.

Ich hustete, keuchte, ein Brechreiz überfiel mich. Ich ging auf die Knie, beugte mich über das Wasser und würgte alles heraus, bis ich leer war.

Als ich Minuten später die Beine anzog, das Kinn auf meine Arme legte und auf das Wasser hinausstarrte, spürte ich, wie die salzige Luft meinen Kopf leer und klar machte. Ich lauschte den Wellen und den Rufen der Möwen und atmete tief ein und aus. Ich liebte den Geruch nach Salz, Tang und Wasser. In diesem Moment hatte er etwas Befreiendes.

Du *willst* nicht schlafen, hatte Luke an unserem ersten Abend auf der Veranda des Fullerhauses gesagt. Plötzlich hörte es sich nicht mehr so absurd an. Ich hatte mein Leben lang die Augen vor mir selbst verschlossen.

Und wie naiv ich gewesen war, geradezu ein Naturtalent der Anpassung. Ich hatte nie die Schule geschwänzt, trotz meiner Schlafstörungen waren meine Noten immer herausragend, ich hatte nie geraucht, nicht getrunken, ich nahm keine Drogen – wütend holte ich so tief Luft, dass ich meine Rippen spüren konnte –, außer den Tabletten, die Liz mir gab.

Und das war vielleicht der Fehler gewesen.

Plötzlich hörte ich Schritte und spürte, wie der Steg ins Schwanken geriet. Erschrocken blickte ich mich um. Hinter mir am Geländer lehnte Josh. Als ich ihn so plötzlich da stehen sah, groß und breitschultrig, und er mich aus seinen blauen Augen anschaute, brach ich in Tränen aus. Sofort war er neben mir, zog mich an sich, und ich vergrub mein Gesicht an seiner Schulter. So hielt er mich lange fest. Ich spürte sein Herz wie mein eigenes. Beide fanden wir von selbst den gleichen Takt, bis ich nicht mehr unterscheiden konnte: War es sein Herz oder meins?

Ein kalter Windstoß fuhr zwischen uns hindurch, und der nachfolgende Regenguss kam mit solcher Wucht auf uns nieder, dass wir aufsprangen und zurück zum Strandhaus rannten. Ich hörte erst wieder auf zu lachen – völlig überreizt und überdreht –, als wir im Wagen saßen.

Eine ganze Weile lauschten wir dem Regen, der auf das Dach niederprasselte. Und ich würde das nie vergessen. Unser gemeinsames Schweigen und das Gefühl, mich sicher zu fühlen. Es war das Beste, was mir seit Langem passiert war.

»Wie hast du mich gefunden?«, fragte ich irgendwann.

Wie immer, wenn Josh lächelte, wurden seine markanten Züge weicher und ließen ihn jünger aussehen – weniger ernsthaft, abgeklärt. Josh war manchmal so erwachsen, dass man leicht vergaß, dass er noch nicht einmal die Highschool abgeschlossen hatte. »Ich kenne dich schließlich. Mir war klar, dass du zum Bootssteg gehen würdest, um mit Amy zu reden.«

Für ihn war ich wirklich immer ein offenes Buch gewesen.

Er trug die petrolfarbene Kapuzenjacke, die ich ihm zum Geburtstag geschenkt hatte. Wir hatten darüber gelacht, dass seine Augen genau dieselbe Farbe annahmen, wenn er sie trug. Wie ein Chamäleon … Sofort waren wieder die Bilder vom Sommer da. Der warme Sand in der Bucht von Silver Sands. Seine Küsse auf meinem Mund, seine Hände auf meinem Körper. Und dann hatten ausgerechnet Amys Tagebücher alles zerstört. Ich schüttelte den Kopf, um die Bilder zu verscheuchen.

»Dein Dad hat mich angerufen«, sagte er, als er spürte, dass sich etwas verändert hatte.
»Sie wollen mich zwingen, eine Therapie bei Myers zu machen, und jetzt sollst du mich davon überzeugen, dass das *gut* für mich ist, oder?«
»Nichts und niemand kann dich dazu zwingen, wenn du es nicht willst. Eine Therapie hat keinen Erfolg, wenn du dich ihr verweigerst.« Er zögerte. »Aber du darfst dich nicht von uns allen zurückziehen wegen dem, was passiert ist, Faye.«
Der Regen strömte unablässig trommelnd über die Windschutzscheibe.
»Ich wäre fast gestorben, und du warst nicht da.«
Wer ihn nicht so gut kannte wie ich, hätte ihn für völlig ruhig gehalten. Ich aber spürte, was in ihm vorging. So sah er aus, wenn er, den Ball in der Hand, kurz vor dem entscheidenden Treffer stand. Nichts und niemand konnte ihn dann mehr stoppen. Er wandte mir das Gesicht zu. »Faye, ich werde dich nicht noch einmal im Stich lassen.«
Der Moment war da. Ich wollte ihm von Luke und William Fuller erzählen. Von dem Verdacht gegen den Monday Club. Gegen seine Familie und meine.
Der Gedanke verursachte mir weiche Knie, und wieder schoss Übelkeit in mir hoch. Mir war kalt, und ich fühlte mich entsetzlich müde und erschöpft. Ich hätte alles dafür gegeben, in meinem Bett zu liegen.
Die beiden blauen Tabletten in Liz' Hand.
Du musst schlafen, Faye.
Ein Teil von mir wollte Josh bitten, mich nach Hause zu bringen, doch da war noch eine andere Stimme, die flüsterte:

Nein, du musst wach bleiben. Du darfst nicht einschlafen. Wenn du schläfst, können sie dich besser kontrollieren.

»Ich weiß, es klingt merkwürdig, Josh. Aber ich glaube, ich bringe Unglück.«

Ich hatte es ausgesprochen, noch bevor ich es gedacht hatte. Er wollte widersprechen, doch ich ließ ihn nicht zu Wort kommen. »Meine Mom ist bei meiner Geburt gestorben. Und jetzt noch Amy, Virginia … Es sind einfach zu viele Tote, verstehst du?«

Ich schloss die Augen und versuchte vergeblich, gegen die Müdigkeit anzukämpfen. Als ich sie wieder öffnete, brach ein Sonnenstrahl durch die Wolken, und ein unglaublicher Regenbogen zog sich vom Ufer bis zum Horizont. Er war wie eine Brücke, die von einer Unendlichkeit in die nächste führte. Einen Augenblick lang vergaß ich zu atmen, vergaß die Panik und den Schmerz.

Doch dieses befreiende Gefühl hielt nicht lange an. Die Furcht kehrte zurück, sie blieb, und sie würde mich weiter lähmen, wenn ich nichts dagegen unternahm.

Ginger fiel mir ein, die ihre Angst einfach herausschrie, wenn sie am Strand von den Felsen sprang.

»Du bringst kein Unglück, Faye. Im Gegenteil. Und … ich lasse dich nicht im Stich. Du bist bei mir in Sicherheit.«

Sicherheit.

Das Wort stieg wie eine Sprechblase aus Calebs Comics nach oben und zerplatzte. Eines wusste Josh noch nicht. Wenn Luke recht hatte, war auch seine Welt kurz davor, unterzugehen.

Ich musste sie warnen.

Meine Zähne schlugen laut klappernd aufeinander. Es betraf uns alle.
»Wir müssen zu Ginger … und Caleb. Es gibt etwas, das ich euch sagen muss.«
Verwirrt sah er mich an. »Was haben die beiden damit zu tun?«
»Wir müssen Ginger anrufen.«
Ich spürte, wie er zögerte. »Fahr los!«
Endlich startete er den Wagen und sagte: »Wenn ich mich nicht täusche, ist sie nach dem Unterricht zu Caleb gegangen.«

KAPITEL 7

Das Anwesen der Sheramys gehörte zu den ältesten in Bluehaven. Es war nicht annähernd so groß wie Windy Hall, aber seine Geschichte ging bis in die Zeit des Bürgerkrieges zurück. Und in den Fünfzigerjahren war hier – ein einziges Mal – ein bekannter Physiker zu Besuch gewesen, Roger Penrose, weshalb der Name von Rosehill in Penrose geändert wurde. Warum erinnerte ich mich ausgerechnet jetzt daran? Weil Fakten unverrückbar, unerschütterlich blieben.

Als Josh nun in die Einfahrt bog, schien mir der Gedanke, einfach wieder kehrtzumachen, äußerst verlockend. Wozu schlafende Hunde wecken, flüsterte eine Stimme in meinem Kopf. Sie gehörte der Faye, die Problemen am liebsten aus dem Weg ging.

Die Haustür war nicht verschlossen wie sonst immer. Auf dem Weg unter das Dach, wo Caleb sein eigenes Apartment hatte, begegneten wir niemandem. Es war zu leicht, um einen Rückzieher zu machen.

In Calebs Zimmer waren die Vorhänge zugezogen. Von der

Straße her hörte ich den nachmittäglichen Berufsverkehr und das schwache Trommeln einzelner Regentropfen, die gegen die Terrassentür knallten wie verirrte Insekten.
Caleb und Ginger lagen nebeneinander auf dem XXL-Kingsize-Bett, zwischen ihnen ein Tablett, auf dem sich Bagels, Obst und süßes Gebäck türmten. Sie waren vertieft in eine alte Folge von *Big Bang Theory* und so erschrocken über unsere plötzliche Anwesenheit, dass Ginger das Glas aus der Hand fiel.
»Scheiße, Caleb! Tut mir echt leid!«, rief sie, geradezu erleichtert über das Missgeschick. Auf diese Weise konnte sie ihre Verlegenheit überspielen. Meine Zähne gruben sich in die Unterlippe. Es drehte mir den Magen um, die beiden derart vertraut miteinander zu erleben. Wie sie nebeneinander auf dem Bett lagen, das sah nicht nur nach Freundschaft aus, sondern nach mehr. Und Amy war erst seit wenigen Wochen tot.
Hektisch versuchte Ginger, das Wasser mit dem Ärmel des bunten Shirts aufzusaugen, das sie aus Calebs Schrank geklaut hatte. »Du bist vorhin einfach aus der Schule verschwunden, Josh«, plapperte sie los, »und ich hatte keine Lust, nach Hause zu laufen, und Caleb wollte mir sowieso diesen Physikkram erklären, den Mr. Doyle heute von sich gegeben hat.« Sie wandte den Kopf zu mir. Die Wangen in ihrem blassen Gesicht waren gerötet. »Sei froh, Faye, dass man dich zu Hause gefangen hält! Wer will schon wirklich wissen, dass wir nur existieren, weil das Universum explodiert ist …«
Caleb griff zur Fernbedienung und schaltete den Fernseher

aus. »Diese Folge mit der Zeitmaschine habe ich mindestens ein Dutzend Mal gesehen. Es wäre echt hilfreich, wenn ich auch zwanzig, dreißig Jahre vorspulen könnte – um zu sehen, ob meine Entscheidungen richtig waren. Dann wüsste ich, ob ich Comics zeichnen oder die Physik auf den Kopf stellen soll.«

»Es ist gefährlich, die Zukunft zu ändern«, sagte Josh.

»Es ist auch gefährlich, sie nicht zu ändern«, entgegnete Caleb. »Wie komme ich überhaupt zu der Ehre eures Besuches? Ich dachte schon, ich sehe dich nie wieder, Faye.«

In meiner Kindheit hatte es eine Phase gegeben, da hatte ich mich vor der Dunkelheit gefürchtet, vor den Zombies in meinen Albträumen, den Monstern, die in meinen Halluzinationen zum Leben erwachten und unter dem Bett auf mich warteten. Damals schien es nur eine Frage der Zeit zu sein, bis sie aus ihren Verstecken hervorkrochen, um mir schreckliche Dinge anzutun. Nicht nur in der Welt meiner Träume.

Sie hatten bis heute gewartet.

Auch auf Caleb, Ginger und Josh. Ich war nicht allein. Und hatte ein schlechtes Gewissen, weil ich mich erleichtert fühlte.

Meine Beine zitterten, als ich auf den Sessel zusteuerte. Die Decke, die über der Lehne hing, rutschte zu Boden, als ich mich hineinfallen ließ. Meine sandigen, nassen Sachen klebten an meinem Körper. »Ich muss euch etwas erzählen.« Das Knistern der Panik in meiner Stimme war unüberhörbar.

Wie sollte ich anfangen? Der Monday Club – das waren unsere Familien, das waren wir: Josh, Ginger, Caleb und ich.

Okay, der wichtigste Satz in einer Geschichte war immer der erste.

»Unser Leben lang«, begann ich, »haben sie uns Lügen erzählt.«

Ohne einen von ihnen anzusehen, spürte ich ihre Verwunderung. Neugierig warteten sie auf die Fortsetzung dieser Geschichte.

»Am Strand hast du mir von Virginias Selbstmord erzählt, Ginger.« Ich schaute zu ihr hin. »Woher wusstest du davon?«

»Ich habe gelauscht, als Chief Turner sich mit Dad unterhalten hat«, murmelte sie. »Sonst hätte ich nie etwas darüber erfahren.«

»Und wenn es kein Selbstmord war?«

Ein schweres, langes Schweigen dehnte sich aus.

»Du meinst, es war ein Unfall?« Ginger fuhr plötzlich hoch. »Aber sie hatte sich an den Mast gefesselt, sich ein Betäubungsmittel gespritzt … eben um es sich im letzten Moment nicht anders zu überlegen.«

Ich schüttelte den Kopf und brachte das eine schreckliche Wort einfach nicht über meine Lippen.

Mord.

Caleb, der Schnelldenker, hob den Kopf: »Glaubst du, Virginia … wurde ermordet?« Als ich nicht antwortete, fuhr er fort: »Ein Mord in Bluehaven? Hat Liz dir das erzählt?«

Ich atmete langsam tief ein. Joshs Augen bohrten sich in meine. Mir schien, als ob die Kälte durch den unteren Spalt der Terrassentür kroch und anschließend ganz langsam von den Zehen aus bis hoch in meine Brust stieg. Ich bückte

mich, griff die Decke und schlang sie mir mit zitternden Händen um den Körper.
»Luke ...«
»Du meinst diesen gut aussehenden Luke Salerno? Der im Fullerhaus wohnt? Der Luke, den Grandma einen ›italienischen Erbschleicher‹ nennt?«, platzte es aus Ginger heraus.
»Er behauptet, der Monday Club habe seinen Vater, William Fuller, auf dem Gewissen«, erklärte ich.
Als Josh sprach, klang seine Stimme mit einem Mal hart. »Ich wusste, dieser Luke würde nur Ärger machen. Ich verstehe nur nicht, wie du ...«
»Wie kommt er darauf?«, unterbrach Ginger ihren Bruder.
»Er hat Gründe, Beweise«, erklärte ich, und immer schneller, drängender, als sei ein Bann gebrochen, der Damm meines Schweigens eingestürzt, redete ich mir alles von der Seele. Ich begann mit der Entdeckung von Lukes Recherchen im Fullerhaus, und als ich am Ende war, stand der Begriff *Psychologische Epilepsie* im Raum. Als wäre eine Bombe explodiert, war die unheimliche Ruhe danach der eigentliche Schock. Ja, es war so still, als befänden wir uns plötzlich in einem Vakuum von Raum und Zeit.
Schließlich sprang Ginger vom Bett, zog eine Schachtel Marlboro aus ihrer Hosentasche und schob sich eine Zigarette in den Mund. Sie zitterte dabei so stark, dass sie lange mit dem Feuerzeug vor ihrem Mund herumfuchteln musste, um sie sich anzustecken.
Calebs Einwand, in seinem Zimmer herrsche Rauchverbot, ignorierte sie. »Scheiße, Scheiße, Scheiße! Ich trau dem Monday Club ja vieles zu, aber ... Mord?«

Ihre Stimme wurde immer schriller. »Das ist doch totaler Bullshit. Warum sollten sie so etwas tun? Wir reden hier vom Professor, von Liz und von Dad. Sag doch was, Caleb.«
Caleb hob die Arme und verschränkte sie über seinem Kopf. »Leute, wozu die Panik? Ein unbekannter Toter am Bahnhof von Boston? Das lässt sich doch leicht nachprüfen.«
Er erhob sich langsam vom Bett und ging hinüber in sein Arbeitszimmer, das wir immer »Labor« nannten. Gleich darauf hallte das hektische Klappern der Tastatur zu uns herüber und dann Calebs Stimme: »He, kommt mal her! Scheint so, als hätte der Italiener nicht alles erfunden.«
Wie oft hatte Amy gelästert, Calebs rechte Hand sei in einer beispiellosen individuellen Evolution zu einer Maus mutiert. Sie hatte recht gehabt. Er hockte wie ein Pilot im Cockpit zwischen Bildschirmen, Laptops und mehreren Druckern, deren Wert Dads Jahreseinkommen überstieg.
»Ich habe *Boston Bahnhof* und *unbekannte Leiche* gegoogelt … und das gefunden.«
Caleb deutete auf den Mammutmonitor vor sich, auf dem uns ein Gesicht in x-facher Vergrößerung entgegenstarrte.
Wie ähnlich Luke seinem Vater war. Dieselben Haare, das gleiche Lächeln und … der Leberfleck rechts auf der Stirn. Dazu die blauen Augen, die einen geradezu festhielten, so als würden sie einen Anker im Gegenüber werfen.
»Langjähriger Patient des *Somerville Hospital of Psychiatry.* Der Tote hatte ein Ticket nach Bluehaven, Maine in der Jackentasche. Laut seiner Familie hat er keine Selbstmordabsichten geäußert …« Caleb sah hoch, und sein Gesicht

hatte jede Farbe verloren. »Alles genau, wie Luke sagt. Die Polizei hat Zweifel an …«

»Das heißt doch nicht, dass Dad oder Grandma etwas mit der Sache zu tun haben«, fiel Ginger ihm ins Wort. »Sag doch was, Josh! Du warst bei ein paar Sitzungen schließlich dabei.«

Josh lehnte an dem hellen Ahorntisch in der Mitte des Raums, auf dem Calebs Comichelden und -monster sich bis auf den Tod bekämpften. »Gestern hat Grandma mir offiziell verkündet, dass ich in der nächsten Zeit zu keinem weiteren Treffen mehr eingeladen werde.« Josh stieß ein kurzes Lachen aus.

Ich kannte ihn so gut, und gerade deswegen erschrak ich, als ich seinen Blick sah. Eine seltsame Mischung aus Hilflosigkeit und Entsetzen. Alles ging in die Brüche, alles, woran wir je geglaubt hatten. All das, was wir für unumstößlich gehalten hatten, fiel in sich zusammen.

Nein, Josh, schrie ich innerlich, *das kann nicht wahr sein.* Und wie immer war es Ginger, die die Worte aussprach. »Josh, das ist nicht wahr, oder?«

Josh sagte immer noch nichts. Ein schreckliches Schweigen breitete sich aus. Dann endlich holte er tief Luft, kam zu uns herüber und ließ sich auf einen Stuhl fallen. »Wahr ist offenbar, dass William Fuller vor einem Jahr noch gelebt hat, dass er unter mysteriösen Umständen gestorben ist und dass er panische Angst vor dem Monday Club hatte. Wahr ist auch: Liz hat Faye belogen. Sie hat sie ihr Leben lang getäuscht. Hat ihr Medikamente gegeben. Virginia hat eng mit ihr zusammengearbeitet, und sie ist schuld an Amys Tod. Mehr weiß ich nicht.«

Ein lautes Geräusch ließ uns hochschrecken. Polternde Schritte im Schlafzimmer nebenan, jemand stieß etwas um, hustete heiser. Caleb sprang auf, um schnell die Tür zuzuschlagen. Doch es war zu spät.
Im Türrahmen tauchte der Professor auf, ein Glas in der rechten Hand. Was er anhatte, sah aus, als hätte er darin geschlafen: eine zerknitterte teure Anzughose und ein gestreiftes Hemd, auf dem Flecken waren. Seine sonst so klaren Augen wirkten merkwürdig glasig. »Wo ist … äh … wo ist deine Mutter?«
Caleb setzte sich wieder und vermied es, seinen Vater anzusehen. »Du weißt doch, Dad, sie ist in New York.«
»Ah … ja, New York.« Roger geriet ins Schwanken, griff nach der Tür, wobei ihm das Cognacglas fast aus der Hand gerutscht wäre.
»Er ist total betrunken, Caleb«, flüsterte Ginger.
»Oh, oh … schon wieder leer.« Ein albernes Grinsen erschien auf Rogers Gesicht, er löste sich vom Türrahmen und wankte durch das Zimmer auf den Schreibtisch zu. »Irgendwo noch Scotch? Ist eine wunderbare Medizin.«
Seine Alkoholfahne stieg mir in die Nase, als er sich direkt auf den Stuhl neben mir fallen ließ. Er blickte in die Runde, doch seine Augen fanden keinen Punkt, auf den er sich konzentrieren konnte. Dann wurde sein Gesicht plötzlich kreideweiß, und er zeigte auf den Bildschirm, wo immer noch die Seite mit dem Zeitungsartikel und dem Foto abgebildet war.
»William … William Fuller … ist tot. In dieser Klinik gestorben … lange bevor ihr …«

Wir starrten uns über seinen Kopf hinweg an. Roger war betrunken, und es hieß doch, Betrunkene sagen die Wahrheit. Die Wahrheit aber war: Der Professor log.

Plötzlich erinnerte ich mich wieder an flüchtige Bemerkungen, die ich hier und da als Kind aufgeschnappt hatte. Der Professor hatte seine wissenschaftliche Karriere wegen irgendeiner Krankheit aufgeben müssen. Ich hatte Liz danach gefragt, und sie hatte erklärt, Roger hätte wegen Erschöpfung einige Monate in einer Klinik verbracht. War es der Alkohol gewesen?

»Was ist los mit euch?« Rogers Kopf schoss in die Höhe. »Ihr seid so schweigsam.«

Als hätten wir uns abgesprochen, sagte keiner von uns etwas.

»Die fünf Lichtgestalten ...«, murmelte Roger. »So hat man uns in Harvard genannt. Wir waren alle Träumer, Idealisten ... Es ging darum, die Welt zu verändern.«

Warum wollten alle immer die Welt verändern? Ich hätte in diesem Moment alles dafür gegeben, sie wäre so geblieben, wie ich sie mir bis vor Kurzem erträumt hatte.

»Wie wolltet ihr sie denn verändern, Dad?«, fragte Caleb.

Roger hatte die Frage entweder nicht gehört, oder er ignorierte sie bewusst. Obwohl er kaum noch bei Bewusstsein schien. Er starrte einfach durch uns hindurch. »Wie auch immer ... Wenn ... ihr meine Hilfe braucht ... ich bin für euch da. Tag und Nacht. Ich ... ich bin auf eurer Seite.«

Sein Blick lag auf mir, auch wenn er »ihr« gesagt hatte.

Mir lief ein eiskalter Schauer über den Rücken. *Warum ich? Was ist mein Geheimnis?*

Ächzend holte er Luft und versuchte sich hochzustemmen, was ihm allerdings erst beim dritten Versuch gelang. »Oh, oh … das war wohl ein Schluck zu viel. Nicht deiner Mutter verraten, Sohn. Und ihr … ihr vergesst besser, was ich gesagt habe.«

Wir sahen ihm nach, und nur wenige Sekunden später schloss sich die Tür mit einem Laut, als würde sie seufzen.

»Fünf Lichtgestalten …«, sagte Josh. Auf seinem Gesicht lag ein nachdenklicher Ausdruck. »Warum fünf?«

Für einen Augenblick konnte ich plötzlich wieder klar denken. Sie hatten sich nicht nur als Kinder gekannt, nein, sie waren der Monday Club. Der riesige Bildschirm flimmerte, und die Gesichter meiner Freunde verschwammen vor meinen Augen.

»Roger, Nelson, Liz …«, ich schluckte, »William … und Dr. Myers. Luke hat erwähnt, sein Vater hätte Medizin studiert. In Harvard.«

»Inwiefern wollten sie die Welt verändern?«, hörte ich Caleb erneut fragen.

Josh aber murmelte mit zusammengebissenen Zähnen mehr zu sich selbst: »Und was wollen sie von Faye?«

Mein Herz flog zu ihm hin. Er hatte sich entschieden. Für mich.

KAPITEL 8

Epilepsie psychologisch.

Als ich das schwarz auf weiß auf dem Bildschirm las, überkam mich ein merkwürdiges Kribbeln. Für einen Moment zerfielen die Worte zu einzelnen Buchstaben und setzten sich dann wieder in umgekehrter Reihenfolge zusammen.

Psychologische Epilepsie

Epilepsie.

Zoey. Fabiana.

Es klang wie ein Todesurteil.

»Faye?« Ich schrak zusammen. Ginger war hereingekommen und reichte mir einen Becher Kaffee. »Ich glaube, den kannst du gebrauchen.«

Caleb saß da und verfolgte mit hochgezogenen Augenbrauen die Suchergebnisse, die angezeigt wurden. »Dazu gibt es so gut wie keine Einträge. Kann es sein, dass du etwas falsch verstanden hast?«

Ich rieb mir die Stirn und versuchte mich an Liz' Stimme zu erinnern. »Nein.«

»Okay, dann fangen wir mit dem an, was wir hier haben.« Zunehmend angespannt beobachtete ich, wie er den Bildschirm hinunterscrollte.

»Stopp!« Josh beugte sich über mich und tippte mit ausgestrecktem Zeigefinger auf die Überschrift *Epilepsie-Netz*.

KLICK. Die Seite wurde geöffnet.

Natürlich gibt es auch Anfälle, die mit der Psyche zusammenhängen. Das sind dann nicht epileptische oder auch sogenannte psychogene Anfälle. Die sehen genauso aus und laufen genauso ab wie »echte«, weshalb sie auch sehr schwer/kaum zu unterscheiden sind.

Der Text verschwand vom Bildschirm.

Psychogene Anfälle.

KLICK.

Caleb war nicht nur ein Schnelldenker, er war auch ein Meister des Speedreadings.

Anfälle, hervorgerufen durch traumatische Erfahrungen in der Kindheit und Jugend. Symptome: Störungen des Bewusstseins, zum Beispiel in Form von Erstarrung, Trance oder Amnesie ...

Schwarze Löcher im Universum waren nichts gegen die Lücken in meinem Bewusstsein; der Anfall vor wenigen Stunden, als ich auf Zoeys Bett aufgewacht war; die Sitzungen bei Dr. Myers; die plötzliche Stille in meinem Kopf, nachdem ich vom quietschenden Dreirad gefallen war.

Jeder wusste, dass mein Gedächtnis manchmal nicht einmal die Lebensdauer einer Eintagsfliege besaß.

»Rhythmische Bewegungen von Kopf oder Rumpf, Erstarrung der Muskulatur, tremorartige Bewegungen ...?« Ich

musste Ginger nicht ansehen. Ich konnte hören, wie sie nervös an ihren Fingernägeln kaute.
»Nein …«, widersprach ich heftig, bis mir eine Bemerkung von Luke einfiel. *Du bist einfach umgefallen. Hast am ganzen Körper gezittert.*
Es schien, als würden meine Lungen ihren Dienst aufgeben. Ich bekam keine Luft mehr und nickte lediglich, weil ich auch keinen Ton herausbrachte.
Caleb griff gedankenverloren nach einem Kugelschreiber mit der Aufschrift *Lancaster Oil* und drehte ihn zwischen den Fingern. »Hast du dir jemals auf die Zunge gebissen, während du … weg … warst?«
Ich atmete laut aus. »Nein.«
»Was ist mit den Schlafstörungen?«, hörte ich Josh hinter mir. »Gibt es da einen Zusammenhang?«
Ich konnte nicht länger auf den Bildschirm starren, der immer größer zu werden schien. Die Buchstaben lösten sich vom grauen Hintergrund und flogen auf mich zu wie schwarze Punkte.
»Nein, aber …«, murmelte Caleb, den Kugelschreiber jetzt im Mund. Wieder begann er in die Tastatur zu hämmern, als wären es Klaviertasten. »Hier steht etwas zu psychogener Insomnie. ›Beim Fehlen einer organischen Ursache können psychische Störungen der Auslöser für die Schlaflosigkeit sein.‹«
Psychogen. Psychologisch.
Es gab Erlebnisse in meiner Kindheit, die hatten sich mit solcher Leuchtkraft in mein Gedächtnis eingebrannt, obwohl sie nie stattgefunden hatten. Wie ich versuchte, den

roten Ball zu fangen, den meine tote Mutter mir zuwarf. Die Frau, die mir in meinen Träumen Kinderlieder vorsang. Und schließlich Amy, die mir tänzelnd an der Bushaltestelle entgegenkam. Das weiße Hemd, das im Wind flatterte. Ihre geisterhafte Stimme: *Du musst mir glauben. Sie werden nicht aufgeben.*

Und wie nannte man es, wenn man Stimmen oder Musik hörte und visuelle Halluzinationen hatte?

Psychogen. Psychologisch. PARANOID.

»Faye?« Joshs Stimme klang weit entfernt. »Alles okay?«

Mein Körper fühlte sich auf einmal unglaublich schwer an, und ich war so müde, als läge Blei auf meinen Augenlidern.

»Und sie wollten dir Medikamente geben?« Calebs Stimme ließ mich hochschrecken. In seinem Tonfall hörte ich so etwas wie Erstaunen, vielleicht sogar Misstrauen.

»Ja. Beruhigungsmittel.«

Caleb beugte sich vor, der Kugelschreiber fiel ihm aus dem Mund. »Medikamente können dir nicht helfen. Weil die Ursachen psychisch sind … Ein Trauma, unverarbeitete Ereignisse in deiner Kindheit … bla, bla, bla … haben wir das nicht alle?« Er rollte mit den Augen. »Deshalb wird hier eine Therapie empfohlen.«

Ich habe Epilepsie. Ich habe wirklich Epilepsie.

Hinter meiner Stirn hörte ich ein Knistern. Als käme es von einer dieser uralten Schallplatten, die Dad manchmal abspielte. Ein Summen ließ meine Schädeldecke vibrieren, und dann setzte die Melodie ein, erst leise, dann immer lauter.

Ich presste mir unwillkürlich und mit aller Kraft die Hände auf die Ohren. Doch es hörte nicht auf.

Ich spürte kaum, wie Josh mich an den Schultern packte und schüttelte. Ich reagierte einfach nicht. Erst als er mich an sich zog. Bis sein vertrauter, warmer Geruch in jede Pore meines Körpers drang. *Schlafen, einfach nur schlafen und vergessen.*

Du willst nicht schlafen, hatte Luke gesagt.

Vergeblich versuchte ich, das Wimmern zu unterdrücken, das sich in meiner Kehle löste. »Was hat das alles zu bedeuten, Josh?«

»Wir werden die Wahrheit ans Licht bringen, das verspreche ich dir. Du bist nicht allein. Jetzt geht uns das alle an.«

Niemand konnte etwas versprechen, wenn es nichts mehr gab, auf das man sich verlassen konnte, oder?

»Noch haben wir keine Beweise«, hörte ich Caleb, »dass der Monday Club für William Fullers oder Virginias Tod verantwortlich ist. Wir müssen herausfinden, ob jemand von ihnen an dem Tag, als Lukes Vater starb, in Boston war. Aber nichts leichter als das.«

»Sie geben mir Tabletten und betäuben mich, versteht ihr das nicht? Was, wenn ich paranoid bin wie Fuller?«

Stille breitete sich aus, ich konnte nicht einmal mehr hören, wie ich atmete.

»Wir kennen dich unser ganzes Leben lang«, murmelte Ginger in diesem bissigen Tonfall, in dem sie immer alles in Zweifel zog, was Erwachsene sagten. Als würden sich alle, kaum hatten sie die dreißig hinter sich gelassen, in Aliens verwandeln. Aber noch nie hatte einer ihrer spöttischen Kommentare so beruhigend geklungen. »Und das wäre uns längst aufgefallen. Ich verspreche dir hoch und heilig: Wenn du anfängst, barfuß zu laufen, die Kleider deiner Grandma trägst, mit dir selbst oder mit Gott sprichst und auch noch in Mülltonnen wühlst wie Missy – dann bin ich die Erste, die dir Bescheid sagt.«

Urplötzlich begann sie leise zu kichern, und ich stimmte mit ein, doch während sie schnell wieder verstummte, konnte ich nicht mehr aufhören. Tränen schossen mir in die Augen, und mein Lachen wurde zu einem verzweifelten Schluchzen. Als ich endlich aufhörte zu weinen, war ich völlig erschöpft.

Ich sah hoch und direkt in Gingers Augen. Warum starrte sie mich so eindringlich an? Sie schien mir mit ihrem Blick etwas schrecklich Wichtiges sagen zu wollen.

Irgendwie ging alles in meinem Kopf durcheinander. Myers hatte gesagt, meine Krankheit sei eine Gabe. Wie konnte sie eine Gabe sein?

Und dann plötzlich schien alles einen Sinn zu ergeben.

Ginger spürte es auch. »Heilige Scheiße«, flüsterte sie. »Amy hatte tatsächlich recht, Faye.«

Amy hatte mich warnen wollen an dem Abend, an dem sie gestorben war. Was waren ihre Worte gewesen? *Sie werden Faye nicht aus den Augen lassen. Niemals. Sie ist das höchste Gut, das der Monday Club hat.*

Wie schwer es sein konnte, etwas so Normales zu tun wie atmen. Ich klammerte mich an die steinerne Brüstung, von der aus man den besten Ausblick auf die Bucht von Cold Cove hatte. Nicht mehr lange, und die Dämmerung würde sich über einen Tag senken, wie ich ihn meinem schlimmsten Feind nicht wünschen würde. Dabei hatte ich bisher nicht geahnt, dass ich überhaupt Feinde besaß. Wie leer sich mein Kopf anfühlte, fast so, als sei er innen hohl, als hätte sich mein Gehirn einfach ausgeklinkt. Ein schwarzer Monitor. Eine Nulllinie, die ins Leere lief.

Doch wie unheimlich schön der Himmel war. Ein erster rötlicher Schimmer bahnte sich den Weg durch die Wolkenwand am Horizont. Ich stellte mir vor, er wäre ein Licht, das sich vor Jahrtausenden auf den Weg gemacht hatte, damit ich nicht jede Hoffnung verlor.

»Am liebsten würde ich jetzt zum Strand fahren und irgendetwas einwerfen, um mich einfach nur wegzubeamen.« Ginger stand plötzlich neben mir, stützte sich mit den Ellbogen auf das Geländer und zog an ihrer Zigarette. »Doch ich habe Caleb versprochen, dass ich mich in nächster Zeit von Alkohol und Drogen fernhalte.«

Unvermittelt blitzte vor meinem geistigen Auge das Bild auf, wie Liz mir die Tablette entgegengestreckt hatte. Ich musste sie einfach nur schlucken, und eine lähmende Ruhe würde sich über mich legen. Mit diesen Pillen würde ich zur Ruhe kommen, ohne sie im Strudel aus Verwirrung und Angst untergehen.

»Faye, hast du nicht gehört?« Gingers Hand zupfte an meinem Ärmel. »Du solltest nach Hause gehen und dich ausschlafen.«

»Ich werde nie wieder eine von Liz' Pillen schlucken.«

»Ich kapier es einfach nicht. Dir drehen sie jahrelang Pillen an, ganz legal, auf Rezept, um deine Gehirnzellen … klick …«, Ginger schnippte mit den Fingern, »… stillzulegen.

Und wenn ich mir einen Joint genehmige, legen sie mich in Ketten und sperren mich ins Internat.«

Meine Noten waren hervorragend. Überhaupt hatte ich stets als Wunderkind gegolten. Aber vermutlich war das nicht einmal so eine große Sache, wenn man einfach alle Erwartungen erfüllte.

»Du hast recht, das sollten wir tun.«

Ginger warf einen kritischen Blick auf die neuen Regenwolken, die der Wind in unsere Richtung trieb, und schüttelte sich.

»Bei diesem Wetter an den Strand?« Ginger verzog das Gesicht. Ich wandte mich um und sah sie an. Sie kapierte nicht, was ich wollte. »Ich meine es ernst.«

»Okay, aber dann muss ich Caleb überreden, dass er mir sein Auto leiht. Josh jedenfalls wird mir seines die nächsten hundert Jahre nicht mehr geben.«

»Das meine ich nicht. Sondern das andere.«

Sie brauchte einige Sekunden, bis sie begriff. »Du willst mit mir einen Joint rauchen?«

»Nein, nichts, was mich betäubt. Ich brauche etwas, das mich wach hält.« Was redete ich da? »Wie soll ich schlafen in dem Wissen, dass der Monday Club hinter mir her ist?«

Ihr Mund verzog sich zu einem Grinsen, und ein sehr Ginger-typisches Kichern kam heraus. »Mein Gott, Faye! Ich hätte nie gedacht, dass ausgerechnet du mich einmal um Drogen bittest.«

»Du bist mir etwas schuldig.«

Sie verstand sofort, dass ich den Unfall meinte. Ihre Rolle dabei. Dass sie Amy verraten hatte.

»Schon gut.« Sie hob die Hände. »Wenn du es wirklich willst, bringe ich dich zum Dealer meines Vertrauens.«
»Bist du jetzt völlig verrückt geworden?« Plötzlich stand Josh hinter uns, packte seine Schwester an den Schultern und riss sie herum. »Drogen?«
»He, Bruder, war nicht meine Idee.« Ginger machte sich los. »Aber wenn eine Freundin mich um einen Gefallen bittet, dann bin ich für sie da. Selbst wenn Faye einen Mord begangen hätte, würde ich ihr helfen … Oh Gott, habe ich das gerade wirklich gesagt?« Sie schlug sich die Hand vor den Mund.
»All diese Tabletten die ganzen Jahre«, rief ich. »Vielleicht sollten sie mich einfach nur ruhigstellen? Mich möglichst gefügig machen?«
»Wir finden einen anderen Weg, Faye«, sagte Josh eindringlich. »Wir sind auf deiner Seite.«
»Ich muss wachsam bleiben, Josh«, rief ich.
»Sind Beruhigungsmittel wie Tavor oder Antidepressiva keine Drogen? Nur weil sie legal sind?«, mischte sich Ginger ein.
»Lass uns kurz allein, Ginger«, sagte ich. »Bitte.«
Sie zögerte eine Sekunde, und dann verschwand sie widerspruchslos.
Ich trat ganz nah an Josh heran. »Du hast gesagt, du würdest alles tun, worum ich dich bitte«, flüsterte ich.
»Du kannst nicht einfach irgendetwas schlucken! Du weißt doch gar nicht, was das für Auswirkungen hat«, erwiderte er verzweifelt.
Ich schloss die Augen, um mich nicht zu verlieren. »Haupt-

sache, ich bleibe bei Verstand. Weißt du, wie es sich anfühlt, wenn man nichts mehr unter Kontrolle hat? Immer, immer habe ich gespürt, mit mir stimmt etwas nicht. Und immer nur dieselbe Antwort: Idiopathische Insomnie – unerklärliche Schlaflosigkeit. Und jetzt sagen sie: Du bist total psycho, Faye. Ich darf nicht schlafen, Josh, verstehst du das nicht? Ich bin die Nächste.«

»Wie sollen dir da Drogen helfen?« Natürlich gab er nicht auf.

»Du wirst die ganze Zeit in meiner Nähe bleiben, ja? Du wirst auf mich aufpassen. Aber … ich muss mich endlich daran erinnern, was damals bei Myers passiert ist.«

Es war mir bis zu diesem Zeitpunkt nicht klar gewesen, dass es darum ging. Wenn ich wirklich begreifen wollte, was Myers mit mir vorhatte, dann musste ich zurückholen, was in der letzten Therapiesitzung geschehen war. Das war der Schlüssel, und so könnte ich auch Dad davon überzeugen, dass er Myers nicht vertrauen durfte.

Der Ausdruck in Joshs Gesicht machte mir klar, wie sehr er mit sich kämpfte. Vertrauen – das war vielleicht die größte Herausforderung, der sich zwei Menschen stellen konnten.

Ich legte meine Hand an seine Brust, dort, wo sein Herz sein musste, und spürte es unter meinen Fingern.

»Myers hat gesagt, diese … Psychologische Epilepsie sei eine Gabe. Sie wollen etwas von mir, Josh. Nur was? Und was geschieht mit mir, wenn sie es haben? Ich muss wach bleiben, und wenn es ein Mittel gibt, das mir dabei hilft, dann nutze ich es.«

Josh führte meine Hand an seinen Mund. Den Kuss spürte ich kaum, aber ich wurde ruhiger.

Plötzlich war Ginger wieder da. »Wenn du es immer noch willst, Faye, fährt Caleb uns in den Trailerpark. Dort kenne ich jemanden, der kann alles besorgen. Er ist zuverlässig und wird dir nichts andrehen, was dir schadet. Das garantiere ich.«

Noch löste ich mich nicht von Josh. Ich hörte auf seinen Herzschlag. Wenn es noch eine Chance gab, dass wir wirklich zusammengehörten, dann durfte er mich jetzt nicht allein lassen. »Wenn du mich liebst, dann lass es mich versuchen. Und wenn es nicht funktioniert, verspreche ich«, ich hob drei Finger zum Schwur, »wird es das erste und letzte Mal sein, dass ich das Zeug anrühre.«

»Ich lasse dich nicht aus den Augen, Faye«, sagte er. »Ich pass auf dich auf.«

Erleichtert atmete ich auf. Eine Lücke in den dunklen Wolken ließ mich ein Stück der untergehenden Sonne sehen. Bald würde sie ganz verschwunden sein. Ich war zu viele Nächte schlaflos durch Bluehaven gelaufen und hatte sie nicht vermisst.

Die Schlaflosigkeit war mein Feind.

Aber die Nacht mein Freund.

KAPITEL 9

Jedes Mal, wenn der Wagen in ein Schlagloch rumpelte, gab es einen fürchterlichen Schlag, und Steinchen prasselten gegen die Karosserie von Joshs heiligem Alfa Romeo.

Josh wurde langsamer, beugte sich über das Lenkrad und starrte ungeduldig durch die Regenfäden, die im Scheinwerferlicht tanzten. »Und jetzt?«

»Immer geradeaus bis zum Ende des Geländes und dann links«, kommandierte Ginger.

Ich hatte das Gefühl, zwischen mir zu stehen. Zwischen der Faye, die schnellstmöglich die Flucht ergreifen wollte, und einer anderen Faye, die statt der Angst die Wut wählte.

Geisterhaft glitten die Schweinwerfer über ein Holzschild mit der Aufschrift *Salem Wood. Campground.* Wohnwagen flogen an uns vorüber, aus denen nur hier und da Licht drang. Dazwischen immer wieder überquellende Mülltonnen, ausrangierte Autoreifen, verwahrloste Vorgärten. Mein Blick blieb an der ausgeschlachteten Karosserie eines Cadillacs hängen, an dessen Anhängerkupplung ein Wohnwagen ohne Tür hing.

»Ehrlich, innen sind die Trailer oft gemütlicher als Grandmas Salon«, erklärte Ginger.
»Dann sollte ich vielleicht hier meine nächsten Ferien verbringen«, spottete Caleb.
Er hätte es fast geschafft, mich zum Lachen zu bringen, als mir im Vorbeifahren eine Kinderschaukel auffiel, die im Wind hin und her schwang. Ich glaubte, ein Mädchen in einem kurzen, rot-weiß geringelten Sommerkleid darauf sitzen zu sehen. Es erinnerte mich an Amy in dem Alter, als ich sie kennengelernt hatte. Amy hatte tatsächlich so ein Kleid besessen, oder? Dann war das Mädchen wieder verschwunden. Natürlich, es war gar nicht da gewesen.
Mein Handy summte. Schon wieder Dad, der wissen wollte, wo ich war, wann ich nach Hause käme. Ich ignorierte seine Nachricht und seufzte laut.
»Es sind Drogen, Faye«, sagte Josh. »Sie schaden deiner Gesundheit, sie verändern dein Bewusstsein, dein Gehirn.«
»Offensichtlich kann dort oben nicht mehr viel kaputtgehen«, murmelte ich.
»Ich kenne Rusty«, sagte Ginger, lehnte sich nach vorne und streckte ihren Kopf zwischen die Sitze. »Er wird Faye nichts andrehen, was ihr schadet.«
»Bist du wirklich meine Zwillingsschwester?«, knurrte Josh.
»Wer weiß. Als Kind habe ich mir immer vorgestellt, man hätte mich adoptiert.« Als niemand antwortete, fügte Ginger hinzu: »Ehrlich, kein Witz.«
»Es ist auch nicht lustig«, antwortete Josh. Im nächsten Moment spürte ich einen Ruck. Die Räder drehten durch. Ich

wurde nach vorne geschleudert, dann riss mich der Sicherheitsgurt wieder zurück in den Sitz.

Mitten auf der Straße, direkt vor der Kühlerhaube, stand eine schmale Gestalt, beide Ellbogen vor dem Gesicht, um sich vor dem Scheinwerferlicht zu schützen.

»Ist der verrückt geworden?«, rief Josh erschrocken. »Der ist mir einfach vor den Wagen gelaufen. Fast hätte ich ihn erwischt.«

Als Josh hupte, fuhren die Hände zu den Ohren, und ein bleiches Gesicht starrte uns durch die Windschutzscheibe entgegen. Der Junge war nicht älter als dreizehn und ertrank geradezu in seiner grauen Jogginghose und der gelben Regenjacke.

Sekundenlang war nichts zu hören bis auf das leise Quietschen der Scheibenwischer.

»Warum bewegt der sich denn nicht?«, murmelte Josh.

»Mach das Licht aus, ich glaube, das macht ihm Angst«, flüsterte ich, obwohl es keinen Grund gab, leise zu sprechen.

Die Scheinwerfer erloschen, und man konnte kaum noch die Hand vor Augen erkennen. Die einzelnen Lichter in den Trailern leuchteten so schwach, als seien sie Lichtjahre entfernt. Wir saßen angespannt in der Dunkelheit, und ich hörte uns nicht einmal atmen.

»Ist er weg?«, flüsterte Ginger irgendwann.

»Ich weiß nicht«, gab Josh leise zurück und ließ das Standlicht aufflammen.

Nein, der Junge stand immer noch am selben Fleck.

»Vielleicht braucht er Hilfe«, murmelte Ginger.

»Was geht uns das an?«, fragte Caleb.

»Etwas stimmt nicht mit ihm.« Ich riss die Wagentür auf und ging auf den Jungen zu. »He, ist alles in Ordnung? Brauchst du Hilfe?«

War er taub? Er reagierte nicht, als ich ihn ansprach. Den Kopf gesenkt, schien er auf etwas zu lauschen. Musik? Doch er schien keine Kopfhörer zu tragen. Zumindest konnte ich keine entdecken.

Aus den Augenwinkeln beobachtete ich, wie Josh den Wagen verließ und sich langsam näherte. Ich schüttelte den Kopf und gab ihm ein Zeichen, stehen zu bleiben. Dann machte ich ein paar Schritte, streckte die Hand aus und berührte den Jungen vorsichtig an der Schulter.

Erschrocken fuhr er herum und starrte mich an. Ein merkwürdiges Gefühl breitete sich in mir aus. Es war, als könnte er in meinen Kopf sehen. Es fühlte sich an, als würden wir uns auf einer Ebene begegnen, die nichts mit diesem Ort zu tun hatte. Ich legte die Hand vor den Mund, um den Aufschrei zu unterdrücken, der sich in mir löste. Mein Magen verkrampfte sich, und meine Brust wurde so eng, dass ich nicht mehr zu atmen vermochte. Sein Mund bewegte sich, und obwohl kein Laut über seine Lippen kam, verstand ich jedes Wort.

Sie sind hinter mir her.

»Kannst du bitte Platz machen? Wir wollen weiterfahren.« Josh legte seine Hand auf meine Schulter.

Der Junge torkelte zur Seite, tauchte in die Dunkelheit und verschwand schließlich, nur mehr ein Schatten, in einem schmalen Durchgang zwischen zwei Wohnmobilen, deren Fenster mit schwarzer Plastikfolie verklebt waren.

»Vermutlich hat er zu viel von dem Zeug geschluckt, das Rusty den Leuten hier andreht«, bemerkte Josh. »Was hat er überhaupt zu dir gesagt?«
»Nichts«, log ich.

Der Trailer, vor dem Josh Minuten später anhielt, hing merkwürdig schief. Das lag daran, dass das linke Vorderrad fehlte und die Radachse sich in den Schotter gebohrt hatte.
»Lasst mich erst einmal alleine gehen. Rusty mag keine Fremden.« Ginger sprang aus dem Wagen und lief an einem Sofa vorbei, aus dem einzelne Federspiralen wie aus einem von Donnas selbst gemachten Geburtstagskartons gesprungen waren – es fehlten nur die Clowns.
Ginger stieg die Stufen hoch, und auf dem Treppenabsatz balancierend klopfte sie gegen die Tür. »Hallo, Rusty, bist du da? Hier ist Ginger.«
Sie sind hinter mir her.
Deshalb war ich hier. Ich durfte die Kontrolle nicht verlieren. Ich musste wachsam bleiben.
»He, Rusty. Ich bin's, Ginger.«
»Okay«, sagte Josh erleichtert. »Niemand da.«
Aber ich stieg aus und ging zu Ginger. Und tatsächlich öffnete sich in dem Moment die Tür, und ein Mann erschien. Einen Drogendealer, der in einem Trailerpark wohnte, hatte ich mir anders vorgestellt. Mit langen, strähnigen Haaren, Tätowierungen an den muskulösen Oberarmen und einer Stimme, die einem das Blut in den Adern gefrieren ließ. Doch Rusty war einige Zentimeter kleiner als ich, mit einem Bauchansatz, der durch ein zu enges weißes Trägerhemd

noch betont wurde, und mit einem akkuraten Scheitel, der aussah, als wäre er mit einem Laser gerade gezogen. Jemand, den man eher übersah, und niemand, vor dem man Angst haben musste. Eine Bierdose in der rechten Hand, musterte er uns stirnrunzelnd, nahm dann einen Schluck und rülpste.
»Hab ich dir nicht gesagt, Prinzessin, du sollst alleine kommen? Du weißt doch: viele Leute, viel Gerede.«
Ginger hüpfte vor Kälte von einem Fuß auf den anderen. »Echt, das ist ein Notfall, Rusty, wirklich. Meine Freundin braucht etwas, das sie aufputscht. Sie will aufs College und Medizin studieren. Die Menschheit retten, verstehst du?«
Er nahm einen weiteren langen Schluck. »Wie wäre es mit Lernen?«
»Das ist es ja! Faye ist ein Genie. Sie hat nur ein Problem – sobald sie die Prüfungsfragen sieht, fliegt ihr Gehirn davon.« Ginger drehte sich zu mir, und ich konnte es nicht wirklich sehen, aber ich kannte sie gut genug, um zu wissen, dass sie mit den Augen rollte. »Krankhafte Prüfungsangst, verstehst du? Du bist ihre letzte Rettung.«
Rusty fixierte mich einige Sekunden lang. »Irgendwoher kenne ich die doch.«
Ginger sprang mit einem Satz vom Treppenabsatz, zog mich an sich und schlang den Arm um meine Schultern. »Das ist Faye St. Clair. Die Tochter von Roy Mason. Du weißt schon, ihm gehört der *New Spoon*. Und wir sind …«, sie hob die Hand zum Schwur, »… best friends.«
Rusty zog die Augenbrauen hoch und machte eine Bewegung, als wollte er in den Trailer zurückkehren. »Mit Mason will ich

keinen Ärger. Er weiß mit Sicherheit nicht, dass seine Tochter Drogen kaufen will. Und wenn er das mitbekommt …«

Ich wurde beobachtet, bespitzelt, verfolgt. Überall und immer. Sogar hier.

»Er wird es nicht erfahren, wenn Sie es ihm nicht sagen«, kam Josh mir zu Hilfe und griff nach meiner Hand.

»Und was ist das für einer, Prinzessin?«, fragte Rusty.

»Mein Zwillingsbruder«, gab Ginger zurück. »Mr. Perfect.«

»Mr. Lancaster von Lancaster Oil?« Rusty pfiff durch die Zähne. »Was für eine Ehre.«

»Also, was ist, Rusty?«, fragte Ginger ungeduldig. »Hast du etwas für sie? Sie steckt echt in der Scheiße.«

Rusty kratzte sich über den buschigen Augenbrauen und sah mich herausfordernd an. »Du willst also den Flow? Von mir? Das ist ein Witz, oder? Dr. St. Clair, ist die nicht deine Tante? Sie könnte dir einfach, sagen wir, Ritalin verschreiben, damit du dich besser konzentrieren kannst.«

Ich schüttelte stumm den Kopf.

»Also, was ist jetzt?«, erklärte Josh. »Ja oder nein?«

»Der zukünftige Präsident von Lancaster Oil spricht ein Machtwort«, grinste Rusty spöttisch.

»Mein Bruder hat recht.« Ginger übernahm wieder die Führung, aber ich unterbrach sie.

»Wenn Sie nicht wollen …« Ich drehte mich um.

»Nun, ich habe da so einiges im Angebot. Chrystal Meth, Koks, Speed … was immer du willst«, hörte ich Rusty sagen, und fast gleichzeitig Josh: »Lass uns gehen, Faye.«

»Ich habe aber auch so eine Hollywood-Droge. Gibt es auf Rezept. Also total legal«, sagte Rusty.

Mein Kopf schwirrte. Es war so weit. Ich musste mich entscheiden.
Kopf oder Zahl.
Himmel oder Hölle.
Wach sein oder … mich betäuben.
Meine innere Stimme hatte mich in den Trailerpark geführt. Ich wollte ihr vertrauen. Niemandem sonst, nichts sonst. Sie war meine Milchstraße.
»Klingt gut«, sagte ich.
Rusty grinste und verschwand im Trailer. Kisten wurden herumgeschoben, Möbel wurden verrückt, ein Klappern, ein Schleifen. Eine Tür fiel ins Schloss.
»Faye, weißt du, was du tust?«, fragte Josh in einem letzten Versuch, mich umzustimmen.
»Endlich tut sie mal etwas, das nicht in ihrem Lebenslauf steht«, rief Ginger. »Und hey! Wir gehören vielleicht zu einer kriminellen Vereinigung namens Monday Club. Mal ehrlich, Josh, es gibt keine Gesetze mehr, an die wir uns halten müssen. Wir sind frei.«
Endlich erschien Rusty wieder. Meine Hand zitterte, als ich das silberne Päckchen entgegennahm.
»Ich hoffe, deine Noten werden besser«, grinste er. »Und kein Wort zu deinem Dad. Er würde mich umbringen.«
Das Silberpapier knisterte, als ich das Päckchen in meiner Tasche verschwinden ließ.
»Mach einen fairen Preis, Rusty«, sagte Ginger.
Rusty schüttelte den Kopf. »Dr. St. Clair und diese andere Ärztin … die, die mit ihrem Boot untergegangen ist …« Ich hielt den Atem an. »Sie haben Lucy immer kostenlos be-

handelt. Wenn ich also helfen kann … Aber nur dieses eine Mal.«

»Nein.« Josh schob sich an mir vorbei, und ich traute meinen Augen nicht. Er zog mehrere Dollarscheine aus der hinteren Tasche seiner Jeans. »Wir bezahlen.«

»Vergiss es.« Rusty verschränkte die Arme vor der Brust. »Mit mir verhandelt man nicht.«

Für den Bruchteil einer Sekunde starrten sich Josh und Rusty an.

»Wir bezahlen«, wiederholte Josh und streckte ihm das Bündel mit Geldscheinen entgegen. Er hatte nicht einmal nachgezählt.

Sekunden vergingen, dann hob Rusty gleichgültig die Schultern. »Eine Frage der Ehre, ich verstehe.«

Wir waren schon am Wagen, als Ginger sich umwandte. »Was ist eigentlich mit Lucy? Geht es ihr gut? Ich hab sie schon ein paar Tage nicht mehr in der Schule gesehen.«

»Ich auch nicht.« Rusty zuckte gleichgültig mit den Schultern und nahm einen langen Schluck aus der Bierdose.

Ginger blieb stehen. »Was soll das heißen?«

»Ich habe sie auch seit ein paar Tagen nicht mehr gesehen.«

»Moment! Du hast keine Ahnung, wo deine Tochter ist?!«

»Stieftochter.« Rusty zog eine Zigarette aus der oberen Brusttasche seiner Jeansjacke und steckte sie in den Mund. »Vor drei Tagen hat sie wie immer ihre Schultasche gepackt.« Ein Zippo-Feuerzeug flammte in seiner Hand auf. »Seitdem war sie nicht mehr zu Hause.«

An unserer Schule gab es Dutzende Lucys, aber keine von

ihnen wohnte im Trailerpark. Andererseits hatte Ginger unzählige Freunde, die ich nicht kannte. Ihre Facebook-Seite hatte längst die Tausendermarke überschritten.

»Sie ist seit drei Tagen verschwunden?«, fragte Ginger entsetzt.

»Was regst du dich auf? Sie ist alt genug.«

In einem der benachbarten Wohnwagen schlug ein Hund an und bellte wie wild.

»Was sagt die Polizei?«, unterbrach Josh das Schweigen.

Rusty nahm einen tiefen Zug und lachte kurz auf. »Die Polizei? Was würde wohl passieren, wenn die hier auftauchen? Die nehmen mir meinen ganzen Trailer auseinander. Das kann ich mir nicht leisten.«

»Aber du musst doch nach ihr suchen!«, rief Ginger. »Was, wenn ihr etwas passiert ist?«

»Was soll ihr schon passiert sein. Vielleicht ist sie mit irgendeinem Typen auf und davon. Oder sie ist auf dem Weg zu ihrer Mutter, die sie im Stich gelassen hat, als sie elf war.«

In den letzten Stunden hatte ich jede Nachricht von Dad ignoriert. Ich wusste, er wurde verrückt vor Angst, weil ich mich nicht meldete. Es würde nicht mehr viel fehlen, und er würde Chief Turner benachrichtigen, und ganz Bluehaven wäre auf der Suche nach mir. Plötzlich sehnte ich mich nach dem Trost seiner Stimme und wusste gleichzeitig: Sobald er meine Stimme hörte, würde er sofort spüren, dass ich Hilfe brauchte.

Als ich wieder im Wagen saß, zog ich das Handy hervor und wählte Dads Nummer. Ich war einfach weggelaufen, und er saß zu Hause und machte sich Sorgen. Egal, ob er Liz oder

Myers vertraute. Er wusste nicht, was ich wusste. Aber im Gegensatz zu Rusty, der seine Tochter einfach ihrem Schicksal überließ, würde Dad immer auf meiner Seite stehen.
Die Verbindung baute sich auf, und ich fragte mich, warum das so lange dauerte. Schließlich knackte es, und ich rief: »Dad?«
»Hallo?«, fragte eine heisere Frauenstimme. »Wer spricht da?«
Waren Liz und Myers immer noch bei ihm und warteten auf mich?
Ich legte einfach auf.

KAPITEL 10

Die Regenwolken hatten sich aufgelöst. Dafür schob sich der Mond in den Vordergrund. Die Wellen spülten die Kälte des Wassers an den Strand, was Ginger nicht daran hinderte, lediglich mit pinkfarbener Unterwäsche bekleidet ins Meer zu laufen. Bis sie nur noch ein Schatten war, der über den Schaumkronen trieb.

Gott, das musste eisig kalt sein. Der Wind strich leicht über mich hinweg, aber es kam mir vor wie ein Sturm. Wie Wellen, die über mir zusammenschlugen.

Ich wollte ihr am liebsten nachlaufen, sie warnen, wie gefährlich das Meer sein konnte. Um mich abzulenken, half ich Caleb und Josh, Äste und Holzstücke in eine handliche Größe zu zerbrechen und aufeinanderzuschichten. Schließlich knipste Caleb sein Feuerzeug an, hielt es an einen Fetzen Zeitungspapier, und nachdem er Feuer gefangen hatte, warf er ihn auf das aufgetürmte nasse Holz. Es knisterte, ein kurzes Aufglühen, doch schon erlosch die Flamme wieder, und Qualm stieg in die Luft.

»Das Holz ist zu feucht«, sagte Josh.

»In meiner Welt«, gab Caleb zurück, »gibt es kein Scheitern.«
Kaum hatte er es ausgesprochen, zischte es, eine schwache Flamme züngelte empor und sprang schließlich auf weitere Äste über. »Seht ihr?« Caleb wischte sich eine Strähne aus der Stirn. »Ich bin ein Genie, ich mache aus Regen Feuer.«
Lachen ertönte, und erst als Caleb einstimmte, begriff ich, dass ich es war, die da lachte. Dabei hatte ich noch gar keine von Rustys Pillen geschluckt. Ich war nicht high, aber ich fühlte mich so.
»Hier.« Josh warf eine der Fußmatten, die er aus dem Wagen mitgenommen hatte, auf den Sand.
Ich setzte mich, zog die Knie hoch ans Kinn und schlang mir eine Decke um die Schultern, von der ich nicht wusste, wie sie hierhergekommen war.
Die Flammen stiegen in die Luft, und sofort brannte die Hitze in meinem Gesicht. Mir schien es, als hätte ich den ganzen Sommer hier am Strand verbracht, als hätte es keine Stunden, keine Tage dazwischen gegeben, in denen ich nur darauf gewartet hatte, dass Amy wieder zurückkam.
Wie lächerlich einfach mein Leben früher gewesen war. Noten, ein Fünftausendmeterlauf als größte Herausforderung, ein neues Schuljahr, der jährliche Homecoming-Ball. Welches Kleid würde ich tragen, würde Josh unten an der Treppe stehen, und würde ihm mein Anblick den Atem verschlagen? Die Götter mussten mir gewogen gewesen sein, wenn ich keine anderen Sorgen hatte, oder? Nein, schlimmer. Ich war überzeugt gewesen, ich hatte es verdient. Wir waren die St. Clairs und damit unbesiegbar. Doch davon war nichts mehr übrig.

Ich rieb mein Gesicht an der Decke, und der Sand des Sommers rieselte mir über die Wange. Ich sog den kaum mehr vorhandenen Salzgeruch ein, der noch im Stoff hing, als wäre er so etwas wie eine Wunderdroge.
Josh und ich hatten eng nebeneinander auf der Decke gelegen, und die Sonne hatte uns schläfrig gemacht. Seine langen Küsse, die ich ausgiebig erwiderte; unsere Hände, die erst vorsichtig, dann zunehmend mutiger unsere Körper entdeckten. Wir würden noch warten, bis wir den letzten Schritt wagten. Warum? Warum um alles in der Welt hatte ich gezögert?
»Wie bitte? Ihr habt es immer noch nicht getan?«, hatte Ginger, die Augen weit aufgerissen, gerufen.
»Es soll ein besonderer Moment sein«, hatte ich mich verteidigt.
»Na ja, das wird es auf jeden Fall. Deswegen sollte man ihn ja auch so schnell wie möglich hinter sich bringen. Das ist wie mit dem Führerschein. Wenn du dich nie ans Steuer setzt, kannst du auch nicht fahren und kommst nie von hier weg.«
Ginger.
Ihre Rufe gellten in diesem Moment durch die frühe Nacht. Sie vermischten sich mit den Schreien der Möwen in meiner Erinnerung, die ihre Warnungen ausstießen, als Virginias Segelboot im Sturm den Felsrücken gerammt hatte.
Das winzige Päckchen in meiner Tasche, das Rusty mir zugesteckt hatte, wog schwer wie ein Stein. Ich starrte ins Feuer, und die Hitze versetzte mich in diesen Zustand, in dem jeder klare Gedanke einfach mit den Flammen in die Luft stieg

und irgendwo dort oben verglühte. Als könnte Josh meine Gedanken lesen, fragte er leise: »Willst du das wirklich?«

»Tu es oder tu es nicht! Es gibt kein Versuchen!«, zitierte ich Yoda.

Wussten wir keine Antwort, zitierten wir immer Sätze aus *Star Wars*, ähnlich wie Mrs Weston Psalmen aus der Bibel wiedergab.

Ginger rannte auf uns zu und schüttelte sich vor Kälte. »Scheiße, war das eisig.« Sie entledigte sich vor unseren Augen der nassen Unterwäsche, was Caleb mit den Worten kommentierte: »Auch eine Frau besteht, wissenschaftlich betrachtet, lediglich aus Atomen.«

Ungerührt schlüpfte Ginger in ihre trockenen Kleider, knüllte die feuchte Unterwäsche zusammen und stopfte sie in ihre Tasche. Dann nahm sie mir gegenüber am Feuer Platz. »Und? Hast du dich entschieden, Faye? Bist du so weit?«

»Hör auf, Ginger«, knurrte Josh.

Doch wenn seine Zwillingsschwester sich erst einmal im Flow befand, konnte niemand, weder Gott noch der Teufel, sie stoppen. Soweit ich mich erinnerte, hatte Amy das einmal gesagt.

»Lass einfach los, Faye.« Ginger beugte sich vor und rubbelte ihre Haare mit der Decke trocken. »Tu einfach, was du willst. Auch wenn es ein Fehler ist. Sie sagen doch immer, aus Fehlern lernt man.«

»Vielleicht will sie es nicht«, gab Josh zurück.

»Es ist nur ein Experiment, Bruderherz.«

Experimente. Das war es, was Virginia mit Amy gemacht hatte. Experimente!

Ich besaß das Video auf Amys Handy. Das Video mit unserer mysteriösen Begegnung. Ein Treffen, das nie stattgefunden haben konnte. Ich war die State Street entlanggetaumelt, überzeugt, dass Amy tot war. Während sie in Wahrheit zu demselben Zeitpunkt im Westmill immer noch um ihr Leben kämpfte. Aber sie war mir auf der Straße entgegengekommen. In diesem weißen flatternden Hemd, das bis zu den Knien reichte. Und sie war barfuß gewesen. Zeuge waren die Bierdose und eine blaue Socke. Auf welcher seltsamen Ebene im Universum wir uns auch getroffen hatten: Die Begegnung hatte stattgefunden.

Das Video war der Beweis. Der Beweis, dass Virginia etwas mit Amy ...

Oder?

Oder hatte ich mir das alles nur eingebildet, als ich Amys Video gesehen hatte?

Plötzlich kamen mir wieder Zweifel.

Wo war mein Verstand?

Stand wirklich der Mond am Himmel? Gab es wirklich Sterne, die sich zwischen den vorbeiziehenden Wolken hervorwagten?

Ich sprang auf, rannte los, wollte in die Strömung laufen, aber unter meinen Füßen bewegte sich der Untergrund und zog mich mit sich. Ich krallte die Zehen in den nassen Sand, der im Mondlicht silbern glänzte. Silver Sands. Dieser Ort besaß eine eigene Magie.

Meine Hand fuhr in die Tasche meiner Hose. Ich zog das kleine Päckchen hervor.

Rusty hatte keine Anweisung gegeben, wie viele Pillen ich

nehmen sollte. Und natürlich fehlte ein Beipackzettel. Aber ich hatte ja auch nie die klein gedruckten Zettel gelesen, die immer noch original gefaltet in den unzähligen Medikamentenpackungen steckten, gestapelt im Schrank in unserer Küche. Weil ich Liz vertraut hatte. Seit ich denken konnte, hatte ich die Tabletten einfach so geschluckt. Immer und immer wieder. Ohne Widerspruch.

Und genau damit hatten sie auch heute gerechnet. Dass ich mich nicht weigern würde, mich betäuben ließ. Mit den Fingerspitzen zog ich die Alufolie auseinander und starrte auf die Pillen.

Josh hatte recht: Das ist keine Lösung.

Ginger hatte recht: Du kannst dich nicht immer an die Regeln halten.

Ich musste selbst entscheiden.

Ich dachte an die Katastrophen des vergangenen Tages: die Totenliste; Lukes Anschuldigungen gegen den Monday Club; Liz, die plötzlich eine Krankheit aus dem Hut zauberte; Erica Myers, die mit einem Mal wieder in mein Leben trat. Und Dad, der sich mit Erica Myers verbündet hatte, obwohl er genau wusste, dass zwischen uns etwas passiert war, das mir jeglichen Kontakt mit ihr unmöglich machte.

Was war damals passiert?

Eine Stehlampe hatte mir direkt ins Gesicht gestrahlt, so als würde ich verhört. Meine Beine, die im Alter von acht Jahren nicht bis auf den Boden reichten; das weiche Polster des Sessels, das mich verschluckte, bis ich nahezu vollständig verschwand. Myers, wie sie vornübergebeugt eindringlich auf mich einsprach, und ich, die total fasziniert von ihrer

langen Zunge war, bis sie sich in ein giftgrünes Chamäleon verwandelte, das mit den schlammfarbenen Wänden verschmolz und nach jeder Antwort von mir hechelte.
Ich zog Schuhe und Strümpfe aus und krempelte mir die Hosenbeine bis über die Knöchel. Der erste Schritt ins eisige Wasser raubte mir den Atem. Und mit jeder Welle, die mir gegen die Füße schlug, rann die Kälte durch meinen ganzen Körper und spülte die Erinnerungen hoch.
Immer wieder dieselben Fragen.
Wie fühlst du dich?
Was geht dir durch den Kopf?
Wofür fürchtest du dich?
Myers' Hand, die akribisch jede Antwort notierte.
Aber was war danach passiert?
Ich wünschte mir, der Vorhang würde sich endlich öffnen.
Die Alufolie knisterte, als ich sie öffnete, und ich nahm eine der Tabletten in die Hand. Dort lag sie, und ich betrachtete sie wie ein Insekt, das man abschütteln wollte. Aber es krallte sich einfach fest.
Ich sah Josh auf mich zukommen. Er rief etwas.
Nein, nicht jetzt. Ich war in dieser anderen Welt, und ich wollte sie unter allen Umständen festhalten.
Grandpas buschige Augenbrauen, die tiefe Furche auf seiner Stirn. Und seine Augen, weiß wie seine Haare, musterten mich eindringlich.
Du hast also Stimmen gehört, und da war niemand?
Und die Monster unter deinem Bett – haben sie mit dir gesprochen?
Deine Mom hat gelacht? Sie hat wirklich gelacht?

Ich sah nicht zu Josh, der näher kam, sondern wandte mich ab und starrte auf den Horizont, über dem der Vollmond stand, und stellte ihm im Kopf die Frage: Hast *du* einen Plan?

Die Wellen spülten die Melodie in meinen Kopf.

Nicht jetzt.

Josh stand nun neben mir. »Faye, nein! Das ist keine Lösung …«

Ich wollte sagen: *Es gibt keine Lösung. Nicht für mich. Ich bin krank. Epilepsie. Und ist es nicht gut, dass ich es endlich weiß?*

Aber das Vibrieren meines Telefons verhinderte, dass ich es aussprach.

Josh und ich, wir waren einmal so verbunden gewesen, dass einer die Gedanken des anderen erriet. Aber wie sollte er mir je in die Welt folgen, in der ich war? Eine Welt, in der sogar der Mond über uns schwankte?

Ich zog das Handy aus meiner Hosentasche, und wenn die Wirklichkeit tatsächlich existierte, dann war ich erleichtert, dass Dad mich ausgerechnet in diesem Moment aus dem *New Spoon* anrief und mich in sie zurückholte: »Wo bist du, Faye? Donna wartet zu Hause auf dich.«

KAPITEL 11

Ich hatte noch nicht einmal den Fuß auf die Treppe gesetzt, als das Außenlicht ansprang und die Tür aufgerissen wurde.

»Wo hast du gesteckt? Warum hast du dich nicht gemeldet?« Im fahlen Licht der Laterne wirkte Amys Mom trotz des farbenfrohen Schals um die Schultern schmal und fast durchscheinend. Dafür klang ihre Stimme lebendig wie eh und je. Und sie umarmte mich so fest, dass ich kaum Luft bekam. »Wir müssen immer wissen, wo du bist, Faye. Wir werden sonst verrückt vor Angst.«

Die heisere Stimme am Telefon war also Donna gewesen, nicht Liz oder Myers. Ich fühlte mich erschöpft und gleichzeitig so erleichtert, dass ich den Tränen nahe war.

Donna betrachtete mich kopfschüttelnd. Erst jetzt wurde mir klar, dass ich vor Kälte mit den Zähnen klapperte und immer noch die Decke aus Joshs Wagen um die Schultern hatte. »Sofort unter die Dusche, sonst holst du dir noch den Tod …«

Ich folgte ihr ins Haus. »Wo ist Dad?«

»Im Restaurant ist die Hölle los. Er hat mich gebeten, auf

dich zu warten und dafür zu sorgen, dass du etwas Warmes in den Magen bekommst.«

Ich zog die Schuhe aus, aus denen Sand rieselte. Als ich mich wieder aufrichtete, lag Donnas Blick auf mir. »Was habt ihr nur mitten in der Nacht am Strand gemacht?«

Ein vertrautes Gefühl wehte über mich hinweg wie ein warmer Wind. Vielleicht würde ich mich leichter fühlen, wenn ich Donna alles erzählte. Alles über William Fuller, über Virginia, den Trailerpark und die Drogen.

Doch ich hatte Rustys Pillen nicht ins Meer geworfen, um mich wieder in die alte Faye zu verwandeln. In dieses Mädchen, das beschützt, behütet werden musste.

»Wir sind nur spazieren gegangen, Josh und ich«, log ich.

Sie sah mich so lange an, ohne etwas zu sagen, dass ich mich in die Enge getrieben fühlte und überlegte, was ich sonst noch erzählen konnte.

Meine Mom kann in meinen Kopf schauen. Sie ist eine Geheimnisfinderin. Dessen war sich Amy sicher gewesen.

Ich konnte ihr unmöglich die Wahrheit sagen. Niemand durfte erfahren, welcher Verdacht auf dem Monday Club lastete. Dieses Geheimnis erhob sich wie eine Mauer zwischen Vergangenheit und Gegenwart.

Erschöpft stapfte ich die Treppe nach oben. Die Tür zum Badezimmer fiel ins Schloss, und ich drehte den Schlüssel zweimal um. Ich warf die Kleider von mir, trat unter die Dusche und verließ sie erst wieder, als das Badezimmer dampfte und meine Haut Gefahr lief, sich abzulösen. In das Handtuch gewickelt, blieb ich anschließend eine Ewigkeit auf dem Holzhocker sitzen.

Ja, ich war erleichtert, dass Donna hier war. Doch gleichzeitig fühlte ich, wie eine unterschwellige Unruhe und Beklommenheit mich erfassten. Bedrückend wie die schwere Luft vor einem Gewitter.

In meinen Bademantel gehüllt, kam ich in die Küche, wo Donna gerade einen großen Teller mit Dads berühmtem Irish Stew füllte. Ich schob mich auf den Hocker, und für einen Augenblick wurde mir übel angesichts der riesigen Portion Fleisch und Gemüse. Als ich auf meine Hände schaute und sah, wie sie zitterten, wurde mir klar, dass ich ewig nichts mehr gegessen hatte. Das Frühstück hatte ich jedenfalls nicht angerührt, und danach … Mein Magen schien vor Hunger plötzlich nicht größer als eine Erdnuss zu sein, und ich konnte mir nicht vorstellen, auch nur einen Bissen hinunterzubekommen.

Und wieder begriff Donna sofort, was in mir vorging. »Du musst essen, sonst bekomme ich riesigen Ärger mit Roy«, erklärte sie. »Er hat übrigens sein Handy zu Hause vergessen. Wenn du ihn anrufen willst, dann erreichst du ihn direkt im Restaurant.«

Langsam tauchte ich den Löffel in den Eintopf und führte ihn zum Mund. Am liebsten hätte ich alles wieder ausgespuckt, aber ich zwang mich, zu kauen und jeden Bissen hinunterzuschlucken. Donna saß mir gegenüber am Tresen und redete über belanglose Dinge. Den Herbst, der vor der Tür stand; die Touristen, die langsam wegblieben; im *New Spoon* würde es bald ruhiger werden; ich sollte wieder zur Schule gehen und mich auf die College-Bewerbung konzentrieren. Und jedes Mal, wenn ich den Löffel zur Seite legte, bestand sie darauf, dass ich weiteraß. Am Ende fühlte sich mein Bauch wie ein Luftballon an, der jeden Moment zu platzen drohte.

Endlich war der Teller leer, und ich schob ihn zur Seite. »Warum hast du am Telefon nicht gesagt, dass du es bist?«

Donna hatte mir den Rücken zugewandt und öffnete die Spülmaschine. »Du hast bei mir angerufen?«

»Nein, bei Dad. Aber da hat sich eine Frau auf seinem Handy gemeldet.«

Ich musste lange auf Donnas Antwort warten, weil sie gerade damit beschäftigt war, das bereits einsortierte Geschirr herauszunehmen und nach ihrem eigenen System wieder einzuräumen. »Nein, das war nicht ich.«

Ich runzelte die Stirn. Ich konnte doch nicht so verwirrt gewesen sein, dass ich Dads tiefen Bass mit der Stimme einer Frau verwechselt hatte?

»Waren Liz und Myers noch da, als du ankamst?«

Donna goss den restlichen Eintopf in eine Plastikschüssel und verschloss diese. »Nein, ich habe mit Liz zum letzten Mal vor zwei Tagen gesprochen, und Dr. Myers kenne ich nicht. Ich weiß von ihr bloß, was Amy erzählt hat. Sie hat sie in der Klinik in Boston besucht und sich um sie gekümmert.«

Nein, Myers hatte Amy nur besucht, um meine beste Freundin über mich auszufragen. Was meine Schlafstörungen machen, ob ich unter Panikattacken leide, was ich träume, ob die Medikamente helfen. Und Myers hatte dasselbe gesagt wie heute: dass ich etwas Besonderes sei.

Aber Donna hatte Amys Notizbücher nicht gelesen.

Ein verlegenes Schweigen trat zwischen uns, das Donna schließlich beendete. »Du solltest die Therapie bei Myers machen, Faye. Sie ist spezialisiert auf Epilepsie und Anfälle, wie du sie hast. Sie kann dir helfen.«

»Woher willst du das wissen, wenn du sie doch überhaupt nicht kennst?«

»Aber ich kenne Liz. Ich weiß ...«

»... wie sehr sie mich liebt«, sprach ich den Satz zu Ende und seufzte.

Donnas Gesicht überzog dieses Lächeln, das jeden Menschen verzaubern konnte. Ich hatte es oft genug erlebt. »Ja, das wollte ich sagen. Weil es die Wahrheit ist, Faye. Was wirfst du ihr eigentlich vor? Du hast ja keine Vorstellung. Sie hat Himmel und Hölle in Bewegung gesetzt, um für dich die verträglichsten Medikamente, die neuesten Therapien und besten Spezialisten zu finden. Sie hat über dich gewacht, als wärst du ihr eigenes Kind. Wenn Liz von Erica Myers überzeugt ist, solltest du ihr vertrauen.«

Vertrauen. Fast wäre ich in Lachen ausgebrochen. Und dann war mir wieder zum Heulen zumute, als Donna nach meiner Hand griff.

»Ich habe schließlich einige Jahre mit Liz im Westmill zusammengearbeitet.«

Seltsam, das hatte ich völlig vergessen. Als die Tanners in Bluehaven aufgetaucht waren – Amy und ich waren etwa vier Jahre alt gewesen –, hatte Donna tatsächlich als Krankenschwester im Westmill gearbeitet. Doch zwei, drei Jahre später hatte Amys Dad die Familie verlassen und bis auf die monatlichen Schecks nie wieder etwas von sich hören lassen.

»Hast du je einen meiner Anfälle erlebt, Donna?«

Donna zögerte. »Kinder haben öfter Anfälle, Faye. Wenn sie Fieber haben, zum Beispiel.«
»Das meine ich nicht, und das weißt du auch.«
Sie seufzte. »Ja, da war einmal was. Wir waren gerade erst nach Bluehaven gekommen. Amy und du, ihr habt hier bei euch im Garten gespielt. Ich saß mit Liz auf ihrer Terrasse, und wir haben uns unterhalten. Da kam Amy plötzlich schluchzend angerannt, und sie hat …« Donna schüttelte den Kopf. »Das ist so lange her.«
»Was wolltest du sagen …?«
»Amy hat gesagt: ›Faye ist tot.‹«
Eine eisige Kälte breitete sich in mir aus. »Was war passiert?«
Donna strich sich die Haare aus dem Gesicht und spielte nervös mit der Kette um ihren Hals, deren Anhänger unter der Bluse verschwunden war. »Amy war erst vier Jahre alt. Sie war einfach nur erschrocken … Und du hast dich ja auch merkwürdig verhalten.«
»Merkwürdig?«, wiederholte ich benommen.
»Du hast auf dem Rasen gesessen, und es schien, als seist du gar nicht anwesend. Liz hat dich gerufen, aber es war so, als würdest du nichts davon mitbekommen. Deinen Blick werde ich nicht vergessen. Du hast einfach durch uns hindurchgesehen. Durch mich, durch Amy, durch Liz … und dann bist du plötzlich wieder zu dir gekommen. Als hätte jemand mit dem Finger geschnippt, und du bist aufgewacht. Liz wollte wissen, was passiert ist. Du hast uns nur völlig verwirrt angesehen und gesagt: ›Ich habe mit Mom am Strand Ball gespielt. Das war so schön.‹«

Mein Traum.
Er schien schon immer in mir gewesen zu sein. Mom und ich, die ins blaue Wasser liefen. Der rote Ball, der über die Wellen rollte und vom Meer fortgespült wurde. Den ich nie zu fassen bekam … weil er nie wirklich da gewesen war.
»Kinder sind so«, fuhr Donna sanft fort. »Sie können sich in eine andere Welt flüchten und die Wirklichkeit vergessen. Bei Amy war es genauso. Wenn sie in ein Buch vertieft war, hat sie nichts mehr davon mitbekommen, was um sie herum passierte. Manchmal dachte ich, das Haus könnte abbrennen, und sie würde es nicht bemerken.«
Ja, Kinder lebten oft in einer Traumwelt. Sie dachten sich Wesen aus, mit denen sie redeten und sogar spielten; sie fürchteten sich vor Monstern; sie konnten alles sein, was sie wollten. Doch irgendwann hörte das auf. Aber nicht bei mir. Ich lebte in zwei Welten.
»Warum ist es bei mir anders? Warum hört es nicht auf?«
»Das ist der Grund, warum du zu Myers gehen solltest, Faye. Damit ihr es zusammen herausfindet.«
Donna erhob sich und fuhr damit fort, die Küche aufzuräumen. Sie beugte sich nach unten, um das Besteck in die Spülmaschine zu räumen. Die Halskette rutschte aus dem Kragen ihrer Bluse.
Sie trug Amys Kette.
Ich besaß die gleiche, nur dass bei mir auf der Rückseite *Amy* eingraviert war und bei Amy *Faye*.
Wie schaffte Donna es nur, nach Amys Tod so gelassen und ruhig zu bleiben? Plötzlich erschien mir ihr Verhalten unnatürlich.

»Hasst du Virginia für das, was sie Amy angetan hat?«, fragte ich.
Donna erstarrte für einen Moment, ein Messer fiel zu Boden. »Das Schlimmste, was einem im Leben passieren kann, ist, das eigene Kind zu verlieren. Dann stirbt ein Teil von einem selbst. Aber … ich glaube fest daran, dass ich Amy eines Tages wiederbegegnen werde.«
Ihr Blick war jetzt auf mich gerichtet. Forschend sah sie mich an. Dann war der Moment vorbei, und sie drehte mir wieder den Rücken zu. »Ja, vielleicht hasse ich Virginia.«
Mein Herz schlug mir bis zum Hals, als ich die nächste Frage stellte. »Bist du froh, dass sie tot ist?«
Donna zuckte zusammen. »Nein, natürlich nicht. Ich wünsche keinem Menschen den Tod, und … Sie hat versucht, Amy am Leben zu halten. Immer wieder. Letzten Endes werden wir nie erfahren, was wirklich passiert ist. Und auf diese Weise zu sterben … sterben zu wollen. Wie verzweifelt muss sie gewesen sein.«
Plötzlich wurde mir klar, dass es verschiedene Wahrheiten gab. Hätte Luke nicht den Verdacht in mir geweckt, Virginia hätte keinen Selbstmord begangen, sondern jemand hätte es nur so aussehen lassen, dann hätte ich Donnas Bemerkung anders aufgefasst. Ich hätte sie dafür bewundert, dass sie nicht wütend, nicht verzweifelt war.
Doch wenn jemand Virginia umgebracht hatte, dann doch deshalb, weil sie schuld war an Amys Tod. Anders konnte es nicht sein.
Ich spürte nur, wie die Angst in mir hochkroch und sich in mir festsetzte. Ich wollte den Hocker hinunterrutschen,

um festen Boden unter mir zu spüren. Im selben Augenblick kam Donna zum Tresen zurück und setzte sich wieder. »Ich wollte immer, dass Amy ihr Handy dabeihat, wenn sie aus dem Haus geht. Damit sie jederzeit Hilfe rufen konnte. Doch an dem Abend habe ich es vergessen. Ich war einfach nur glücklich, dass sie wieder da war, dass es ihr besser ging. Ich weiß, dass das Telefon nichts geändert hätte. Sie hätte mich nicht anrufen können, und Ginger hat schließlich den Notruf gewählt, aber ich kann das Handy einfach nicht finden. Es scheint spurlos verschwunden zu sein. Ich habe Liz gebeten, noch einmal im Westmill nachzusehen, und Tyler hat versprochen, den Unfallort noch einmal abzusuchen.«

Mir wurde schlecht. Das Telefon befand sich nur ein Stockwerk höher. Ich wusste, irgendwann würde ich es Donna zurückgeben müssen. Ich hatte keine Ahnung, wie ich ihr das beibringen sollte.

Donna würde sofort zu Liz gehen und ihr erzählen, dass ich das Handy hatte. Dann würden Fragen folgen.

Meine Gedanken drehten sich. Zu viel war passiert. Ich konnte das nicht jetzt entscheiden.

»Ich bin müde«, sagte ich.

Donna lächelte. »Dann solltest du schlafen. Ich lass dich nicht allein. Ich bleibe so lange, bis dein Dad nach Hause kommt. Du bist schließlich wie eine Tochter für mich.«

Ich rutschte vom Barhocker und stand bereits an der Tür, als Donna sagte: »Hast du nicht etwas vergessen, Faye?«

Ich wandte mich um und sah die Medikamentenpackung in ihrer Hand.

Ja, Donna war immer wie eine Mutter für mich gewesen, aber woher wollte ich eigentlich wissen, wie es sich anfühlte, eine Mutter zu haben? Meine Mom war nichts als ein Geist in einem Traum, der mich offensichtlich als Kind glücklich gemacht hatte.

KAPITEL 12

Nachdem ich mir ausgiebig die Zähne geputzt und immer wieder möglichst laut gegurgelt hatte, verließ ich das Bad, beugte mich über das Geländer und rief: »Gute Nacht!«

Als hätte Donna dort unterhalb der Treppe bereits auf mich gewartet, tauchte sofort ihr Kopf auf. »Hast du deine Medikamente genommen?«

Oz, der gerade die Stufen hochkam, stoppte und starrte mich unbeweglich an. Ich wich seinem Blick aus und antwortete übertrieben laut: »Klar, hab ich.«

Ich hatte die Tabletten nicht geschluckt, sondern sie ins Klo geworfen und mehrfach hinterhergespült, um wirklich sicherzugehen, dass sie in der Kanalisation landeten. Sollten sie doch den Ratten beim Einschlafen helfen. Ich musste wach bleiben.

»Dann schlaf gut«, antwortete Donna und ging zurück in die Küche.

Klar, hab ich.

Nein, es fühlte sich nicht gut an, Donna zu belügen.

Oz strich mir ungeduldig um die Füße, doch als ich die Tür zu meinem Zimmer aufstieß, flitzte er nicht wie sonst an mir vorbei, um es sich auf meinem Bett bequem zu machen. Stattdessen stand er, den Oberkörper geduckt, da und fixierte die Dunkelheit, in der nur die Planetariumssterne über meinem Bett schwach und wie von fern leuchteten – einem imaginären Universum gleich.

»Was ist los?«, murmelte ich und schaltete das Licht ein.

Irgendetwas stimmte nicht mit Oz. Der Kater verhielt sich ausgesprochen seltsam. Sein Fell sträubte sich, und er wich laut miauend zurück.

Verwundert ließ ich den Blick schweifen. Mein Zimmer sah noch genauso aus, wie ich es meiner Erinnerung nach am Morgen hinterlassen hatte. Vielleicht störte Oz einfach nur das ungewohnte Chaos, der Laptop auf dem Fußboden, die verstreuten Schuhe vor dem Bett, der Kleiderhaufen auf dem Sessel. Und auf dem Nachttisch vegetierte das inzwischen ranzig gewordene Käsesandwich vom Vorabend vor sich hin, und der Orangensaft daneben hatte die Farbe von Urin bei einer Blasenentzündung angenommen.

Nur zögernd und mit aufgerichtetem Schwanz wagte sich der Kater ins Zimmer und streifte die Möbelstücke entlang, als wäre jedes von ihnen unbekanntes Terrain. Oz schnupperte an allen möglichen Sachen: an den Büchern, dem Schulrucksack neben dem Sessel, dem aufgeklappten Laptop, und schlich dann lange um den Schlafanzug herum, den ich achtlos auf den Boden geworfen hatte.

Alles war totenstill. Das Licht der Straßenlaterne fiel durch

die Spitzengardine und warf verzerrte Schatten an die Wände.
Erneut ließ ich meinen Blick schweifen, und schließlich blieb er am Wandschrank hängen. Die Tür klemmte seit letztem Winter, als ich vergessen hatte, das Fenster zu schließen, und ein heftiger Sturm durch das Zimmer gefegt war. Das Schloss rastete nur noch ein, wenn ich mich mit ganzer Kraft dagegenstemmte und gleichzeitig den Knauf nach links drehte. Inzwischen hatte ich mich daran gewöhnt, dass die Tür immer einen Spalt offen stand.
Und genau das war jetzt nicht der Fall.
Ich war mir sicher, dass ich Gespenster sah. Das tat ich schließlich mein Leben lang. Doch ich musste mir hundertprozentig sicher sein, dass es nicht bloß meine Einbildung war.
Langsam trat ich auf den Schrank zu, streckte die Hand aus und versuchte, den Türknauf zu bewegen. Nichts.
Ich drehte ihn einmal, zweimal nach rechts, und da endlich hörte ich ein leises Klacken. Jemand hatte ihn zugeschlossen. Nur war dieser Jemand mit Sicherheit nicht ich gewesen, und Dad ging nie an meinen Schrank. Er war für ihn tabu, seit ich mir meinen ersten BH zugelegt hatte.
Entschlossen riss ich die Tür auf und knipste das Licht an.
Alles schien wie immer.
Meine Kleider, Hosen und Jacken hingen nebeneinander auf ihren Bügeln. Doch da war etwas. Ein fremder Geruch, den ich nicht kannte. Und der über allem zu hängen schien. Mein Herz begann zu klopfen.
Jemand war hier gewesen. Jemand, der hier nichts verloren

hatte. Und dieser Jemand hatte meinen Schrank geöffnet und meine Sachen untersucht, auch wenn T-Shirts und Pullis wieder ordentlich gefaltet und gestapelt in ihren Fächern lagen. Er oder sie hatte sich anscheinend große Mühe gegeben, alle Spuren zu verwischen, und es auch geschafft. Fast. Denn anschließend hatte er oder sie sorgfältig die Tür hinter sich abgeschlossen. Weil er oder sie alles perfekt hinterlassen wollte. Das war der Fehler gewesen.
Wer war dieser Jemand?
Es musste eine *Sie* gewesen sein. Das sagte mir mein Gefühl.
Aber wer?
Donna?
Nein, das passte nicht zu ihr. Sie würde nie in meinen Sachen herumschnüffeln.
Liz?
Vielleicht.
Und wenn es Myers gewesen war?
Panisch sah ich mich um. Tausend Dinge fielen mir ein, von denen ich nicht mehr wusste, ob sie wirklich noch an ihrem üblichen Platz lagen. Die Schulbücher im Regal schienen in der richtigen Reihenfolge zu stehen, aber taten sie das auch wirklich?
Was ich jetzt fühlte, war keine Hysterie, sondern ausgesprochene Paranoia.
Das Gefühl, dass Myers – zusammen mit Liz? – hier gewesen sein könnte, um in meinen Habseligkeiten herumzuschnüffeln, hatte etwas Unheimliches an sich. Mir wurde schwindelig bei der Vorstellung.
Ich sprang zum Regal und zerrte das Physikbuch aus dem un-

tersten Fach. Von außen war das Versteck nicht zu erkennen. Wie Missy hatte ich die Seiten des Buches ausgehöhlt, damit Amys Smartphone hineinpasste. Meine kalten Finger bebten, als ich das Buch aufschlug. Erleichtert atmete ich aus. Das Klebeband, mit dem ich das Handy in den ausgehöhlten Buchseiten fixiert hatte, war unberührt. Ich riss daran, bis mir das Telefon entgegenfiel.

Niemand, niemand wusste von Amys letztem Video, außer Luke … und Missy.

Der Traum, den Amy in der Aufnahme schilderte, beschrieb unsere Begegnung an der Bushaltestelle genau *so*, wie ich selbst sie erlebt hatte. Und das Datum und die Uhrzeit, die das Video anzeigte, deckten sich mit meiner Erinnerung. Sogar einzelne Details stimmten überein: Der helle Krankenhauskittel, den Amy getragen hatte, war auf dem Film zu sehen. Sie erwähnte sogar die zerbeulte Bierdose und die blaue Socke. Und sie sagte dieselben Worte: *Ich muss mit dir reden.*

Aber es war ausgeschlossen, dass dieses Treffen je stattgefunden hatte. Ich war auf dem Weg nach Hause gewesen, während Amy im Westmill Medical Center mit dem Tod gerungen hatte. Es waren ihre letzten Minuten auf der Erde gewesen.

Doch es schien, als wären in diesen Minuten unsere Träume verschmolzen.

Nein!

Hör auf damit, Faye. So etwas ist nicht möglich. Du bist verrückt.

Auch wenn Amy und ich Seelenverwandte waren?

Nur einmal angenommen: Was, wenn sich nicht unsere Träume, sondern unsere Seelen gekreuzt hatten? Wenn es für einen winzigen Augenblick keine Grenze, keinen Spalt mehr zwischen uns gegeben hatte? Wenn wir eine Nanosekunde lang dieselbe Person gewesen waren, mit denselben Gedanken?

Ich war tatsächlich verrückt, so etwas zu denken.

Aber das Handy war nicht das Einzige, was ich von Amy besaß. Ich kehrte zum Schrank zurück, zog die Trittleiter aus der Ecke, klappte sie auf und stieg auf die oberste Stufe. Im letzten Fach stand der Karton mit meinen Wintersachen. Ich rückte ihn beiseite, griff mit der Hand dahinter … und tastete ins Leere.

Das war nicht möglich!

Ich stellte mich auf die Zehenspitzen, bis ich kaum noch das Gleichgewicht halten konnte, und tastete weiter mit der Hand in den Raum hinter der Kiste.

Nichts.

Als ich den Karton herunterzog, löste sich der Deckel, und der Inhalt – Handschuhe, Mützen, Schals – stürzte auf mich herab. Der muffige Geruch nach Mottenkugeln schlug mir entgegen. Schwankend hielt ich mich an einem Brett fest, um nicht von der Leiter zu stürzen. Ich holte tief Luft, streckte mich erneut und starrte in das oberste Fach. Mein Herz klopfte wie wild. Der Koffer war verschwunden.

Ich stolperte die Trittleiter hinunter und rutschte auf den Boden, wo ich mich mit dem Rücken gegen die Wand presste und die Knie bis hoch an die Brust zog. Am liebsten wäre ich ganz in den Schrank gekrochen und hätte mich zwischen den

Kleidern verborgen wie früher, wenn ich mit Dad Verstecken gespielt hatte.
Aber: Das hier war kein Spiel.
Jemand war in meinem Zimmer gewesen und hatte den roten Koffer meiner Mutter gestohlen. Sie hatte ihn als Kind von ihrem Großvater, dem Vater meiner Grandma, geschenkt bekommen und ihre geheimen Schätze darin gesammelt. So wie ich es später auch gemacht hatte. Nur hatte ich in letzter Zeit keine Erinnerungsstücke – also Briefe von Josh, Fotos oder was auch immer man als Teenager sammelte – darin aufbewahrt, sondern Amys letzte Tagebücher.
Und jetzt waren sie verschwunden. Einfach weg.
Mein Zimmer war immer meine Zuflucht gewesen, mein Reich, mein Universum.
Das war nun Vergangenheit.
Ich war die Nächste. Das höchste Gut des Monday Clubs. Ich wurde beobachtet, verfolgt. Ich war hier nicht mehr sicher.
Nur: Wie sollte ich unbemerkt aus dem Haus gelangen? Donna hört sogar die Flöhe husten, hatte Amy immer gesagt. *Ehrlich! Sie ist im unteren Stockwerk, ich lese heimlich unter der Bettdecke, und spätestens nach zehn Minuten kommt sie in mein Zimmer und befiehlt mir: Licht aus, Amy!*
Oz balancierte oben auf der Rückenlehne des Sessels und beobachtete unschlüssig das Spiel der Äste draußen im Wind, während sich sein Schwanz nervös auf und ab bewegte. Die mächtige Baumkrone der alten Ulme hatte sich in den letzten Jahren so weit ausgedehnt, dass die Zweige fast in mein Zimmer wuchsen. Dad hatte sich im Frühjahr vorgenommen, den Baum zu stutzen, weil das Laub immer wieder die Dach-

rinne verstopfte. Aber daraus war nichts geworden, und nun klopften die Zweige gegen mein Fenster.

Nachdenklich erhob ich mich, ging hinüber, schob mit beiden Händen das Fenster nach oben und starrte durch das Gewirr von Ästen, die etwa zwei Meter über den Rhododendronbüschen bis zur Hauswand ragten.

Es wäre möglich.

Ich musste es einfach riskieren.

Doch noch war es zu früh. Wenn Dad nach Hause kam, würde er in jedem Fall nach mir sehen. Ich wühlte im Schrank nach bequemer, warmer Kleidung und entschied mich schließlich für eine schwarze Leggings, einen dunkelgrauen Oversize-Pulli und eine ebenfalls schwarze Daunenjacke mit einer warmen Kapuze, die sich so tief ins Gesicht ziehen ließ, dass mich in der Dunkelheit niemand erkennen konnte.

Dann packte ich das Physikbuch, wahllos zwei weitere Schulbücher, Geldbeutel, Schlüsselbund, mein und Amys Handy in meinen Schulrucksack, knäulte die Jacke zu einem festen Bündel und stopfte sie zu dem Rest. Den Rucksack deponierte ich hinter dem Sessel, sodass er weder von der Tür noch vom Bett aus zu sehen war. Anschließend schlüpfte ich in voller Montur unter die Bettdecke.

Oz rollte sich zu meinen Füßen zusammen.

Jetzt brauchten wir nur Geduld.

Ich hätte nie gedacht, dass Zeit so langsam vergehen konnte. Es fühlte sich an, als würde ich jedes einzelne Sandkorn beobachten, wie es in einem Stundenglas unendlich langsam nach unten rann. Jedes Geräusch ließ mich zusammenzucken. Noch nie hatten die alten Holzdielen so laut geknackt.

Ich hörte Schritte und dann wieder nicht, weil mein eigenes Atmen alle anderen Geräusche übertönte. Wenn ein Zweig das Fenster streifte, stellte ich mir lange, knotige Finger vor, mit spitz zulaufenden Nägeln, die an der Scheibe kratzten. Jedes Mal, wenn ein Wagen unten auf der Straße vorbeifuhr, war ich sicher, es wäre Dads Ford.

Die Monster hatten alle Zeit der Welt, sich unter meinem Bett zu versammeln.

Ich hörte sie lachen: *Ha, man hält dich gefangen!*

Oder sie flüsterten: *Fürchte die Nacht und träum etwas Böses.*

Und immer wieder Amy. *Siehst du mich, Faye? Ich bin hier.*

Bald redeten andere, fremde Stimmen durcheinander, und ich konnte keine Sätze oder Worte mehr unterscheiden.

Schweißgebadet schreckte ich hoch und schaltete die Nachttischlampe an. Ich brauchte wirklich keine Drogen, um aus der Realität zu flüchten. Nein, mein Problem war ein anderes. Was, wenn ich nicht mehr in die Realität zurückfand?

Oz hob den Kopf und lauschte. Dann richtete er sich auf, streckte sich und starrte zum Fenster hinüber. Schnell löschte ich das Licht wieder, zog die Bettdecke bis unters Kinn und hörte nur noch die vertrauten Geräusche, die immer dieselben waren, wenn Dad vom Restaurant nach Hause kam.

Das Knirschen der Reifen auf dem Pflaster.

Jetzt holperte er über die Stelle, wo sich einige Steine gelöst hatten.

Noch fünf Meter, noch vier, noch drei, noch zwei, einer, und

da war das Geräusch … die Bremsen schleiften leise, was man nur hören konnte, wenn es totenstill war.
Ich zählte, wie lange er brauchte, um den Anschnallgurt zu lösen, den Schlüssel abzuziehen, die Wagentür zu öffnen und auszusteigen. Nicht mehr als acht Sekunden.
Vier Schritte bis zur Haustür.
Drei Stufen hoch.
Er öffnete die Tür. Alles war wie immer, bis ich Donnas Stimme hörte. Sie schien ihn in ein Gespräch zu verwickeln. Nervös drehte ich mich von einer Seite auf die andere. Warum redeten sie nur so lange miteinander? Dann endlich hörte ich Dads Schritte auf der Treppe. Ich rückte ganz an die Wand und kroch weiter unter die Decke, bis nur noch meine Stirn zu sehen war.
Die Zimmertür öffnete sich. Ich spürte den Luftzug, und die Planeten über mir zitterten. Mein Herz hämmerte, mit jedem Atemzug schien sich die Bettdecke zu heben. Doch ich bewegte mich keinen Millimeter. Und Oz regte sich ebenfalls nicht. Es musste aussehen, als wären wir beide in einen tausendjährigen Tiefschlaf verfallen.
Dad durchquerte den Raum so leise, wie es bei seiner Schuhgröße möglich war. Vor meinem Bett blieb er stehen und sah auf mich herunter. Ich glaubte zu ersticken, weil ich keine Luft mehr unter der Decke bekam, und war fest davon überzeugt, er würde meine Gedanken sehen können. Sie hämmerten so laut, dass sie Schwingungen in der Atmosphäre erzeugen mussten.
Es konnte nicht sein, dass er darauf hereinfiel.
Und ehrlich gesagt hoffte ich tatsächlich von ganzem Herzen,

er würde meinen Täuschungsversuch so schnell entdecken, wie er mich früher hinter den Kleidern im Wandschrank gefunden hatte. Ich wollte mich nur noch in seine Umarmung flüchten. Ihm alles, alles erzählen. Die Geschichte über William Fuller, den Anfall bei Luke, die Drogen, den Verdacht gegen den Monday Club, gegen Liz. Liz, die zu jemandem gesagt hatte: »Ich werde Faye nicht opfern.« Die Totenliste. Virginias letzte Worte. Amys Video. Die verschwundenen Notizbücher. Der Junge im Trailerpark. Lucy, die verschwunden war.

Wie fügte sich das alles in das Rätsel um die Totenliste? Und was hatte es mit mir zu tun?

Ich wollte schon den Kopf heben und »Dad, ich bin wach« flüstern, als im Flur das Licht anging. Ich blinzelte und sah Donnas Schatten im Türrahmen auftauchen. »Schläft sie?«

Dad legte kurz seine Hand auf die Bettdecke und murmelte: »Tief und fest.«

KAPITEL 13

Den Rucksack auf dem Rücken, hockte ich in meinem ungewohnten Gothic-Outfit außen auf dem Fensterbrett und klammerte mich an den Holzrahmen.

Der Himmel war klar und wolkenlos. Auf der State Street rauschte der Verkehr, und Scheinwerfer warfen helle Lichtkegel in der Dunkelheit.

Irgendetwas ließ mich zögern. Meine Gedanken wanderten zu Dad.

Was, wenn er am Morgen in mein Zimmer kam, und ich war schon wieder verschwunden? Ich musste ihn in Sicherheit wiegen. Sonst würde er Alarm schlagen. Das musste ich verhindern oder zumindest hinauszögern. Die Lösung kam mir im selben Augenblick.

Wenn Dad davon ausging, dass ich wieder den Unterricht besuchte, wäre er beruhigt. Auch wenn ich damit gegen Liz' heilige Anordnung verstieß.

Es würde aussehen wie ein stummer Protest, und fast musste ich lachen. Wie absurd, sich der Kontrolle der Erwachsenen zu entziehen, indem man zur Schule ging! Aber es hatte den

Vorteil, dass ich nicht erreichbar wäre. Denn während des Unterrichts herrschte striktes Handyverbot.

Ich sprang zurück ins Zimmer, riss ein Blatt aus dem Collegeblock auf meinem Schreibtisch und zog einen Kugelschreiber aus dem Stiftebecher.

Der Plan war perfekt.

Der Unterricht ging bis halb drei am Nachmittag. Danach würde ich *angeblich* mit Ginger und Josh zum Essen nach Windy Hall gehen.

Ich begann meinen Brief mit *Liebster Dad*, schilderte ihm ausführlich meinen Plan und schmückte ihn mit zahlreichen Fragezeichen und Bemerkungen wie ... *glaubst du nicht ... es ist am besten ... ich weiß, du verstehst das ... vertrau mir!*

Am Ende malte ich noch ein schiefes Smiley-Grinsen.

Gruß und Kuss

Faye.

Es tat mir wirklich weh, Dad zu täuschen, aber ich hatte keine andere Wahl.

Und außerdem ..., hörte ich Gingers Stimme in meinem Kopf, ... *hast du vor wenigen Stunden bei einem bekannten Dealer in Salem Wood noch Drogen gekauft.*

Dagegen war dieser Brief so harmlos wie Schuleschwänzen.

Der kalte Nachtwind fuhr durch die Baumkrone, und die Zweige zitterten so heftig wie meine Beine. Die nächste Windböe ließ mich schwanken. Ich setzte den rechten Fuß auf das Fenstersims und zog mich am Rahmen nach oben, bis ich aufrecht stand. Unter mir konnte ich nichts erkennen außer den Schatten, die das dunkle, dicht verzweigte Geäst der Ulme warf.

Dad behauptete immer, Bäume hätten ein geheimes Leben. Man könne mit ihnen kommunizieren.

Okay, flüsterte ich. *Baum, ich brauche deine Hilfe.*

Misstrauisch beäugte ich den Ast, der sich so nah zum Fenster hin reckte, dass ich ihn mit ausgestrecktem Arm berühren konnte. Bis zu diesem Abend hatte ich den Sprung nicht gewagt, aber bisher war ich auch noch nie dazu gezwungen gewesen.

Ich war lange nicht mehr beim Leichtathletiktraining gewesen, doch diesen Ast konnte ich mit Sicherheit erreichen. Ich ging in die Hocke, spannte die Muskeln zum Sprung an – und spürte das Rauschen der Nachtluft in meinen Ohren, als ich für einen winzigen Augenblick in der Luft hing. Dann sauste der Ast unter meinem Gewicht nach unten.

Ein lautes Knacken ertönte, als drohte er zu brechen. Ich sah mich schon fallen, da spürte ich einen Widerstand. Allerdings rutschten die glatten Sohlen meiner Laufschuhe an der nassen Rinde ab. Äste schrammten den Rucksack entlang, immer wieder versuchten meine Hände vergeblich, sich irgendwo festzuhalten, doch es hatte keinen Sinn. Die raue, nasse Rinde schnitt mir in die Haut. Zweige zerkratzten mir das Gesicht.

Aber ich hatte Glück.

Das dicht verzweigte Geäst dämpfte meinen Fall, und erstaunlich weich landete ich schließlich in einem der Forsythienbüsche, wo ich einige Sekunden wie betäubt liegen blieb.

Mir tat alles weh. Es fühlte sich an, als hätte ich am ganzen Körper blaue Flecken. Vorsichtig bewegte ich Arme und Beine, um zu prüfen, ob ich mir irgendetwas gebrochen hatte, doch es schien alles in Ordnung.
Rasch sprang ich hoch, setzte den Rucksack ab, zerrte die schwarze Daunenjacke hervor und zog sie über. Lautlos hastete ich durch das Gebüsch zur Rückseite unseres Hauses, von wo aus sich ein schmaler Trampelpfad parallel zur High Street erstreckte.
Keine Zäune markierten die Grenze zwischen den Grundstücken, und das Mondlicht schaffte es kaum, durch die Bäume zu dringen. Immer wieder lauschte ich auf Schritte oder knackende Zweige, aber außer meinem eigenen keuchenden Atem und meinem laut pochenden Herzen blieb alles still.
Ich wurde zu einem Schatten in der Nacht.
Noch während ich lief, zog ich mein Telefon hervor und wählte dieselbe Nummer wie am Morgen. Diesmal nahm Luke sofort ab. Zwischen heute Morgen und jetzt lag eine ganze Welt. Mir wurde plötzlich klar, dass er noch nichts von meiner Krankheit wusste.
»Ich kann nicht zu Hause bleiben«, flüsterte ich. »Wo bist du gerade?«
»Bei Tyler.«
Ich stoppte. »Sag ihm auf keinen Fall, dass ich dich angerufen habe.«
»Alles klar.«
»Bist du sicher, dass du ihm vertrauen kannst?«
»Bin ich sicher, dass ich mir vertrauen kann?«, erwiderte Luke ironisch.

In dem Augenblick streifte etwas an meinem Knöchel entlang. Ich zuckte erschrocken zusammen und schrie leise auf. Oz … Er war mir gefolgt und schien mit der Dunkelheit eins geworden zu sein.

»Bist du noch da?«, hörte ich Luke am anderen Ende.

Am liebsten hätte ich gefragt, was dieses »da« genau bedeuten sollte. Ob es überhaupt existierte, und wenn … wo sollte es sein? Aber mein Leben war schon ohne philosophische Fragen viel zu kompliziert.

»Ja, bin ich.«

»Wir brauchen hier noch etwas Zeit.«

»Kann ich bei dir auf dich warten?«

Ein kurzes Schweigen und dann: »Mein Haus ist dein Haus.«

»Danke.« Ich beendete das Gespräch.

Dann bückte ich mich, packte den Kater und drückte ihn mit beiden Armen fest an mich. Er wehrte sich verzweifelt, aber ich gab nicht nach.

Als ich beim Fullerhaus ankam, hatte Oz sich beruhigt.

»Alles gut«, flüsterte ich. »Alles okay. Du und ich, wir gehören zusammen.« Als würde er mit mir bis ans Ende der Welt gehen, schmiegte er sich jetzt an meine Brust. Seine raue Zunge leckte meine rechte Hand, und ich konnte spüren, wie sein Herz aufgeregt pochte. Die Tür fiel krachend hinter uns ins Schloss, und erschrocken sprang Oz mit einem Satz nach unten und raste verängstigt unter das breite Sofa.

Ich legte den Rucksack und die Jacke ab, zog die Schuhe aus und lief ins obere Stockwerk.

In William Fullers Zimmer – ich konnte es nicht anders nen-

nen – war alles noch so, wie ich es zurückgelassen hatte. Luke hatte offenbar keine Zeit gefunden, Ordnung zu schaffen. Nur die Liste mit den Namen konnte ich unter den Papieren nirgends entdecken. Ich durchwühlte alles. Sie blieb verschwunden.
Doch ich wusste ja auch so, dass mein Name auf der Liste stand. Ich betrachtete für einige Sekunden das Chaos, ließ mich auf dem Boden nieder und stapelte schließlich die weißen Umschläge in der Reihenfolge, wie ich sie in Erinnerung hatte. Nur bei den Namen Liam Fischer, Danny Gibson, Paige Hunter und Lucía Flores war ich mir nicht mehr sicher.
Der erste Umschlag betraf Zoey. Ich öffnete ihn, zog die Papiere heraus und legte sie vor mich hin, um mir einen Überblick zu verschaffen. Es handelte sich ausschließlich um medizinische Unterlagen. Der größte Teil davon stammte aus dem Jahr, in dem sie gestorben war. Am 19. September 1995. Vor zwanzig Jahren. Einen Teil der Originalpapiere hatte ich bereits in dem Karton im Drachenraum, dem Archiv meines Großvaters, gesehen. Das hier waren Kopien, teilweise kaum leserlich, weil es sich um alte Akten handelte. Aber bei jedem einzelnen Papier stieß ich auf den Namen oder die Unterschrift meines Großvaters: *Joseph T. St. Clair.*
Also hatte Grandpa Zoey behandelt. Nicht nur in dem Jahr, als sie gestorben war, sondern seit ihrer Geburt.
Hinter meiner Stirn pochte es.
Mein Großvater war stets mein größtes, wenn auch unerreichbares Vorbild gewesen. Schließlich konnte er Kranke heilen, Leben retten. Auf eine Fünf- oder Sechsjährige wirkte

das fast so, als könnte er Tote wiederauferstehen lassen. Eigentlich hatte er nach dem Tod meiner Grandma, ein Jahr nach meiner Geburt, die meiste Zeit nur im Arbeitszimmer verbracht. In meiner Erinnerung saß er in seinem dunklen Ledersessel vor dem riesigen Schreibtisch. Vor ihm ausgebreitet Bücher, Papiere, Akten.
Die Erinnerungen an diese Jahre meiner Kindheit schossen unerwartet wie ein Blitzfeuer an die Oberfläche meines Bewusstseins.
Er war mein Vorbild gewesen. Ja.
Aber nicht liebevoll. Warum hatte ich das je geglaubt? Weil Liz es mir eingeredet hatte? Weil er der Vater meiner verstorbenen Mom war? Nach der er sich so sehr gesehnt hatte? Wie oft hatte ich ihn vor ihrem Bild im Arbeitszimmer stehen sehen. Und hatte er nicht einmal zu mir gesagt, dass Grandma ihren Tod nicht verkraftet hatte?
Doch nur selten war er zärtlich zu mir gewesen oder hatte mich auf den Schoß genommen. Nur dann, wenn er mir gleichzeitig auch Fragen stellte. Fragen, die zum Beispiel meine imaginäre Freundin betrafen. Ihr Name war *Zou Zou*, erinnerte ich mich wieder. Und wenn die beiden Monster unter meinem Bett ihr Unwesen trieben, *Murmur* und *Hopper* – auch ihnen hatte ich Namen gegeben –, hatte Zou Zou mir Gutenachtlieder vorgesungen.
Wie die Frau in meinem Traum.
Mir war, als ginge ein eisiger Hauch über mich hinweg – so wie damals, wenn ich die Stimmen und das Gepolter gehört hatte. Aber in Wirklichkeit war es immer ganz still gewesen. Nur dieses komische Kribbeln im Nacken, zusätzlich zu der

Kälte. Und die Haare, die sich auf meinen Armen aufstellten. Wie jetzt auch hier in William Fullers Zimmer.
Hastig stopfte ich die Papiere zurück in den Umschlag und rannte damit nach unten in den Wohnraum.
Auch dort war es kalt. Eisig kalt.
Das Feuer im Kamin schien erloschen, aber als ich darin herumstocherte, stiegen winzige Funken von Glut in die Luft. Für einen Moment kam mir der Gedanke, die ganzen Papiere einfach zu verbrennen. Etwas an ihnen war böse. In ihnen hing der Tod. Ich fühlte es ganz deutlich.
Stattdessen riss ich eine alte Ausgabe des *Bluehaven Patriot* in Streifen, warf sie in die Glut und blies sie heftig an. Das Papier fing Feuer. Ich stapelte Spreißel dazwischen, legte einige Holzscheite nach, und bald hörte ich das beruhigende Knistern. Es brachte noch keine Wärme, sorgte aber dafür, dass ich mich behaglicher fühlte.
Es hatte keinen Sinn, in Panik zu verfallen. Der beste Weg gegen den Wahnsinn war der Verstand. Das hatte Dad mir beigebracht und irgendwann die Füße meines Bettes durch hohe Sockel aus Ulmenholz ersetzt. Darunter hatte Liz mir ein Zelt mit weißen Tüllvorhängen, farbenfrohen Kissen und Lichterketten eingerichtet. Amy hatte dieses Versteck geliebt.
Ich hätte weinen können, wenn ich daran dachte, wie Dad und Liz alles getan hatten, um meine bösen Träume zu vertreiben. Und ich saß hier und wagte mich nicht mehr nach Hause zurück.
Ich baute mir auf dem Sofa eine Burg aus Kissen, wickelte mich in eine Decke und breitete Zoeys Unterlagen vor mir

aus. Auf den ersten Blick schien die Patientenakte vollständig zu sein. Von der Anamnese bis hin zu zahlreichen MRT-Aufnahmen war alles vorhanden. Damit kannte ich mich aus. Nicht nur, weil ich Liz oft im Westmill geholfen hatte. Ich hatte auch meine Stofftiere, Puppen und Barbies behandelt. Verletzungen, Infekte, Krebs. An einer Barbie wollte ich sogar eine Gehirn-OP durchführen. Ich war allerdings nur dazu gekommen, ihr die Haare abzuschneiden, dann hatte Dad sie mir weggenommen. *Claire.* So hatte ich sie genannt. Wie die Mom von Ginger und Josh.

Und ich fragte mich, warum ausgerechnet jetzt Erlebnisse aus meiner Kindheit auf mich einstürmten. Irgendetwas heute hatte die Kiste geöffnet, in der ich sie all die Jahre aufbewahrt hatte. Nur durfte ich mich nicht in diesen Erinnerungen verlieren.

Ich konzentrierte mich wieder auf Zoeys Unterlagen. Wenn ich meine Diagnose *Psychologische Epilepsie* verstehen wollte, dann musste ich ihre verstehen.

Zoey Fuller.

Geboren am 19. September 1979.

Gestorben am 16. September 1995.

Alle Daten und Untersuchungsergebnisse waren von meinem Großvater handschriftlich unter der Aktennummer 111–19790919 erfasst worden. Die letzten acht Ziffern betrafen das Geburtsdatum – das erkannte ich rasch. Doch was die ersten drei Ziffern betraf – sie blieben ein Rätsel.

Ich begriff in etwa, dass die Epilepsie bei Zoey erst in dem Jahr ausgebrochen war, in dem sie auch gestorben war. Ansonsten fand ich nur Unterlagen, die eine Grippe, eine Mittelohrentzündung und eine Allergie gegen Nüsse bestätigten. Sonst gab es keine Erkrankungen. Ich blieb an ihrem Einschulungstest hängen. Sie schien ein intelligentes Mädchen gewesen zu sein mit einem IQ von über 120, das bereits lesen und rechnen konnte.

Die Epilepsie wurde offenbar durch die EEG-Ergebnisse bestätigt. Es gab zahlreiche Aufnahmen von Zoeys Gehirn, die ich alle auf dem Wohnzimmertisch ausbreitete. Ich verglich die Linien und Daten, aber ich kannte mich zu wenig damit aus, als dass ich daraus viel herauslesen konnte.

Doch dann stieß ich auf etwas, das mich völlig irritierte. Grandpa hatte bereits wenige Tage nach Zoeys Geburt ihre Gehirnströme gemessen, als wäre er auf eine Anomalie gestoßen. Als hätte er bereits damals Hinweise auf Epilepsie gefunden oder damit gerechnet, dass sie irgendwann einmal unter Epilepsie leiden würde.

Und dann fünfzehn Jahre lang keine Symptome?

Meine Gedanken überschlugen sich.

Die Parallele zu mir schien offensichtlich. Krampfanfälle in frühem Kindesalter und dann erst wieder im Alter von sechzehn.

Ich zitterte vor Aufregung. Welche Medikamente hatte Zoey genommen? Namen flimmerten vor meinen Augen. Seit Zoeys Tod waren viele Jahre vergangen. Die Bezeichnungen hatten sich inzwischen geändert. Es kam nur auf die Wirkstoffe an, so viel verstand ich. Sie hatte vor dem Ausbruch der Epilepsie Medikamente erhalten, die nichts mit einer normalen Grippe, einer Allergie oder einem Antibiotikum gegen Mittelohrentzündung zu tun hatten. Ich suchte auf meinem Smartphone nach den Wirkstoffen, und allmählich wurde mir erschreckend klar, wie ähnlich ihr Fall meinem war. Sie hatte als Kind Medikamente gegen Schlaflosigkeit erhalten – genau wie ich.

Das Feuer im Kamin war niedergebrannt. Ich kroch unter der Decke hervor und legte Holz nach. Dann zog ich mich wieder aufs Sofa zurück.

Hektisch blätterte ich in den Unterlagen. Wann hatte Zoey ihren ersten dokumentierten Anfall gehabt? Am 27. Juni 1995. Drei Monate später war sie gestorben. Nicht in einer Klinik, nicht im Westmill, sondern zu Hause im Schlaf.

Im Schlaf.

Oh mein Gott.

Hatte es keine Anzeichen gegeben, die auf diesen Verlauf hindeuteten? Mein Herz raste, während ich den Papierstapel erneut durchging und nach irgendeinem Hinweis suchte, der mir vielleicht entgangen war. Und tatsächlich stieß ich auf eine Notiz meines Großvaters aus dem Jahr 1990. In seiner für einen Mann bemerkenswert sorgfältigen, schönen Handschrift stand da:

Die Pathologie ist bedeutender und vielversprechender als zunächst angenommen. Zoey Fuller leidet unter visuellen und auditiven Halluzinationen. Aber es scheint kein Fall von Paranoia oder einer frühen Jugendschizophrenie zu sein.

Und am unteren Seitenrand:

Diagnose 111!

Dasselbe hätte Grandpa auch über mich schreiben können.

Mein Magen zog sich zusammen. Verzweifelt versuchte ich, gleichmäßig durch den Mund zu atmen, und kämpfte gegen die Übelkeit, die in mir hochstieg. Trotz des Kaminfeuers, das hell loderte, war mir mit einem Mal kalt, und meine Beine waren plötzlich so schwer, als hingen an den Fußgelenken Bleigewichte.

Nein! Nein, das konnte nicht sein.

Ich rief nach Oz, um etwas Lebendiges zu spüren, aber er rührte sich nicht. Vielleicht hatte ich mich getäuscht. Vielleicht hatte ich ihn gar nicht in meinen Armen in dieses Haus getragen. Vielleicht war ich eigentlich nicht hier.

Vielleicht waren diese Papiere überhaupt nicht echt.

Sondern nur ein Traum.

Wie erstarrt saß ich da, während das Feuer wieder erlosch.

Ich wagte nicht, mich zu bewegen.

Ich wagte nicht, einzuschlafen.

Ich wagte nicht einmal, Luke anzurufen, damit er endlich nach Hause kam.

KAPITEL 14

Panisch schreckte ich hoch.

Ein Geruch hing im Raum, beißend und holzig wie von einem Lagerfeuer. Überall in der Luft flimmerten winzige rote Lichtpunkte wie Tausende von Glühwürmchen, die direkt vor meinen Pupillen schwirrten.

Das Feuer im Kamin direkt mir gegenüber loderte, als hätte jemand erst vor wenigen Sekunden frisches Holz nachgelegt.

Langsam erinnerte ich mich wieder.

Ich war im Fullerhaus. Bei Luke.

Durch die Fenster links über dem Sofa schien der helle Mond und tauchte den Raum in ein silbernes, unwirkliches Licht.

Ich war offenbar eingeschlafen. Luke musste längst von Tyler zurück sein, und als er mich schlafend entdeckte, hatte er das Licht gelöscht, um mich nicht zu stören.

Warum hatte ich dann das Gefühl, jemand beobachtete mich?

Wild schaute ich mich um, und fast blendeten mich die fla-

ckernden Lichtsäulen, die am Ende des Raums über die Wände tanzten.
Summte jemand meine Melodie vor sich hin? Oder kam sie aus meinem Kopf? Gehörte das zu meiner *Aura*? Waren dies die Zeichen, dass ein nächster Anfall kam? War ich dadurch wach geworden? Was gut war, denn ich wollte nicht schlafen.
Oz, der zu meinen Füßen lag, stieß ein missmutiges Miauen aus, erhob sich und trat mit seinen Pfoten gegen meine nackten Fußsohlen, bis er sich schließlich wie ein Stein zur Seite fallen ließ.
Das durchdringende Knacken von Holz im Kamin ließ mich zusammenzucken.
Ein warmer Windhauch fuhr über mich hinweg. Oder war es eine Hand, die mir sanft über die Haare strich? Bewegte sich da jemand zwischen den Schatten?
Ja.
Die Stimme dazu klang dumpf und fern wie aus einem Tunnel. »Ich bin da, Faye.«
Wer auch immer hier war, er war ganz in meiner Nähe. Jemand war hier. Direkt neben mir.
Erschrocken schnappte ich nach Luft. In meinem Mund schmeckte ich Blut. Anscheinend hatte ich mir im Schlaf auf die Zunge gebissen. Was war mit mir?
»Schlaf, Faye, schlaf.« Die Stimme einer Frau.
Wer war das? Angestrengt lauschte ich.
Doch um mich herum nur Stille.
Ich schlug die Decke zurück, wollte gerade aufstehen und das Licht anschalten, als ich jemanden atmen hörte. Mein Magen krampfte sich vor Angst zusammen.

»Wer ist da?«
Ein hohes Kichern antwortete, gefolgt von ein paar Wortfetzen, die ich nicht verstand, dann wieder ein Lachen direkt in meinem Nacken. Ich wandte den Kopf über die Schulter, und da stand Missy.
Einen Sekundenbruchteil lang brachte ich kein Wort über die Lippen. Ich starrte sie an und fragte mich, ob ich tatsächlich und wahrhaftig wach war. Musste ich wohl, denn Missys gelbe Strickjacke streifte meine Hand, als sie um das Sofa herumkam und sich ans andere Ende setzte. Ihre Hand mit den langen, rot lackierten Fingernägeln begann, Oz zu streicheln. Wirklich merkwürdig, dass er einfach weiterschlief. Denn normalerweise mochte er keine Fremden.
»Missy! Hast du mich erschreckt!«, rief ich.
Anstelle einer Antwort legte sie nur den Kopf zur Seite. Ehrlich gesagt hatte ich immer angenommen, sie wäre knapp an die hundert, aber plötzlich sah ich in ihr die Frau, die sie einmal gewesen war. Etwa so groß wie ich, schlank, mit mandelförmigen grauen Augen und dem Lächeln einer Zwanzigjährigen.
»Was machst du hier, Missy?«, fragte ich schließlich.
Ich dachte schon, sie würde wieder nicht antworten, doch da zog sie den Kopf zwischen die Schultern und flüsterte in dem für sie typischen Singsang: »Ich passe auf dich auf.«
Einen Moment lang konnte ich nichts sagen.
»Warum?«, fragte ich schließlich. »Warum musst du auf mich aufpassen?«
Sie sah sich verstohlen um und beugte sich vor. »Weil ich auch tote Menschen sehe.«

Der Satz schnürte mir die Kehle zu. Das Reden fiel mir schwer. »Du siehst … tote Menschen?«
Sie nickte eifrig wie ein Kind, das wirklich alles versuchte, damit man ihm glaubte. »So wie du.«
So wie ich?
Dieses Gespräch war doch nur möglich, weil ich eigentlich schlief und ein gruseliges Kopfkino in mir ablief.
»In deinen Träumen?«
Sie schüttelte heftig den Kopf.
»Wenn du wach bist?«
»Ja.« Sie versuchte zu lächeln, doch in ihren Augen las ich für einen Augenblick die Qual, die die Toten ihr bereiteten.
»Tote Menschen … auf Friedhöfen? In … ihren Gräbern?«, fragte ich weiter.
»Nein.« Missys Augenlider flatterten. »Sie sehen aus wie normale Menschen.«
Ich holte tief Luft. »Und … wie oft siehst du sie?«
»Die ganze Zeit«, hauchte Missy. »Sie sind überall.«
Mein Herz klopfte mir bis zum Hals. Ich war nicht sicher, ob ich mir auf meine nächste Frage überhaupt eine Antwort wünschte, aber im Traum konnte man ja bekanntlich nichts steuern. Die Geschichten hatten ihren eigenen Willen. »Jetzt gerade auch?«
Missys Blick schweifte durch den Raum. »Ja, natürlich.«
»Wen … wen siehst du denn jetzt in diesem Moment?«
»Zoey.«
Zoey?
Ich sah mich im Raum um und glaubte, tatsächlich einen Schatten zu erkennen, der am Bücherregal vorbei in den

kleinen Flur huschte, von dem aus die Treppe nach oben in Zoeys Zimmer führte.

Und dann musste ich innerlich kurz auflachen. Natürlich! Zoey! Wer auch sonst? Ich schlief schließlich im Fullerhaus und hatte mich den ganzen Abend mit Zoeys Krankengeschichte beschäftigt. Genauso funktionierten Träume. Sie setzten die Bruchstücke des vergangenen Tages zu einem surrealistischen Gemälde zusammen. Aber eine fast schon manisch zu nennende Neugierde ließ mich anscheinend einfach nicht aufwachen.

»Und was machen die Toten?«

Missy sah sich misstrauisch um, dann legte sie den Finger auf den Mund. »Pssst! Du wirst mein Geheimnis niemandem erzählen, oder?«

»Nein, das werde ich nicht. Ich verspreche es …«

Die Strickjacke blähte sich auf, und die gelben Gummistiefel quietschten, als Missy vor dem Tisch in die Knie ging, auf dem immer noch Zoeys Papiere ausgebreitet lagen. Ihre sonst so verschlossenen Gesichtszüge wurden plötzlich weich und ließen sie fast normal aussehen. Oder zumindest etwas weniger verrückt. »Sie reden mit mir. Sie wollen, dass ich etwas für sie tue.«

»Was denn?«

»Unterschiedliche Sachen. Manche wollen zurückkommen, oder ich soll jemandem eine Nachricht übermitteln.«

Vielleicht hatte ich nur auf diesen Satz gewartet. »Hast du … Amy getroffen?«, flüsterte ich.

»Ich soll dich von ihr grüßen.« Missy verschwand wieder aus meinem Blickfeld.

Eine Pause, eine schrecklich lange Pause folgte, in der die Schatten, die das Feuer warf, miteinander tuschelten.

Sie ist verrückt, wisperten sie, *total gaga*.

Doch ich musste die nächste Frage stellen. Ich konnte nicht anders.

»Was hat sie noch gesagt?«

Keine Antwort.

»Missy?«

Mit einem Mal schien es, als würde sich der Raum verdunkeln. Das Feuer, das das Zimmer die ganze Zeit über in dieses warme Licht getaucht hatte, erlosch. Und auch der Mond schob sich hinter eine Wolke, so als wollte er sich vor mir verbergen.

Ich drehte mich um, aber ich konnte Missy nicht mehr sehen. Ich war mir schon fast sicher, sie wäre durch eine unsichtbare Tür in meinem Traum verschwunden, als ihr leiser Singsang an mein Ohr drang. »One, two, three, four, five, six, seven … all good children go to … heaven.«

Oz rekelte sich zu meinen Füßen und stolzierte dann über meinen erstarrten Körper hinweg, bis ich spürte, wie sein Kopf gegen meinen stieß. Wieder und wieder.

Langsam kam ich zu mir.

Ich presste mir die Fingerkuppen gegen die Schläfen, und als ich den Schmerz fühlte, entspannte ich mich. Langsam stand ich vom Sofa auf, taumelte hinüber zum Kamin, nahm drei, vier Holzscheite vom Stapel und warf sie in die Glut. Ich schrie vor Schmerz leise auf, als ein paar der Funken sich in meine Hand brannten.

Meine nackten Füße froren auf dem kalten Boden, während

ich zum Sofa zurücklief, wo ich die Knie bis hoch an die Brust zog. All meine Sinne waren nun in Alarmbereitschaft. Ich war wie ein Tier, das Wache hielt.

Und vielleicht wären mir auch nicht wieder die Augen zugefallen, wenn Zou Zou nicht angefangen hätte zu singen.

The wings of the wind,
The deep rolling sea,
Angels are coming,
Watch over thy sleep.

KAPITEL 15

Der Blick aus dem Fenster versprach einen blauen, wolkenlosen Herbsttag. Hinter dem silberfarbenen Dunst zeichnete sich bereits die runde Form der Morgensonne ab. Ein *guter* Wind wehte … So nannte Dad das immer, wenn an sonnigen Tagen die kräftigen Windböen glasklare, frische Luft vom Atlantik brachten. Es musste noch sehr früh am Morgen sein, denn kein Motorenlärm drang von der Straße her ins Zimmer. Nur das muntere Geschrei der Möwen war zu hören.

Ich war eingeschlafen. Hatte es nicht geschafft, wach zu bleiben. Aber auf merkwürdige Weise war die Angst trotz des Albtraums in der vergangenen Nacht verschwunden.

Es war ein merkwürdig intensiver, realistischer Traum gewesen. Einer dieser Träume, in denen das Bewusstsein ganz klar war, in denen man sehen, hören, riechen, schmecken konnte.

Ich konnte mich nicht mehr genau an Missy erinnern, ich erinnerte mich nur noch deutlich an den Regenmantel und die Gummistiefel. Ansonsten war sie zu einer dieser schemenhaften Gestalten verblasst, die schon im Traum nur schwache Kopien wirklicher Menschen blieben.

Ihre Stimme allerdings hatte sich in mein Gedächtnis eingebrannt. Mit jedem einzelnen Wort. Fröstelnd zog ich mir die Decke bis hoch ans Kinn und stellte fest, dass jemand die kratzige Wolldecke vom Vorabend durch eine frisch überzogene Daunendecke ersetzt hatte.

Ich sehe tote Menschen.

So wie du.

Sie wollen etwas von mir.

Ich soll dich von Amy grüßen.

Vergeblich versuchte ich, die Erinnerung daran loszuwerden, als mich ein Geräusch aufschreckte.

Aus der Küche, die direkt an den Wohnraum angrenzte, drang Lärm. Jemand holte Geschirr aus dem Schrank und klapperte mit Besteck. Dazu lag der Geruch von Kaffee in der Luft, und ich hörte die eindeutig viel zu muntere Stimme eines Radiosprechers. »Wer jetzt noch schläft, ist selber schuld. Vor Ihnen liegt ein perfekter Tag, der Sie garantiert glücklich machen wird.«

Dann erklang einer dieser Countrysongs, die nur morgens zwischen sechs und acht auf Dads Lieblingssender gespielt wurden, weil sie sonst keiner hören wollte. Jemand – und wer außer Luke konnte das sein – pfiff die Melodie mit.

Nur wenige Minuten später tauchte er tatsächlich mit einem Tablett in den Händen auf. Die weite Jeans hing ihm auf den Hüften, und ein graues, verwaschenes Shirt schmiegte sich an seinen Oberkörper, den ich ... vor etwa vierundzwanzig Stunden ... noch nackt gesehen hatte.

Er blieb im Durchgang zum Flur stehen – gut gelaunt, ein spöttisches Lächeln in den Mundwinkeln, und das intensive Blau seiner Augen, für das man erst noch einen Namen erfinden musste, strahlte mich an.
Dann kam er zu mir herüber, wischte das Papierchaos, das ich am Abend verursacht hatte, zur Seite und stellte das Tablett auf den Tisch.
»Hier.« Luke drückte mir einen Becher Kaffee in die Hand, doch zu spät kam die Warnung: »Achtung, heiß.«
Ich schrie auf.
Er ließ sich im Schneidersitz auf dem Boden nieder. »Aber du musst zugeben: der beste Kaffee, den du je getrunken hast.«
Ich konnte nicht anders, als sein Lächeln zu erwidern. Es hatte auf mich die Wirkung eines strahlend blauen Himmels. Zumindest nach dieser Nacht. Gestern dagegen, als er mir die Geschichte vom Tod seines Vaters erzählte, hatte ich auch einen anderen Luke kennengelernt. Verschlossen, misstrauisch, undurchdringlich.
»Brad Pitt oder Angelina Jolie?«, riss seine Stimme mich aus meinen Gedanken.
»Was?«, fragte ich verwirrt.
Er griff in eine der beiden Papiertüten aus Alison's Supermarkt und zog zwei Bagels heraus. »Ich habe sie so genannt, um sie unterscheiden zu können. Brad bevorzugt Lachs, Meerrettich und Gurken. Angelina liebt Truthahn, Mayo und Honigsenf.«
»Angelina.«
Ich streckte die Hand aus, und Luke reichte mir meinen Ba-

gel mit einer Serviette aus dem *New Spoon*. Ich nahm einen Bissen und spürte erst jetzt, wie hungrig ich war.
Er nippte an seinem Becher und musterte mich nachdenklich. »Du hast also auf meinem Sofa übernachtet ... deine Katze übrigens auch. Darf ich fragen, warum?«
Ich begann mit Amys Tagebüchern, erzählte von meiner Angst davor, zu schlafen, von den Drogen, der Diagnose Epilepsie ... einfach alles.
Danach war der Kaffee kalt geworden.
»Soll das jetzt heißen, dass du *und* deine Katze ... bei mir einziehen werdet? Wie Missy?«
Missy.
Gänsehaut überzog meine Arme. Wieder tauchte ihre verrückte Erscheinung vor meinem geistigen Auge auf. Die Strickjacke und die gelben Gummistiefel. »Ich habe heute Nacht von Missy geträumt. Sie war hier. In diesem Zimmer. Und ...« Plötzlich zitterte ich so sehr, dass ich erst einmal tief durchatmen musste. »Sie hat davon geredet, dass sie Tote sehen kann. Überall. Und die ganze Zeit.«
Luke wollte mich unterbrechen, doch ich konnte nicht aufhören zu reden. »Sie hat gesagt, sie solle mich von ... Amy grüßen. Luke, es hat sich so real angefühlt. Als hätte sie wirklich neben mir gestanden.«
»Faye ...« Lukes Stimme klang ganz ruhig. »Faye ...«
»Nein, warte! Ich kann mich an jedes Wort erinnern. Ich habe sie gefragt, ob in diesem Moment auch jemand im Zimmer sei, und Missy hat geantwortet: ›Ja, Zoey.‹«
Luke stellte den Kaffeebecher und die Serviette mit dem halb aufgegessenen Bagel neben sich auf den Boden, erhob

sich, kam zu mir herüber und setzte sich dann neben mich. »Hör zu, Faye! Das war kein Traum. Missy war heute Nacht tatsächlich hier. Du hast wirklich mit ihr geredet. Du warst wach, verstehst du?«

Seltsam, ich fühlte mich erleichtert und gleichzeitig deprimiert, obwohl ich nicht begriff, warum ich enttäuscht war. Ich war also *wach* gewesen und Missy einfach nur *verrückt*. Natürlich hatte sie Amy nicht getroffen, und Amy hatte ihr auch keine Nachricht für mich mitgegeben.

Für einen Moment herrschte Schweigen.

»Warum war sie hier?«, fragte ich schließlich.

»Sie hat nach irgendetwas in dem Müll gesucht, den sie in Zoeys Zimmer stapelt. Vielleicht hat sie auch neue Plastiktüten gebracht. In jedem Fall hat sie mir ähnlich wirres Zeug erzählt wie dir. Außerdem hat sie meinen Kühlschrank geplündert. Auch wenn es mir schwerfällt, das zu sagen, aber du weißt doch, dass Missy unter Wahnvorstellungen leidet. Sie sieht Menschen, hört Stimmen, fühlt sich verfolgt, redet davon, dass sie etwas verstecken muss …«

»Wie dein Vater«, murmelte ich.

Das Rauschen des Verkehrs, das gedämpft zu hören war, ließ die Stille grenzenlos erscheinen.

»Wie du«, sagte Luke in einem ausdruckslosen Ton. »Siehst du es nicht? Du bist wie sie.«

Das war es.

Das war es, was ich die ganze Zeit schon gespürt hatte.

Der Becher fiel mir aus der Hand, und der Kaffee ergoss sich über die Bettdecke. Entsetzt starrte ich auf die Scherben zu meinen Füßen, ich bückte mich automatisch und fing an, sie aufzulesen. Doch Luke hielt mich zurück. »Lass! Ich mache das.«

Schlafstörungen, Halluzinationen, Wahnvorstellungen, Verfolgungswahn ... Erst sah man Tote ... und dann starb man selbst. Es lief mir kalt den Rücken hinunter.

Ich blickte auf die Papiere, die Luke vom Tisch gefegt hatte. Wie die restlichen Umschläge in William Fullers Zimmer enthielten sie den Schlüssel. Den Schlüssel zu dem Rätsel, warum unsere Namen auf der Liste standen.

»Ich spüre es deutlich, Luke«, flüsterte ich. »Die Antwort auf meine Fragen liegt in den Akten. Dort ist die Verbindung.«

Er hob die Augenbrauen: »Welche Verbindung?«

Ich begann die Namen an den Fingern aufzuzählen: »Zoey, Missy, dein Vater ... ich. Wir alle haben irgendwann Musik gehört oder Stimmen. Wir alle haben uns eingebildet, Menschen zu sehen oder etwas anderes, das überhaupt nicht existiert.« Er wollte etwas sagen, aber ich ließ ihn nicht zu Wort kommen. »Nein, warte ... Es steht alles in den Akten.«

Ich wühlte in den Papieren, bis ich gefunden hatte, wonach ich suchte, und reichte Luke das Blatt.

»Das ist eine Notiz meines Großvaters. Darauf hat er notiert, dass Zoey unter auditiven und visuellen Halluzinationen gelitten hat. Das ist ein Symptom bei Epilepsie.«

Ich fühlte mich plötzlich völlig euphorisch, so als würde durch diese Erkenntnis etwas geradegerückt.

»Ja, aber ...« Luke fuhr sich mit der Hand durch die Haare. »Aber nicht alle Personen, die auf der Liste stehen, haben diese Diagnose, Faye. Was ist mit meinem Dad? Was ist mit Missy, mit Amy? Es geht hier, soweit ich die Notiz deines

Großvaters verstehe, nicht um Epilepsie, sondern eher um den Wahnsinn im Allgemeinen.«

Wie um mich zu quälen, begann Luke, die Notiz laut vorzulesen, und mit jedem Wort, das er durch seine Betonung und winzige Pausen hervorhob, erhielt der Text eine völlig neue Bedeutung.

»Die Pathologie ist bedeutender *und* vielversprechender *als zunächst angenommen. Zoey Fuller leidet unter visuellen und auditiven Halluzinationen. Aber es scheint kein Fall von* Paranoia *oder einer frühen Jugend*schizophrenie *zu sein. Diagnose 111!«*

Luke hob den Kopf. »Bedeutend und vielversprechend … Warum sagt ein Arzt so etwas?«

Die Antwort war klar. Ich musste nicht groß nachdenken. Ich hatte meinen Großvater schließlich an seinem Schreibtisch sitzen sehen. »Weil es ihm nicht um den einzelnen Patienten ging«, flüsterte ich. »Sondern um seine eigenen Forschungen. Deshalb auch sein Archiv im Drachenraum.«

»Ja, genau so klingt es. Und siehst du …« Er reichte mir das Blatt herüber. »Die Diagnose lautet auch nicht *Epilepsie*, im Gegenteil … Er spricht von Paranoia und Schizophrenie. Und haben sie dir nicht gesagt, in deinem Fall handele es sich um ›Psychologische Epilepsie?‹ Um paranoide Anfälle?«

Ich nickte, während Luke fortfuhr. »Ich frage mich nur, was diese Ziffer zu bedeuten hat. *111* …«

»Diagnosen werden in der Regel mit Ziffern verschlüsselt«, entgegnete ich.

»Ja«, unterbrach mich Luke. »Aber nach einem anderen Schema. Jede medizinische Disziplin wird mit einem Buchstaben gekennzeichnet. F 1 … das wäre korrekt. Das steht für ›Psychische‹ und ›Verhaltensstörungen‹. Bei deinem Großvater aber fehlt der Buchstabe. Es sieht aus, als hätte er sein eigenes System benutzt.«

Seltsam erleichtert sackte ich mit dem Rücken gegen die Lehne des Sofas. Plötzlich wurde mir einiges klar. Mein Name auf der Liste … Es bedeutete nicht, dass ich sterben musste. Missy war schließlich auch noch am Leben und geisterte in Bluehaven herum. William Fuller hatte Jahre in der Psychiatrie verbracht … Doch das Gefühl der Erleichterung, ja fast schon Euphorie, fiel im nächsten Moment auch schon wieder in sich zusammen. Missy und Fuller … Sie lebten längst nicht mehr in dieser Welt. Irgendwann hatten sie sich für die dunkle Seite ihres Verstandes entschieden. Und genau das konnte auch mir passieren.

»Faye?«, hörte ich Luke rufen.

Und wäre es dann nicht besser, ich wäre tot?

Ich wollte etwas sagen, aber ich konnte nicht. Ich spürte, wie die Luft durch meine Stimmbänder strömte, doch sie erzeugte keinen Klang. In diesem Moment erstarrte ich nicht. Ich verstummte.

KAPITEL 16

Der Schmerz entstand nicht im Kopf, er begann nicht hinter den Schläfen. Nein, er zog sich von der Stirn ausgehend hinunter zum Jochbein. Um mich abzulenken, testete ich, an welche lateinischen Namen der Schädelknochen ich mich erinnerte. Doch mir fiel nur *Os lacrimale* ein – das Tränenbein. Ansonsten war mein Kopf leer.

Wenn ich die Augen schloss, verstärkte sich das dumpfe Pochen hinter den Höhlen, aber wenn ich sie öffnete, war mir jeder Blick zu viel.

Alles war einfach zu viel. Ob es sich um das schwache Morgenlicht handelte, das durch das Fenster drang; den schalen Kaffeegeruch, der in der Decke hing. Schon das Rauschen der Stille überschritt die Grenze dessen, was ich zu ertragen vermochte. Ich versuchte aufzustehen, doch mein Körper hatte sein Gleichgewicht verloren. Sobald mein Fuß den kalten Boden berührte, fiel ich wieder zurück aufs Sofa, und im Grunde genommen hatte ich nur einen Wunsch: die Welt einfach auszublenden und in eine Art Vergessen zu versinken.

»Leg dich hin, Faye«, durchbrach Lukes Stimme meine Benommenheit. »Sonst kippst du mir wieder um.«
Ich schüttelte den Kopf. »Ich will nicht schlafen.«
»Wer redet hier von *schlafen*?! Du sollst einfach nur die Füße hochlegen, damit dein Kreislauf nicht noch mal schlappmacht.«
Da ich nicht reagierte, packte Luke meine Schultern und Beine, drehte mich auf den Rücken und stopfte so viele Kissen unter meine Füße, dass ich mir vorkam, als würde ich eine besonders komplizierte Yogaübung ausführen.
Gegen meinen Willen musste ich grinsen.
»So ist es gut«, murmelte er. »Wir haben heute schließlich noch viel vor. Du hast keine Zeit, in Ohnmacht zu fallen oder einen dieser ... wie sie auch immer heißen ... Anfälle zu bekommen.«
»Psychogen ...«, erwiderte ich. »Und ich kann das nicht steuern, falls du das noch nicht begriffen hast.«
Luke ging über meine Bemerkung hinweg, schleifte einen der beiden grün-blau karierten Sessel vom Kamin bis zum Sofa, setzte sich und sah mich eine Weile nachdenklich an.
Schließlich räusperte er sich und meinte: »Wie du den Abend und die Nacht verbracht hast, darüber haben wir jetzt ja ausführlich geredet und ... Glückwunsch! Ich glaube, wir sind ein ganzes Stück weitergekommen.«
Ich machte einen Versuch, mich aufzurichten, doch die Kissen unter meinen Beinen hinderten mich daran. »Mein Großvater war nicht einfach nur Arzt. Er hat irgendwelche Experimente gemacht. Wir müssen alle Akten durchforsten und nach weiteren Hinweisen suchen. Vielleicht fin-

den wir dann heraus, worum es bei diesen Experimenten ging.«

»Das ist eine Möglichkeit«, erklärte Luke und sah geradezu versonnen durch das Fenster auf den blauen Himmel. »Aber verschieben wir das Aktenstudium besser auf einen Tag mit schlechtem Wetter.«

Dass er es schaffte, mich zum zweiten Mal zum Lachen zu bringen, war unglaublich. Ich fühlte mich, als ob ein Felsblock, ähnlich gewaltig wie der von Sisyphos, von meiner Brust rollte. Endlich konnte ich wieder frei atmen. Ich trat die Kissen zur Seite und setzte mich auf.

Lukes Blick war nun direkt auf mich gerichtet. »Außerdem habe ich mir das ganze medizinische Zeug schon mehrfach angesehen. Im Augenblick hilft uns das nicht weiter … Ich weiß ja nicht, wie du das siehst, aber meiner Meinung nach fehlt etwas Entscheidendes in diesem Aktenberg, und das ist die Frage: Wer sind die großen Unbekannten – Liam Fischer, Danny Gibson, Paige Hunter und Lucía Flores?«

Ich hatte damit gerechnet. Irgendwann mussten wir darüber reden, doch alles in mir sträubte sich dagegen … Ich wollte nicht wissen, ob noch jemand an Epilepsie litt, an Schlafstörungen und Halluzinationen. Ich wollte nicht erfahren, ob noch jemand tot war. Und gleichzeitig war mir klar, ich war nicht allein. Ich stand am Ende einer Kette von vielen, und mein Geheimnis konnte ich nur entschlüsseln, wenn ich das der anderen kannte.

Verwirrt schreckte ich zusammen. Ich hatte verpasst, was Luke als Letztes gesagt hatte, nur Calebs Namen gehört.

»Caleb?«, wiederholte ich verwirrt. »Was hat Caleb damit zu tun?«
»Habe ich dir gerade erklärt. Er hat mir geholfen, etwas über Liam, Danny, Paige und Lucía herauszufinden.«
»Caleb?«, rief ich, nun völlig irritiert. »Mir hast du gesagt, du warst bei Tyler.«
»Ja, zuerst, aber Tyler wollte mir nicht helfen.«
»Warum nicht?«, unterbrach ich ihn.
»Ich verstehe«, seufzte Luke. »Du bist ein Mädchen, du gibst dich nicht mit dem Ergebnis zufrieden, nein, du willst den ganzen Ablauf wissen …«
Warum machte er sich über mich lustig? Warum tat er so, als diskutierten wir einfach nur über die Verstrickungen und Figuren einer Serie wie *Game of Thrones* oder, noch besser, *Homeland*. Amy, schoss es mir durch den Kopf. Amy hätte ihn sofort durchschaut. Nein, sie musste ihn nicht durchschauen, denn … Plötzlich hatte ich das Gefühl, die beiden wären sich auf eine merkwürdige Art und Weise ähnlich. Luke wollte einfach, dass ich mich entspannte. Wenn ich ehrlich war, dann war ich ihm in diesem Moment nicht nur dankbar, sondern spürte ganz intensiv den unerklärlichen Wunsch, aufzustehen, zu ihm hinüberzugehen und … Nein!
»Ja«, erwiderte ich möglichst gelassen. »Szene für Szene, Dialog für Dialog und am liebsten ein …« *Happy End* hatte ich sagen wollen, aber das würde es nicht geben.
»Sagen wir mal so: Tyler *wollte* mir helfen, doch am Ende haben wir beschlossen, er solle sich besser heraushalten, um keinen Ärger zu bekommen.« Luke lehnte sich vor und rieb

sich die Hände. »Hast du dich nie gefragt, woher ich eigentlich diese ganzen Akten und die Liste habe?«

Ich sah ihn an, doch er erwiderte meinen Blick nicht. »Woher hast du sie?«

»Als wir zusammen im Drachenraum waren, kam jemand herein – erinnerst du dich? – und hat einen Karton in das Regal gleich neben der Tür geschoben.«

Ich nickte.

»Und du warst gerade damit beschäftigt, nach dem Schlüsselbund zu suchen, der Liz gehörte. Während du also zwischen den Regalen verschwunden warst, habe ich den Karton geöffnet. Die Liste steckte ganz vorne und dahinter die weißen Umschläge.«

»Du willst mir doch nicht erzählen, dass du die Umschläge aus dem Archiv meines Großvaters gestohlen hast! Das hätte ich doch mitbekommen …«

»Nein, das war erst später.«

Wieder unterbrach ich Luke. »Später? Du warst noch einmal im Drachenraum? Woher hattest du denn den Schlüssel?«

»Das ist noch so ein Mädchending, ihr lasst uns einfach nicht ausreden.« Luke schüttelte den Kopf. »Nein, alle Unterlagen, die du in meinem Zimmer gesehen hast, stammen aus Virginias Strandhaus.«

Das anschließende Schweigen fühlte sich schwer an, und das dumpfe Pochen hinter meiner Stirn kehrte zurück. »Die Polizei hat das Strandhaus versiegelt. Ich habe die Absperrung gestern gesehen. Wie bist du dort hineingekommen?«

Auf Lukes Gesicht trat ein schuldbewusster Ausdruck, der

mir ganz und gar nicht gefiel. »Ich war im Haus, als alle noch am Steg standen, um dich und Virginia …«

Ich konnte nicht glauben, was er gerade sagte. »Ich war dort draußen im Wasser, und du …«

»Es war die ideale Gelegenheit, Beweise zu finden«, unterbrach er mich.

»Beweise dafür, dass der Monday Club deinen Vater umgebracht hat! Nur darum geht es dir, oder? Deshalb bist du schließlich nach Bluehaven gekommen.«

Wir standen uns gegenüber. Wie am Morgen vor einem Tag. Luke kratzte sich an der Stirn. »Ja, ich bin vielleicht kein Held … wie Josh. Er hätte sich bestimmt ins Wasser gestürzt, obwohl bereits zwei Rettungsboote unterwegs waren, ebenso wie die Wasserschutzpolizei und ein Hubschrauber.«

Ich hob den Kopf und warf ihm einen warnenden Blick zu. »Wag es nicht, Josh lächerlich zu machen. Er würde sein Leben für mich geben.«

»Da bin ich sicher.« Er ging zum Sessel zurück und setzte sich. Er tat lässig, aber seine Finger zitterten, als er eine Packung Tabak aus der hinteren Hosentasche zog und betont langsam eine Zigarette drehte.

»Ja, ich war im Strandhaus, denn ich konnte nicht nur tatenlos zusehen. Das mag wie eine Ausrede klingen, aber genau so war es.«

Er erhob sich erneut, ging hinüber zum Kamin, wo er sich mit den Streichhölzern auf dem Kaminsims die Zigarette anzündete, und kam wieder zum Sessel zurück. »Und damit habe ich mich strafbar gemacht. Ich habe gegen das Gesetz verstoßen, weil ich einen Tatort verändert und Beweismittel

gestohlen habe. Aber als ich in Virginia Donnellys Arbeitszimmer stand und die ganzen Blätter mit Amys Namen gesehen habe, konnte ich nicht anders. Ich musste sie mitnehmen.« Ein kurzes Schweigen, und dann fügte Luke hinzu: »Das habe ich nicht für meinen Dad getan, Faye, sondern für dich. Denn eigentlich wolltest du an diesem Tag zu Liz. Sie hat dir keine Antwort auf deine Fragen zu Amys Tod gegeben, oder? Deshalb bist du ja zu Virginia gegangen.«
Die gespenstischen Erinnerungen kamen wieder hoch: das leere Strandhaus, die Melodie, das eiskalte Wasser, das schwarze Meer mit den vom Sturm gepeitschten Wellen, die mich unter sich begruben ...
Doch diesmal wehrte ich mich nicht länger dagegen. Ich ließ die Eindrücke von diesem Nachmittag an mir vorüberziehen, und zum ersten Mal hielt ich sie aus. So langsam gewann ich wieder ein klares Bild von den Ereignissen. Ich hatte Liz von meiner Begegnung mit Amy an der Bushaltestelle erzählt, und sie hatte behauptet, mein Gehirn hätte mir das alles nur vorgegaukelt.
Deshalb war ich zu Virginia gegangen. Sie war die Einzige, die wusste, wie Amy gestorben war. Doch Virginia war nicht im Haus gewesen, sie hatte sich auf ihrem Boot im Sturm aufs offene Meer treiben lassen. Oder jemand anders hatte sie betäubt, die *Escape* vom Bootsanleger losgemacht und Virginia an den Mast gebunden. Diesen Gedanken schob ich jetzt beiseite.
Ich hatte nicht mitbekommen, dass Luke inzwischen den Raum verlassen hatte. Erst als er zurückkehrte, kam ich wieder zu mir. Er stellte eine Tasse Tee vor mir auf dem Tisch

ab. Daneben platzierte er einen Teller mit Keksen, dann ging er wieder zum Sessel und setzte sich. Etwas daran gefiel mir nicht. Vielleicht erinnerte mich das Ganze zu sehr an meine Therapiestunden. Jedenfalls rührte ich den Tee und die Kekse nicht an.

»Du warst also gestern bei Caleb«, kam ich auf unser ursprüngliches Thema zurück, »der sich hundertmal überlegt, wen er über seine Schwelle lässt.«

»Es war Tylers Idee. Nachdem er herausgefunden hatte, woher ich die Liste mit den Namen hatte, waren wir uns einig, dass er besser nichts darüber wissen sollte. Und er meinte, dass Caleb der Beste sei, wenn ich unbedingt noch mehr Gesetze brechen wollte. Er könnte jeden Server …«

Caleb … Mir fiel etwas Wichtiges ein.

»Wie spät ist es?«, unterbrach ich Luke.

»Kurz nach sieben.«

Okay. Dad hatte mein Verschwinden inzwischen mit Sicherheit bemerkt. Damit ihm keine Zweifel kamen, dass ich auch wirklich zur Schule gegangen war, sollte ich Josh, Caleb und Ginger besser eine Nachricht schicken. Falls Dad doch auf die Idee kommen sollte, bei ihnen nachzufragen.

Ich sprang vom Sofa auf, riss die Bettdecke herunter und entdeckte mein Handy in einer Sofaritze.

Falls Dad fragt, ich bin in der Schule!!!

Nachdem ich die Nachricht abgeschickt hatte, wandte ich mich wieder Luke zu. »Tyler hat recht, Caleb ist der Beste. Also, was habt ihr herausgefunden?«

Luke erhob sich, ging zum Bücherregal und nahm ein Touchpad von einem Stapel Bücher. Dann kam er zum Sofa und setzte sich neben mich. Ich konnte seine Nähe kaum aushalten, aber jetzt war nicht der richtige Zeitpunkt, um darüber nachzudenken.

Luke tippte auf das Display. »Paige Hunter, geboren am 17. Januar 2003 in Boston.« Das Foto zeigte eine etwas mollige, rothaarige Dreizehnjährige, die ich überall wiedererkannt hätte.

»Sie geht auf die Weston High«, murmelte ich.

»Du kennst sie also?«

»Sie ist zwei oder drei Jahre jünger als ich, aber man müsste schon blind sein, um ihre roten Locken zu übersehen. Soweit ich mich erinnere, habe ich nie ein Wort mit ihr gewechselt. Und wegen ihrer vielen Sommersprossen wurde sie auf dem Pausenhof ständig aufgezogen. Ich glaube, sie war überhaupt ein Außenseiter.«

»Ihr letztes Zeugnis zeigt nur Bestnoten«, erklärte Luke und ging zum nächsten Foto über.

Den Arm um die Schulter des jeweils anderen geschlungen, trugen beide Jungs darauf das grüne Trikot des *Raven*-Basketballteams. Die Vorstellung, dass auch diese zwei auf meine Schule gingen, verursachte mir Übelkeit. Wie waren ihre Namen auf die Liste geraten? Und wenn die Liste etwas mit Krankheit und/oder medizinischen Experimenten zu tun hatte, dann waren sie in Gefahr. Luke hatte recht, die Namen der anderen waren im Moment das Wichtigste.

»Links, das ist Liam Fischer, geboren am 1. November 2002 in Boston. Gehört zum Schachclub eurer Schule und hat im letzten Jahr die Landesmeisterschaft gewonnen«, erklärte Luke. »Der andere ist Danny Gibson, am 3. März 2001 in

Boston geboren. Er ist im Basketballteam und war Sieger im Debattierclub.«

Liam und Danny hätten nicht unterschiedlicher sein können. Danny schien für sein Alter zu groß, und seine blonden Haare standen nach allen Seiten vom Kopf ab. Offenbar spielte er gerne den Clown, denn sein Gesicht war zu einer Grimasse verzogen. Liam dagegen – er gehörte zu den Jungen, die in jeder Gruppe untergingen. Er gewann erst auf den zweiten Blick. Zumindest lag etwas in seiner ernsten, nachdenklichen Miene, das mich anzog, mir vielleicht sogar vertraut vorkam.

»Dann bleibt noch Lucía Flores.« Wieder erschien eines dieser Fotos, wie sie im Jahrbuch abgedruckt wurden. Es zeigte ein Mädchen in schwarzen Leggings und einer schwarzgrau karierten Bluse. Ihr zum Zopf geflochtenes Haar war kastanienbraun, ihr Blick verschlossen und misstrauisch. Irgendwie schien sie mir bekannt vorzukommen, aber wahrscheinlich waren wir schon hundertmal auf dem Schulhof aneinander vorbeigelaufen.

»Sie wurde am 18. Juli 2003 …«, begann Luke.

»… in Boston geboren«, unterbrach ich ihn.

»Nein, in Salem Wood in einem Wohnwagen. Sie ist erst zwölf, aber für ihr Alter ziemlich groß. Caleb hat die von der Schule gespeicherten Daten gehackt. Lucía hat in der Grundschule eine Klasse übersprungen. Die vier haben also ziemlich viele Parallelen. Drei von ihnen wurden in Boston geboren. Sie gehen alle auf die Weston High, besitzen besondere Fähigkeiten und erzielten bisher exzellente Noten. Und …«, Luke hob den Kopf und sah mich an, »… alle vier wohnen im Trailerpark.«

Ich versuchte, an einen Zufall zu glauben, doch hatte ich in den letzten Wochen erlebt, dass »Zufall« nur ein Wort war, um zu beschreiben, dass man den Zusammenhang nicht begriff.

Luke ließ mir keine Zeit, länger darüber nachzudenken, denn er sprach bereits weiter. »Es gibt noch etwas, das merkwürdig ist. Liam ist seit etwa einem halben Jahr krankgemeldet, Paige hatte einen schweren Autounfall. Und Lucía ist seit drei Tagen nicht zum Unterricht erschienen.«

»Lucía?«, flüsterte ich. »Natürlich. Die Abkürzung für Lucía ist Lucy.«

Wie erstarrt saß ich da, in dem zunehmenden Bewusstsein, dass hier etwas Schlimmes vor sich ging.

KAPITEL 17

Einen Moment lang blieb mein Blick an einem Mann hängen, der mich an Missy erinnerte. Mühsam schob er einen Einkaufswagen über die Schotterstraße. In dem Wagen türmten sich vollgestopfte Mülltüten und zusammengerollte Plastikplanen.

Salem Wood gehörte vermutlich nicht zu den schlimmsten Trailerparks in Maine, für mich hingegen bedeutete er eine komplett fremde Welt. Überall heruntergekommene Wohnwagen und Wohnmobile; Müllhalden auf den Vorplätzen, wo die Leute auf billigen Klappsesseln von Walmart um schiefe Picknicktische herumhockten, rauchten und sich die Hände an dampfenden Kaffeebechern wärmten.

Müsste ich hier leben, würde ich auch weglaufen wie Lucy.

Wenn sie überhaupt weggelaufen war.

Ich spürte, wie die Blicke der Leute uns argwöhnisch folgten. Wie sie sich fragten, wer wir waren und warum wir uns hierher verirrt hatten. Vielleicht erkannten sie den Pick-up und wussten genau, dass er einem Polizisten namens Tyler Coleman gehörte. Tyler hatte Amy und mir irgendwann erzählt,

dass er fast jede zweite Nacht hierhergerufen wurde, entweder weil ein Mann seine Frau schlug, betrunkene Jugendliche randalierten oder aber Diebesgut sichergestellt wurde.
Dad sagte, manche Menschen würden ins Unglück geboren und verursachten dann oft auch Unglück. Doch es seien diejenigen, die mit dem Silberlöffel im Mund geboren wurden, die wirklich Unheil brachten. Langsam hatte ich das Gefühl, zu verstehen, was er meinte.
Auf meinem Schoß lagen vier weiße Umschläge, beschriftet mit den Namen der vier Jugendlichen, die hier lebten. In der Zeit, in der Luke Tyler überredet hatte, ihm seinen Pick-up zu überlassen, und anschließend losgegangen war, um ihn abzuholen, hatte ich mir ihre Akten vorgenommen. Jede ihrer Geschichten schien völlig anders, und doch gab es da Gemeinsamkeiten, die mir nicht aus dem Kopf gingen. Alle vier besuchten die Weston High, wohnten in Salem Wood und waren von Virginia Donnelly behandelt worden.
Luke steuerte den Pick-up auf ein lang gestrecktes Blockhaus zu, die sogenannte Salem Lodge, wo eine von Hand beschriebene Tafel genau drei Gerichte anbot: Thunfischauflauf, Kartoffelauflauf und Makkaroniauflauf. Daneben befand sich ein kleiner Lebensmittelmarkt, aus dem in diesem Moment ein Mann in einer hellen Cargohose und einem beigefarbenen Poloshirt trat. Der Hund an seiner Seite begann zu bellen, als ich aus dem Wagen stieg.
»Entschuldige, das macht er normalerweise nicht«, rief mir der Besitzer zu, befestigte die Leine am Halsband, warf mir noch einen langen Blick zu und zog seinen Hund mit sich fort.

»Kennst du den Typen?«, fragte Luke und sah dem Mann hinterher.
Ich schüttelte den Kopf, obwohl ich mir nicht sicher war. Vielleicht war der Mann ein Patient von Liz, vielleicht einer von Dads Stammgästen, die regelmäßig an der Theke im *New Spoon* herumhingen.
Luke stieß die Tür zum Laden auf. Ein leises Bimmeln erklang. Hinter der Kasse tauchte der Kopf einer jungen Frau auf. Sobald sie mich erblickte, schenkte sie mir ein strahlendes Lächeln. »Was kann ich für dich tun, Faye?«
Das üppige dunkle Haar, das ihr bis zu den Hüften reichte, konnte man eigentlich nicht vergessen, ebenso wenig wie das auffällige silberne Piercing direkt unterhalb der Ohrmuschel. Aber ich hatte keinen blassen Schimmer, wer sie war. Jedenfalls musste ich ziemlich verwirrt wirken, denn sie erklärte: »Du bist doch Faye, oder? Ich kenne deine Tante, Dr. St. Clair. Sie kümmert sich um meinen Bruder, seit Dr. Donnelly …« Sie brach ab.
»Tut mir leid, ich kenne dich auch irgendwoher, aber …«
»Michelle. Ich arbeite manchmal bei Alison im Supermarkt. Du hast dort immer mit Amy Bagels gekauft …«
Die meisten Menschen in meiner Umgebung sprachen Amys Namen stockend und mit einem unbewussten Zögern aus. Ihn so unverblümt aus Michelles Mund zu hören traf mich wie ein Schock. Offenbar sah Michelle meinem Gesichtsausdruck an, wie mir bei Amys Namen die Luft wegblieb.
»Entschuldige!« Michelle wurde rot. »Ich weiß, wie nahe ihr euch standet. Ehrlich gesagt, so eine Freundschaft wie zwischen euch beiden habe ich mir auch immer gewünscht.«

»Schon gut«, murmelte ich.

Ich spürte, sie wollte noch etwas sagen, aber Luke schob sich von hinten an mir vorbei und legte zwei verpackte Sandwiches auf den Tresen. Mit seinem unwiderstehlichsten Lächeln, mit dem er auf der Highschool ganz sicher reihenweise Mädchenherzen gebrochen hatte, reichte er ihr die Hand. »Luke Salerno. Wie war noch mal dein Name?«

»Michelle. Michelle Fischer.«

»Ja, stimmt. Ich erinnere mich. Ich habe heute Morgen bei dir Bagels gekauft.« Er legte einen Schein auf die Theke. »Und das macht?«

»Fünf Dollar sechzig.«

Während Michelle das Wechselgeld aus der Kasse nahm, verhielt sich Luke so ungeduldig, als könnte er es kaum abwarten, von hier zu verschwinden. Er hatte irgendeinen Plan und ich keine Ahnung, wie der aussah.

Achtlos steckte er die Münzen ein, hob kurz die Hand zum Abschied und wandte sich dem Eingang zu. »Wir sehen uns, Michelle!«

Und dann, mitten im Satz, mitten in der Bewegung, fuhr er plötzlich noch einmal herum, so als hätte er etwas ungeheuer Wichtiges vergessen, und ich prallte gegen ihn. Sein Blick schien mir sagen zu wollen: *Jetzt pass mal auf, so macht man das.*

»Wir sind übrigens auf der Suche nach einem Danny Gibson. Weißt du zufällig, wo er wohnt? Dr. St. Clair hat seinen Ausweis im Westmill Medical Center gefunden und Faye gebeten, ihn zurückzubringen. Ich bin nur der Fahrer.«

Die Leichtigkeit, mit der er diese Lüge über die Lippen

brachte, war beunruhigend. Ich konnte es drehen und wenden, wie ich wollte: Aufrichtigkeit gehörte offensichtlich nicht zu Lukes Tugenden.
»Danny?« Alison seufzte. »Das klingt so gar nicht nach ihm. Allerdings hat er sich in den letzten Monaten sehr verändert. Er war einmal der beste Freund von meinem Bruder.« Über ihr Gesicht ging ein Ausdruck von Abscheu, so als würde sie Danny innerlich verachten. »Ich glaube, er nimmt seit einiger Zeit Drogen.«
»Und wo finden wir Danny? Wir haben uns verfahren, die Straßen hier sind leider nicht in meinem Navi …«, sagte Luke und grinste entschuldigend.
»Natürlich nicht«, erwiderte Michelle mit einem Lachen. »Es sind ja auch keine Straßen. Wir warten schon seit Jahren darauf, dass die Schotterwege asphaltiert werden. Wenn es so regnet wie vorige Nacht, dann schwemmt es den ganzen Müll weg.« Michelle kam um die Theke herum. »Es sind nur ein paar Meter. Euren Wagen könnt ihr also stehen lassen.«
Ein leises Bimmeln ertönte, als sie die Ladentür aufstieß und hinaus auf den Vorplatz trat. Mit ausgestreckter Hand deutete sie nach links. »Ihr geht den Weg hoch bis zu der Hütte mit dem bunten Graffiti, und dort biegt ihr rechts ab. Die Gibsons wohnen in dem Wohnwagen mit der Nummer 10. Ihr könnt es nicht verfehlen. Mrs. Gibson …«, Michelle verzog spöttisch ihren Mund, »… könnte für ihren Vorgarten einen Preis gewinnen.«

Bei jedem Schritt knirschte der Schotter unter unseren Füßen. Obwohl ich die Wärme der Sonne auf meiner Haut spürte, war ich froh über die dicke Daunenjacke und die Kapuze, die mich gegen den kalten Wind schützten. Der strahlend blaue Herbsthimmel brachte die Trostlosigkeit des Ortes trotz der bunt gefärbten Bäume erst so richtig zur Geltung. Ich wollte mir nicht vorstellen, dass irgendein Mensch freiwillig hier lebte.

Als hätte er meine Gedanken gelesen, unterbrach Luke unser Schweigen. »Die Gibsons haben früher in Bluehaven gewohnt, ganz am Ende der Battle Avenue. Nicht weit vom Leuchtturm.«

Ich zuckte zusammen. Der Leuchtturm. Myers würde mich dort morgen am Nachmittag erwarten, aber ich würde nicht auftauchen.

»Dannys Vater ist vor vier Jahren gestorben«, hörte ich Luke. »Deshalb war Mrs. Gibson gezwungen, das Haus zu verkaufen und mit Danny und seinen beiden jüngeren Geschwistern in den Trailerpark zu ziehen. Sie arbeitet jetzt als Zimmermädchen im Sunrise Motel und zahlt immer noch die Schulden für das Haus zurück.«

»Hat Caleb ihr Bankkonto geknackt? Oder woher weißt du das alles?«

»Ehrlich, ich möchte nicht, dass Caleb mir jemals hinterherspioniert«, murmelte Luke. »Wahrscheinlich findet er etwas über mich heraus, was ich selbst noch nicht weiß.«

»Er hat sicher längst deinen Lebenslauf gegoogelt«, erwiderte ich. »Du verdächtigst schließlich seinen Dad, deinen Vater ermordet zu haben. Also unterschätze Caleb nicht.«

»Du hast ihm alles erzählt? Und den anderen dann etwa auch?«

»Was hast du denn gedacht? Es sind meine Freunde, und es betrifft schließlich ihre Eltern und Großeltern.«

Ich klang cooler, als ich mich fühlte, und Luke reagierte heftiger, als ich es erwartet hätte. Er packte meinen Arm und brachte mich zum Stehen. »Das hatte ich dir unter dem Siegel der Verschwiegenheit erzählt!«

Ich stieß seine Hand weg. »Erstens hast du das nicht, zumindest kann ich mich nicht erinnern. Zweitens bist *du* es doch, der heimlich Recherchen betreibt. Und drittens hast du dich letzte Nacht mithilfe von Caleb in alle möglichen Server gehackt. Du hast also überhaupt kein Recht, mir Vorwürfe zu machen«, zischte ich. »Wirklich, du kannst mich mal.«

Eine lange Pause folgte, in der Luke mich mit hochgezogenen Augenbrauen anstarrte. Schließlich überzog ein Lächeln sein Gesicht. »Wow, du kannst tatsächlich wütend werden. Wo hast du diese Faye nur die ganze Zeit versteckt?«

Es schien, als ob er Seiten in mir zum Leben erweckte, die ich selbst nicht von mir kannte. Ich hatte nie die Absicht gehabt, Pferde stehlen zu wollen – aber Luke könnte mich dazu bringen.

Schweigend gingen wir weiter, und als wir die Holzhütte mit dem Graffiti erreichten, bogen wir nach rechts in einen schmalen Weg. Hier standen die Trailer dicht nebeneinander, und immer wieder dienten alte Autoreifen dazu, die Grenze zwischen den Grundstücken zu markieren. Die Vorgärten, wenn man sie so nennen wollte, waren gerade groß genug, dass man einen Wagen darauf parken konnte.

Luke machte erneut halt. »Okay, sag mir noch schnell, was du aus den Akten über Danny herausgefunden hast.«

In dem Umschlag mit seinem Namen hatte ich nicht allzu viele Informationen gefunden. »Er scheint kerngesund zu sein, bis auf ein paar Migräneanfälle, die ab und zu auftreten. Virginia beziehungsweise Liz haben ihn kostenlos behandelt, so wie auch Paige, Lucy und Liam.«

»Und bezahlt wurde alles über den Gesundheitsfonds des Westmill, der wiederum vom Monday Club finanziert wird«, erklärte Luke. »Genau wie der Krankenhausaufenthalt meines Vaters.«

Ich war erleichtert, dass ich ihm darauf keine Antwort geben musste, denn inzwischen waren wir bei dem Trailer angelangt, in dem Danny Gibson wohnte.

Ich konnte schon auf den ersten Blick erkennen, was Michelle mit ihrer Bemerkung über Mrs Gibsons Vorgarten gemeint hatte. Er hatte nicht einmal die Größe unseres Teppichs im Wohnzimmer, doch dieses mickrige Rasenstück war gepflegter als der Park von Elmwood. Und um den kümmerte sich ein professioneller Gärtner. Rechts neben der Treppe, die hoch zur Tür führte, steckte ein Spalier mit verblühten Rosen in einem Plastikeimer, und unterhalb der Fensterluken waren weiße Blumenkästen angebracht, in denen künstliche Geranien ein ewiges Leben fristeten.

Luke ging mir voraus die Treppe hoch. Er gab auch nach dem fünften Klopfzeichen nicht nach. Schließlich sprang die Tür auf, und ein Junge erschien, der nur gebückt durch den Türrahmen passte. Auf den ersten Blick schien Danny derselbe wie auf dem Foto zu sein. Zumindest standen seine störrischen blonden Haare noch immer nach allen Seiten ab. Ansonsten hatte er aber keine Ähnlichkeit mehr mit dem

Jungen, der, den Arm um die Schultern seines besten Freundes gelegt, komische Grimassen zog.
Der Ausdruck in seinem Gesicht war gleichgültig, geradezu abwesend. Man konnte darin genauso viel lesen wie von einem leeren Blatt. Und die Augen hinter der Brille wirkten merkwürdig gläsern, weshalb ich Michelles Verdacht teilte, er würde Drogen nehmen.
Luke streckte ihm die Hand entgegen, und Danny ergriff sie ganz automatisch. »Ich bin Luke, und das ist Faye. Wir sind vom *Bluehaven Patriot* und schreiben einen Artikel über Lucy Flores. Sie scheint verschwunden zu sein.«
Woher nahm er nur diese Lügengeschichten? Ich hatte den Eindruck, er könnte sie ewig weiterspinnen.
»Hab gehört, dass sie weg ist«, murmelte Danny.
»Wann hast du sie denn zum letzten Mal gesehen?«, fragte Luke.
Abwesend kratzte Danny an einem roten Fleck auf seinem Unterarm. »Muss in der Schule gewesen sein, ist schon 'ne Weile her. Wir hatten nicht besonders viel miteinander zu tun. Ist ja ein Mädchen.«
»Ja, das ist ein Problem.« Luke grinste kumpelhaft, und ich verdrehte innerlich die Augen. »Trotzdem … du hörst sicher, was so geredet wird. Gibt es einen Grund, warum sie verschwunden sein könnte?«
»Geht mich nichts an.« Danny sah Luke an, doch es kam mir vor, als blicke er durch ihn hindurch.
»Was ist mit Paige?« Luke ließ nicht locker. »Sie ist in derselben Klasse wie Lucy, oder? Kannst du uns sagen, wo sie wohnt? Vielleicht weiß sie etwas.«

Danny hob die Hand, deutete geradeaus und ließ den Arm wieder fallen. »Gleich gegenüber.«
Aus dem mickrigen Wohnwagen hinter uns drang laute Musik, und jemand sang lauthals mit. Mir schien sogar, die Räder bebten unter den Bässen.
»Okay«, hörte ich Luke sagen. »Danke, dass du mit uns gesprochen hast. Man sieht sich.«
Zum ersten Mal nahm ich so etwas wie ein Flackern in Dannys Augen wahr, das ein ungutes Gefühl in mir hervorrief. »Sie ist nicht da.«
Luke, der bereits zwei Stufen nach unten gegangen war, fuhr herum. »Ist sie auch verschwunden? So wie Lucy?«
»Sie ist nicht verschwunden.« Danny schüttelte den Kopf.
»Nein? Warum geht sie dann nicht mehr zur Schule?«, fragte ich.
»Weil sie tot ist«, antwortete Danny ungerührt.
Vielleicht täuschte ich mich, aber ich hatte das Gefühl, ganz tief innen lächelte er, ohne es zu wissen.

KAPITEL 18

Ein frischer Wind fegte durch den schmalen, schattigen Gang zwischen den Wohnwagen. Vom Grundstück hinter dem Zaun wehten Blätter zu uns herüber, die einen Augenblick lang aufgeregt über unseren Köpfen wirbelten und schließlich leise raschelnd zu Boden schwebten wie bunte Papierflugzeuge.

Schützend schlang ich die Arme um mich, um wenigstens etwas Wärme zu spüren.

Paige war tot.

Tot.

Die wenigen Buchstaben zogen unerträgliche Leere, eisige Kälte nach sich. Jedes Wort, jeder anschließende Satz konnte nichts daran ändern. Dennoch sprudelten die Gedanken geradezu aus mir heraus, ich konnte einfach nichts dagegen tun.

»Paige hatte vor einem halben Jahr einen schweren Unfall und als Folge davon ein Schädel-Hirn-Trauma.« Ich rief mir den knappen Unfallbericht wieder ins Gedächtnis. »Ansonsten waren da nur eine ganze Menge Aufnahmen … von ihrem

Kopf. Ich hatte keine Zeit, sie mir genau anzusehen. Aber ein Totenschein oder irgendein Hinweis, dass sie gestorben ist? Nein. Davon stand nichts in der Akte. Ich bin mir sicher. So etwas übersieht man doch nicht.«

»Nein, so etwas übersieht man nicht.« Lukes Hände vergruben sich in den Taschen seiner Lederjacke. »Außerdem ist sie immer noch an der Weston High als Schülerin registriert.« Er deutete auf den Wohnwagen, aus dem noch immer Musik dröhnte. So als wollte jemand mit aller Macht die eigenen Gedanken übertönen. »Wir müssen mit ihrer Mutter reden.«

Etwas in mir sträubte sich dagegen. Ich zögerte einen Moment lang. »Und was sagen wir, wer wir sind? Wenn Paige tot ist … Ich kann doch ihre Mutter nicht belügen.«

Luke hob erstaunt die Augenbrauen. »Wir sagen ihr die Wahrheit.«

»Die Wahrheit?« Ich stieß ein kurzes, verzweifeltes Lachen aus. Wir kannten die Wahrheit doch gar nicht. Wir waren lediglich auf der Suche nach ihr.

»Natürlich«, erklärte Luke und ging auf den Wohnwagen zu. »Was sonst.«

Die Metallstufen unter meinen Schuhen schepperten leise, als ich Luke die schmale Treppe nach oben folgte. Er unternahm nur einen halbherzigen, sinnlosen Versuch, durch ein Klopfen auf uns aufmerksam zu machen. Eine Frauenstimme sang leidenschaftlich laut Rihannas Part von *Love the Way you Lie* und traf dabei jeden einzelnen Ton in vollkommener Perfektion.

Die Tür klemmte. Luke zog mit aller Kraft am Griff, und

ich fürchtete schon, er würde sie aus den Angeln reißen, da sprang sie endlich auf. Mein Blick fiel direkt auf die gegenüberliegende Wand. Jemand hatte geschickt ein Regal aus roten Hummerkäfigen aufgebaut, in denen sich neben einer Reihe zerfledderter Taschenbücher Stapel von Zeitungen und Zeitschriften türmten.

Der Wohnwagen war geräumiger, als man von außen vermutet hätte, und auf eine etwas verlotterte Art gemütlich. Rechts von der Tür zog sich eine rot gestrichene Küchenzeile an der Wand entlang. Ein extrem schlankes Mädchen in einer schwarzen Sporthose mit gelben Streifen an der Seite hatte uns den Rücken zugewandt. Sie bewegte die Hüften harmonisch im Takt der Musik. Ihr Haar fiel ihr über die Schultern und wellte sich bis zur Taille. Die rote Farbe harmonierte seltsamerweise mit dem grell pinkfarbenen Top.

Vollkommen versunken sang sie weiter.

Just gonna stand there and hear me cry,
That's alright, because I love the way you lie.

Als hätte Eminem den Text für mich geschrieben. Ein Schauer überrollte mich. Unvermutet vollführte sie eine rasante Drehung und fuhr bei unserem Anblick erschrocken zusammen. Im nächsten Augenblick ging ihre Hand zur Stereoanlage, und es wurde gespenstisch still.

Die Ähnlichkeit zu Paige war verblüffend. Vielleicht lag es auch nur an den wilden, widerspenstigen Locken und den wahnsinnigen Sommersprossen, die wie Schokostreusel aussahen, ihrer Schönheit jedoch keinen Abbruch taten. Obwohl sie auf den ersten Blick völlig entspannt wirkte, registrierte ich augenblicklich die abgekauten Fingernägel.

»Hey, wo kommt ihr denn plötzlich her?«, fragte sie, noch völlig außer Atem von ihrem Gesang.
»Wir haben geklopft, aber du hast uns nicht gehört«, erklärte Luke.
»Natürlich nicht. Wenn ich allein bin, höre ich immer laut Musik. Ein guter Song vertreibt düstere Gedanken, oder?«
»Nur wenn man so gut singen kann wie du«, entgegnete Luke mit diesem Grinsen, bei dem jeder düstere Gedanke sich auch sofort in Luft auflösen musste.
Jedenfalls gab das Mädchen sein Lächeln zurück. »Danke für das Kompliment. Früher bin ich mit meiner eigenen Band in vielen Clubs in Boston aufgetreten.«
»Früher?«, fragte Luke, und sein Erstaunen schien durchaus echt. »Das kann aber noch nicht lange her sein.«
Zwei, drei Sekunden lang standen wir einfach so da, dann streckte sie uns die Hand entgegen. »Ich bin Tracy.«
»Luke«, erwiderte er die Begrüßung und deutete dann auf mich. »Und das ist Faye Mason.«
Ich erwartete, dass sie auf meinen Namen reagierte, aber sie ging einfach darüber hinweg. »Ich würde euch ja gerne zu ein paar Schokomuffins einladen«, sie machte eine kurze Bewegung hinter sich, »aber weit bin ich nicht gekommen. Ich backe sowieso nur, um mich abzulenken … Was kann ich für euch tun?«
Eine leise Ahnung beschlich mich bei ihrem Anblick. Doch Tracy schien einfach zu jung, um die Mutter einer Dreizehnjährigen zu sein. »Es geht um Paige. Wir sind hier, um mit ihrer Mutter zu sprechen.«
»*Ich* bin Paiges Mutter.« Sie klopfte mit Zeige- und Mittel-

finger immer wieder auf die linke Brust, genau dorthin, wo ihr Herz schlug. »Ja, ich war bei ihrer Geburt nicht älter als ihr, aber ganz ehrlich … Kinder brauchen vor allem Liebe. Liebe, okay? Und wenn ich euch zwei so zusammen sehe – ihr könnt mir nicht erzählen, ihr wüsstet noch nicht, was Liebe ist.«

Mein erster Eindruck war falsch gewesen. Der Wohnwagen schien plötzlich überhaupt nicht mehr geräumig. Luke stand so dicht neben mir, dass meine Wange das raue Leder seiner Jacke streifte. Und ich müsste nur den kleinen Finger ausstrecken, um seine Hand zu berühren.

»Dürfte ich dann bitte deinen Ausweis sehen?« Mit seiner ironischen Bemerkung rettete Luke mich.

Tracys spontanes Lächeln traf mich im tiefsten Inneren. Weil ich es kannte. Ihr Mantra war immer noch Vertrauen. Wie sie es geschafft hatte, sich das in ihrer Lage zu erhalten, war mir allerdings schleierhaft. Doch plötzlich füllten sich ihre Augen mit Tränen. Sie wischte sich über das Gesicht, und die Hand, an der Mehl klebte, blieb auf ihrem Mund liegen.

Ich konnte nicht anders. Ich ging zu ihr hinüber und berührte sie an der Schulter. »Es tut mir so leid, dass sie gestorben ist«, flüsterte ich.

Es folgte eine tiefe Stille, bis Tracy entsetzt ausatmete. »Wovon redest du? Wer hat gesagt, dass Paige tot ist?«

Jede Lüge war unmöglich.

»Danny«, sagte ich. »Danny Gibson.«

»Dieser kleine miese Junkie!«, rief Tracy. »Was für Drogen auch immer langsam sein Gehirn auffressen, er tut mir nicht leid. Paige liegt im Koma, aber sie wird nicht sterben. Nicht, wenn ich es verhindern kann.«

Mir fiel auf, dass einige der Fenster des Wohnwagens zugeklebt waren. Kein Sonnenlicht drang in das Innere.

Koma.

Tracy wischte sich über die Augen. »Wollt ihr euch setzen? Paige hat schließlich nicht viele Freunde, obwohl sie wirklich … ein ganz besonderes Mädchen ist.«

Luke ließ sich auf die Bank fallen, die fest mit dem Boden verschraubt war. Ich schob mich neben ihn.

Tracy öffnete die Kühlschranktür, nahm zwei Coladosen heraus und stellte sie vor uns auf den runden Tisch, auf dem gerade mal zwei Teller Platz hatten. »Paige darf keine Cola trinken, auch keinen Kaffee. Sie wird davon immer schrecklich nervös, und dann … Sie konnte nachts oft nicht schlafen.« Sie machte eine kurze Pause. »Und jetzt … jetzt schläft sie die ganze Zeit.«

In ihren Augen lag diese Art von Trauer, bei der es einem kalt ums Herz wurde, weil sie nur wie eine dünne Schicht war, unter der etwas anderes lauerte: die Panik, jeden Moment zu zerbrechen.

»Was ist passiert?« Luke öffnete unter lautem Zischen die Dose, hob sie an die Lippen und nahm einen langen Schluck.

»Paige war mit dem Fahrrad auf dem Weg durch den Wald zum Motel. Ihr wisst schon, das Sunrise an der Route 166A. Ich arbeite dort im Service. Meine Schicht war zu Ende, und sie wollte mich am späten Nachmittag abholen. Es hatte einige Tage hintereinander geregnet. Der Weg war rutschig.

Und der Fahrer wohl zu schnell unterwegs. Er hat sie seitlich erwischt. Sie hatte großes Glück, dass Mrs Weston sie entdeckt hat.«

Mir stockte der Atem. »Mrs Weston?«

Tracy nickte. »Ihr gehört doch alles hier. Der Wald, das Hotel, der Trailerpark. In ihrem Alter sollte man kein Auto mehr fahren, aber Tatsache ist, ohne sie wäre Paige tatsächlich schon tot.«

Ein eisiger Luftzug wehte über mich hinweg, und aus tiefstem, allertiefstem Herzen wünschte ich mir nichts mehr, als dass ich das alles nur träumte.

Vielleicht bist du gar nicht hier, Faye? Vielleicht zerknüllt Luke die Blechdose mit seiner rechten Hand auch gar nicht und wirft sie nicht über den Tisch hinweg in den Mülleimer? Vielleicht schaut Tracy dich überhaupt nicht merkwürdig an? Vielleicht zitterst du nicht wirklich?

Vielleicht, vielleicht, vielleicht …

Meine Gedanken waren in eine Schleife geraten. Sie rieben aneinander, und einzelne Splitter bohrten sich in mein Gehirn. Die schwarze Witwe hatte Paige das Leben gerettet. Der Monday Club war überall. Er wachte über uns wie ein Schutzengel, bis er seine Flügel ausbreitete und sich in eines dieser Fabelwesen verwandelte, die den Tod brachten.

Luke riss mich aus diesen Gedanken. »Was sagen die Ärzte?«

»Die Hoffnung stirbt zuletzt«, erwiderte Tracy. »Paiges Gehirn befindet sich offenbar in einer Art Schockzustand. Man hat alle möglichen Tests durchgeführt. Aus medizinischer

Sicht gibt es keinen Grund, warum sie nicht wieder zu Bewusstsein kommen sollte.« Tracy machte eine Pause, so als müsste sie sich für den nächsten Satz Mut zusprechen. »Und deshalb bin ich fest davon überzeugt, dass sie wieder aufwachen wird. Sie *muss* wieder aufwachen. Und dann werden wir von hier weggehen. Dieser Ort hat uns bisher kein Glück gebracht. Auch wenn mein Job ganz gut bezahlt wird und Mrs Weston uns hier kostenlos wohnen lässt.«

»Woher kommt ihr?« Lukes Gesichtsausdruck verriet extreme Anspannung.

»Ich bin in einem Vorort von Boston aufgewachsen, aber dort habe ich niemanden mehr. Trotzdem war ich froh, als Dr. Donnelly und Dr. St. Clair mir vorgeschlagen haben, Paige im General Hospital behandeln zu lassen. Und der Gesundheitsfonds des Westmill übernimmt sogar die Kosten. Der einzige Nachteil ist, dass ich nicht bei Paige sein kann. Ich muss nun mal arbeiten und Geld verdienen.«

»Was ist mit Paiges Vater?«

»Wer heiratet schon seine erste Liebe?« Tracy zuckte mit den Schultern. »Lev ist okay. Ein Musiker. Lebt in Europa.«

»Und wann warst du das letzte Mal in Boston?«

Tracys Miene verdüsterte sich. »Das ist jetzt einen Monat her. Die ersten Wochen war ich ständig an ihrer Seite. Das hat meine ganzen Ersparnisse gekostet.« Tracy sprang auf, ging zum Ende des Wohnwagens und öffnete eine Schranktür. Mit einem Laptop in der Hand kehrte sie zum Tisch zurück, setzte sich und klappte ihn auf. »Eine von ihren Ärztinnen schickt mir regelmäßig Videos und … es klingt verrückt, aber ich skype jeden Tag mit Paige. Ich lese ihr vor, ich rede mit ihr. Jeder weiß doch, wie wichtig das ist, damit jemand wieder aus dem Koma erwacht.«

Der Laptop startete.

»Es ist natürlich nicht dasselbe, wie am Bett zu sitzen und ihre Hand zu halten. Aber nächstes Wochenende werde ich in jedem Fall nach Boston fahren. Vielleicht wacht sie auf, wenn sie meine Nähe spürt.«

Ihre Stimme schien plötzlich weit weg zu sein.

Ein weißer Hintergrund flackerte auf dem Laptop auf, und ohne es sehen zu können, wusste ich, dass sich auf der linken Seite des Raumes, der jetzt auf dem Bildschirm zu erkennen war, ein Fenster befinden musste, durch das Licht fiel. Die Kamera setzte kurz aus, es wurde schwarz, und das nächste Bild schien nur aus Rot zu bestehen. Wie ein dichter Kranz aus Moosbeeren umrahmte Paiges volles Haar ihr Gesicht. Die Sommersprossen wirkten wie winzige Fliegen, die sich auf dem bleichen Gesicht niedergelassen hatten. Tatsächlich schien es, als würde sie schlafen. Doch dann fiel mein Blick auf die durchsichtige Kanüle an ihrem Hals.

Die Bilder überschnitten sich. Rote Haare ... Amys rote Schuhe. Derselbe weiße Kragen. Im Hintergrund das rhythmische Piepen des Herzmonitors.

Wir verlieren sie.

Verwirrt blickte ich mich um. Mir schien, als hätte mir jemand diesen Satz ins Ohr geflüstert. Nein, Virginia hatte ihn im Rettungswagen zu Andy gesagt. Und in diesem Moment war Amy zum ersten Mal gestorben.

»Tut mir leid, aber ...« Ich sprang auf, rannte zur Tür und riss sie auf.

Nach dem düsteren Innern des Wohnwagens blendete mich das grelle Licht der Sonne. Doch das war nicht der Grund, warum meine Augen sich mit Tränen füllten.

KAPITEL 19

Am Ende des Weges blieb ich stehen. Mein Herz pochte so laut, dass es meine Gedanken übertönte. Ich zwang mich, Ruhe zu bewahren. Wie immer fiel mir genau das schwer, wenn es um Amy ging.

Fabiana, Amy, Paige.

Die drei Fälle waren unterschiedlich, was die Diagnose und die Umstände betraf, aber bei Fabiana und Paige handelte es sich um dieselbe Klinik in Boston. Dann die Ähnlichkeit der Videoaufnahmen. Das konnte kein Zufall sein. Und überhaupt – an den Zufall glaubte ich nicht mehr. Zufälle waren eine bloße Erfindung, um zu vertuschen, was der Verstand nicht kapierte, das Unterbewusstsein aber längst begriff. Langsam konnte ich Calebs Logik nachvollziehen, und ich klammerte mich daran.

Wenn du das hier überstehen willst, dann musst du dich an die Fakten halten, Faye.

Überall hatte der Monday Club seine Hände im Spiel. Sie zahlten die Arztrechnungen und die Krankenhauskosten. Mrs Weston, der alles hier gehörte, sollte Paige das Leben gerettet haben. Vier Kids auf der Liste, und alle wohnten in *ihrem* Trailerpark. Genau das hatte die schwarze Witwe nämlich einmal bei einem der sonntäglichen Essen in Manor House geäußert. »In *meinem* Trailerpark passiert nichts, was ich nicht weiß.«

Warum hatte ich nur nie richtig zugehört?

»Alles okay?« Luke tauchte neben mir auf.

»Mir geht es gut«, sagte ich mit fast schon zynischer Entschlossenheit. »Jetzt noch Liam Fischer. Ich hoffe bloß, er ist nicht verschwunden, nicht tot, nicht bekifft und liegt nicht im Koma.«

Offenbar färbte Lukes Coolness bereits auf mich ab, und ich fragte mich, ob er sich dabei auch so mies fühlte. Vor allem, weil ich Liams Diagnose aus seiner Akte kannte.

»Tracy sagt, er ist der Bruder von Michelle. Dem Mädchen aus dem Supermarkt, du …«

Wildes Gehupe und das anschließende ohrenbetäubende Kreischen von Bremsen setzten seinen Worten ein Ende. Ein grüner Lastwagen der Müllabfuhr kam in Höhe der Salem Lodge zum Stehen. Im selben Augenblick sprang die Tür des Supermarktes auf, Michelle stieß einen entsetzten Schrei aus und rannte los.

So viel zu meiner Theorie über den Zufall.

Der Fahrer, in eine gelbe Warnweste gehüllt, eine Mütze von Lancaster Oil auf dem Kopf, sprang aus dem Führerhaus auf den Weg, verschwand hinter dem Truck, und unter dem Lärm des laufenden Motors hörte ich ihn laut fluchen. »Was ist los mit dir? Bist du verrückt geworden?! Rennst mir einfach vors Auto.«

Eine dunkle Ahnung regte sich in mir. Luke und ich wechselten einen kurzen Blick, dann sprinteten wir gleichzeitig los. Als wir den Müllwagen erreicht hatten, war ich nicht überrascht, Michelle neben dem Jungen von vergangener Nacht zu sehen. Er trug dieselbe Jacke, hielt beide Hände auf die Ohren gepresst und starrte mit vor Schreck geweiteten Augen den Mann in der gelben Jacke an. Mein Blick fiel auf die verschlissenen weißen Turnschuhe an seinen Füßen, an denen die Schnürsenkel fehlten.

Wir hatten Liam Fischer gefunden.

Michelle hockte neben ihm, hielt die Hand ausgestreckt, wagte es aber nicht, ihren Bruder anzufassen. Nichts mehr erinnerte an das lebhafte Mädchen, das Luke heute Morgen Bagels verkauft hatte. »Ich bin's, Liam! Michelle.«

Der Fahrer, zunehmend wütender und ungeduldiger, packte Liam am Arm und zog ihn hoch. Eine Sekunde lang schwankte der Junge, dann ließ er sich wieder fallen und starrte über uns hinweg auf die Veranda der Salem Lodge.

»Lassen Sie ihn in Ruhe«, fuhr Michelle den Fahrer an. »Ich mach das schon. Ich kann ihn beruhigen.«

»Vielleicht solltet ihr einen Arzt rufen«, sagte der Mann. »Der hat doch einen an der Klatsche.«

»Er wird gleich wieder zu sich kommen.«

Liam aber blickte einfach durch Michelle hindurch.

Und ich wusste: Er war weder betrunken, noch hatte er Drogen genommen wie Danny, sein ehemals bester Freund. In seiner Akte stand genau dasselbe wie bei Missy. Er bildete sich nicht nur ein, Tote zu sehen. Nein, sie sprachen auch mit ihm.

Luke löste sich von meiner Seite, ging auf die drei zu, zog den Fahrer zur Seite und redete auf ihn ein, bis dieser ins Führerhaus zurückkletterte, den Motor ausschaltete und mit verschränkten Armen sitzen blieb.
Michelle kniete sich neben ihren Bruder. »Steh endlich auf, Liam. Lass uns nach Hause gehen.«
»La, la, la, la, la«, begann Liam zu singen. »La, la, la, la, la.«
»Hör auf!«, schrie Michelle jetzt und zog ihm die Hände von den Ohren. »Du kennst mich doch! Ich bin deine Schwester und kümmere mich um dich.«
Er legte den Kopf schief und beobachtete sie lauernd. »Meine Schwester? Du hältst dich für meine Schwester? Wenn du dich für meine Schwester hältst, bist du echt nicht ganz richtig im Kopf.« Liam rückte einige Zentimeter weg. »Du siehst nur so aus wie sie.«
Ich betrachtete sein blasses, sehr zartes Gesicht. Würde man ihn ins Licht halten, könnte man durch ihn hindurchsehen. Als würde er meinen Blick spüren, schaute er plötzlich zu mir. Ein deutlicher Ausdruck von Erleichterung ging über sein Gesicht. Er schien froh, mich zu sehen.
»Hallo, Liam!« Ich beugte mich zu ihm hinunter. Mein Lächeln kam ganz von selbst, so wie auch meine nächsten Worte sich einfach von meinen Lippen lösten, noch bevor ich sie überhaupt gedacht hatte. »Du hast Angst, oder? Das verstehe ich gut.«
Liam saß mit hängenden Schultern im Schneidersitz da. Es war, als hätte er mich gar nicht gehört. Dann hob er den Kopf, und ein fast schon glücklicher Ausdruck schimmerte in seinen Augen. »Bringst *du* mich nach Hause? Mei-

ner Mom geht es nicht gut, und Michelle kommt nicht zurück.«

Für eine Weile herrschte Schweigen. Bis auf das unterdrückte Schluchzen von Michelle und das leise Summen des Windes war nichts zu hören.

»Er war nicht immer so«, murmelte Michelle schließlich. »Erst seit Mom gestorben ist.«

Der Fahrer saß hinter dem Steuer und telefonierte. Ich fürchtete, er würde tatsächlich einen Rettungswagen verständigen oder, noch schlimmer, die Polizei alarmieren. Dann würde der Chief hier auftauchen und Fragen stellen, was ich hier machte. Warum ich nicht in der Schule war.

»Hast du mit einem Arzt gesprochen?«, fragte ich Michelle und kannte die Antwort bereits.

»Virginia Donnelly, die Ärztin, die sich umgebracht hat, meinte, dass Moms Tod das Trauma ausgelöst hat. Er hat jetzt niemanden mehr außer mir.«

»Was ist mit deinem Dad?«, fragte Luke stirnrunzelnd.

»Er ist kurz nach Liams Geburt abgehauen. Aber wir waren ohne ihn sowieso besser dran.«

Die ganze Zeit hatte Liam uns aufmerksam zugehört, so als versuchte er, Michelles Worte zu begreifen. Die Qual in seinen Augen vergrößerte sich.

»Wann ist deine Mutter gestorben?«, fragte Luke.

»Vor drei Monaten.« Michelle erhob sich seufzend und wischte den Staub von der Kleidung. »Nur wenige Tage nach der Beerdigung ist Liam zum ersten Mal verschwunden. Nach drei Tagen wurde er schlafend auf der Veranda der Lodge entdeckt. Seitdem ist er nachts immer wieder unterwegs. Er kann nicht schlafen. Er redet wirr. Ihr habt es gerade erlebt, er erkennt mich manchmal nicht, hält mich für eine Betrügerin. Dann ist er von einem Moment auf den anderen wieder ganz klar im Kopf. Vielleicht wäre eine psychiatrische Klinik das Beste für ihn. Aber … er tut doch niemandem etwas.«

Ich sah Liam an. Seine Augenlider zuckten, und sein Blick war der eines Menschen, der die Hölle gesehen hat. Für ihn schien alles ein Albtraum zu sein, ob er schlief oder wach war. Als gäbe es dazwischen nichts anderes. Als gehörten wir alle zu einem schrecklichen Traum, den er gerade durchlebte.

»Ich habe auch schreckliche Träume«, sagte ich ganz ruhig. »Sie verfolgen mich ständig. Aber es sind nur Träume. Sie können uns nichts anhaben.«

»Das bin ich nicht«, flüsterte er. »Ich bin gefangen im Kopf eines anderen. Bitte, Faye, weck mich auf.«

Faye?

Hatte er wirklich meinen Namen genannt? Übelkeit stieg in mir hoch, bis mir klar wurde, dass mich so gut wie jeder in Bluehaven kannte. Sogar Menschen, die ich nie zuvor wahrgenommen hatte. Ich beruhigte mich.

»Lass uns nach Hause gehen«, bat Michelle ihren Bruder, und diesmal stieß er ihre Hand, die sich auf seine Schulter gelegt hatte, nicht weg. Er erhob sich tatsächlich.

»So ist es immer«, erklärte Michelle. »Jetzt kommt er mit mir, aber sobald ich zur Arbeit gehe, verschwindet er und sucht mich überall. Deshalb arbeite ich fast nur noch hier im Laden im Trailerpark. Aber Liam vergisst immer wieder, dass ich ganz in seiner Nähe bin.«

»Hat er etwas darüber gesagt, wo er die drei Tage verbracht hat, als er verschwunden war?«, hörte ich Luke fragen.

»Er hat mich gesucht, weil Mom krank ist.« Michelle presste die Hand an den Mund, um das Schluchzen zu unterdrücken, das erneut aus ihr herauskam. »Ich wollte immer weg von hier, aufs College. Aber erst bin ich hiergeblieben wegen meiner Mutter ... und jetzt braucht mich Liam.«

Liam.

Plötzlich stand er neben mir.

»Was ist mit *dir* passiert, Faye?«, hörte ich ihn fragen.

MONDAY CLUB

Sie steckte den Waterman-Füller in die Lasche des roten Filofax, erhob sich und nahm die Flasche aus dem Kühlschrank. Ein exzellenter Rotwein, den sie, exakt auf die richtige Temperatur gekühlt, bei ihrer Ankunft vorgefunden hatte. Das Apartment war recht luxuriös, doch die Decken so niedrig, dass er kaum aufrecht stehen konnte. Sie deutete auf den Ledersessel und stellte die Flasche auf dem Tisch vor ihm ab.

Er nahm Platz, goss sich ein Glas ein und beendete seinen vorhergegangenen Bericht mit den Worten: »Sie ist im Trailerpark. Zusammen mit diesem Salerno.«

»Oh«, sie runzelte die Stirn, »bahnt sich zwischen den beiden etwas an? Das ist gut. Josh war mir immer zu angepasst.«

Sie strich das schwarze Kleid glatt, bevor sie auf dem Sofa Platz nahm, und beugte sich über die aufgedeckten Karten. Sie machte nie den ersten, offensichtlichen Zug. *Patience* hieß Geduld.

Er hob die Augenbrauen. »Soll ich mich um ihn kümmern?«

Sie warf ihm einen warnenden Blick zu. »Solange die Bostoner Polizei William Fullers Selbstmord anzweifelt, kann ich nichts gegen seinen Sohn unternehmen. Er ist einer der Hauptzeugen.« *Pikzwei auf Herzass. »Wenn* Faye jede freie Minute mit Luke verbringt, haben wir beide gleichzeitig unter Kontrolle.«

Er schwenkte den Wein im Glas und nahm einen Schluck. »Auf *mich* kannst du dich verlassen. Was ich nicht von allen deinen ehemaligen Studenten behaupten kann. Hast du wirklich genügend Beweise für die Geschichte von damals?«

»Glaub mir, zusammen mit den Akten kann sie das vernichten.«

»Gut, gut!« Er lachte leise vor sich hin und rieb sich zufrieden die Hände. »Das wird eine große Überraschung.«

»Aber es ist nicht das, was ich will, vergiss das nicht.« Sie legte eine neue Reihe Karten aus. »Es geht hier nicht um Rache, Erpressung oder Geld. Die Toten sind nur tot, damit Faye überleben kann.«

Seine Finger trommelten nervös auf der Sessellehne. »Da fällt mir wieder diese verrückte Missy ein. Sie redet zu viel.«

»Ja«, sie seufzte, »die gute, alte Missy. Sogar ich habe ihr bisweilen die Rolle der Wahnsinnigen geglaubt. Du solltest dich einmal um ihr Haus kümmern. Es würde mich nicht wundern, wenn wir dort Amys Handy finden. Virginia war die totale Fehlinvestition. Sie hat doch tatsächlich gedacht, sie könnte dieses Spiel allein spielen.« *Herzdame auf Herzkönig.* »Frauen sind leider unberechenbar.«

»Aber unverzichtbar.« Er trank das Glas in einem Zug leer, wischte sich den Mund ab und grinste.

Sie ging nicht auf den Scherz ein. »Nicht alle.«

Sie wussten beide, wen sie meinte.
»Gut«, murmelte er zufrieden und goss sich aus der Flasche nach. »Ich wollte Missy schon immer mal persönlich kennenlernen.«
Dennoch seufzte sie innerlich. Es war immer dasselbe Problem mit ihm. Auch wenn sie sich einig waren, was das Ziel betraf. Ihre Motive waren unterschiedlich.
Er wollte Macht.
Und sie noch ein Mal glücklich sein.

KAPITEL 20

Luke bog von der Route 166 in den Feldweg, der durch den Wald zum Strand von Silver Sands führte. Der Pick-up holperte noch etwa fünf Minuten durch die Schlaglöcher, dann blieb Luke stehen und schaltete den Motor ab. Hier und da drang die Sonne durch die dichten Baumkronen. Das flackernde Licht ließ alles vor meinen Augen verschwimmen, und jeder Gedanke, der in mir aufstieg, war wie ein hauchdünner Faden, der sofort riss, sobald ich versuchte, ihn weiterzuspinnen.

Lucy, die sich vor drei Tagen in Luft aufgelöst hatte; Paige, die im Koma lag; Liam, mit dem mich etwas zu verbinden schien, das zu fassen unmöglich war. Wurde ihr Schicksal von derselben Macht gelenkt wie meines?

»Zoey, dein Vater, Fabiana, Amy ...«, zählte ich auf. »Für jeden von ihnen existiert eine Krankenakte. Die Diagnosen sind teilweise unterschiedlich, teilweise gleichen sie sich. Epilepsie, Schizophrenie, ein Schädel-Hirn-Trauma, eventuell Drogen, aber warum ... Amy?«

»Sie ist der Schlüssel, begreifst du das nicht?« Luke blickte mich drängend an. »Nicht die Herzkrankheit hat ihren Tod verursacht. Nein, es waren Virginias Experimente.«

William Fuller, Missy, Liam ... meine Begegnung mit Amy, meine Träume von Mom ... Danny, der mit diesem seltsamen Lächeln behauptet hatte, Paige wäre tot.

»Nahtoderfahrungen.« Ich erschrak unter dem lauten Klang meiner Stimme.

Ging es darum?

War das der Schlüssel?

Besaßen wir alle die Fähigkeit, in irgendeiner Zwischenwelt den Toten zu begegnen? Konnten wir sie sehen? Mit ihnen sprechen?

»Und wer hat mit diesen Experimenten begonnen?«, fragte Luke.

Ein weiterer Faden löste sich aus dem Knäuel in meinem Kopf. »Mein Großvater.«

Es passte alles zusammen.

»Wenn wir verstehen wollen, worum es dem Monday Club wirklich geht und was die ganze Sache mit dir zu tun hat, müssen wir mit ihm anfangen.« Luke machte eine kurze Pause. »Und es existiert ein Ort, wo wir Beweise für unsere Hypothese finden können. Das ist der Drachenraum.«

Drachenraum. So hatte Liz den Raum in den Gewölben des Westmill genannt, in dem Hunderte von Akten und Krankenberichten lagerten, die Grandpa gesammelt hatte. Eine Zeit lang hatte er eine Professur in Harvard innegehabt und sie aufgegeben, um sich seinen Forschungen widmen zu können.

Es ist ein Geheimraum, Faye. Meine winzige Hand lag wieder in der von Liz. *Es gibt Menschen, die stehlen Gedanken.*

Sie hatte mir damals nicht einfach eine Geschichte erzählt, sondern jedes Wort ernst gemeint. Sie war die einzige Hüterin des Wissens. Das verstand ich jetzt. Damals wie heute überfiel mich ein schauriges Gefühl. Der Drachenraum, der nicht mehr war als ein Keller, vollgestopft mit Kartons und Papieren. Doch als damals die Tür hinter mir zufiel, hatte ich mich wie in einer Gruft gefühlt.
Hatte ich unbewusst gespürt, dass zwar nicht die Körper von Toten hier aufbewahrt wurden, aber ihr Geist?
Was, wenn Virginia Liz in die Quere gekommen war? Wenn sie die Gedanken meines Großvaters gestohlen hatte?
Die Seelen der Toten, die keine Ruhe gaben, bis sie ihre Geschichten erzählen konnten.
Ich war eine gute Zuhörerin.
Übelkeit stieg in mir hoch. Ich riss die Tür auf und stolperte aus dem Wagen. Blätter wehten von den Ästen, vom Waldboden stieg ein modriger Geruch auf. Ich rannte den Weg weiter, den ich Hunderte Male zusammen mit Amy auf dem Fahrrad entlanggefahren war. Er führte geradewegs zu der Stelle, an der der Unfall passiert war.
Mein Kopf dröhnte, als tobte ein Sturm hinter meiner Stirn. Die Woge der Furcht überwältigte mich.
Es existierte ein Muster, so etwas wie ein Masterplan. Er war da, ich musste nur einen Schritt weiter gehen, die Schranken durchbrechen, die Liz und alle anderen zu meinem Schutz errichtet hatten.
Es ist eine Gabe.
Was, wenn ich nicht unter Halluzinationen litt, sondern übersinnliche Fähigkeiten besaß?

Ich stolperte nach rechts in den Wald hinein. Zweige zerkratzten mein Gesicht, Dornenranken verhakten sich in meiner Jacke. Links von mir schwankten und bogen sich Kiefern, Birken, Ulmen, vielleicht standen sie aber auch still, und nur ich selbst taumelte. War es wieder so weit? Kündigte sich der nächste Anfall an? Ich blieb stehen und lauschte. Doch in meinem Kopf erklang keine Musik. Meine Gedanken waren glasklar.

»Faye?« Verwirrt blickte ich auf.

Ich schaffte es gerade noch, Luke zu warnen, dass ich mich übergeben musste, und zwar sofort. Er hielt die ganze Zeit über meine Stirn. Schließlich sank ich auf den Waldboden, tränenverschmiert, völlig erschöpft, nach Luft ringend.

»Besser?«, fragte Luke.

Ich nickte. »Mein Kopf fühlt sich allerdings immer noch an, als würde jemand versuchen, ihm mit einer Fahrradpumpe Leben einzuhauchen«, seufzte ich.

Er grinste.

Ich mochte ihn. Mochte ihn wirklich. Etwas verband uns. Diese unbekannte Macht, die unser Schicksal lenkte.

Ich konnte wieder atmen.

Der Geruch von Moos, der Nadelduft der Kiefern, die salzige Luft strömten durch meine Lungen. Mein Herz war überall. Es schlug nicht nur in meiner Brust, sondern auch in meinem Bauch, meinen Fingern, meinen Zehen. Ich spürte mich wieder mit jeder Zelle meines Körpers.

»Wir müssen also noch einmal in den Drachenraum und meine Akte holen.«

»Sie ist die einzige, die fehlt.«

»Wir haben keinen Schlüssel …«, fiel mir ein.
»Kein Problem …« Luke zog etwas aus der Innentasche seiner Jacke. Ich erkannte den Schlüssel mit den Drachenzähnen augenblicklich wieder. »Woher …?«
»Ich war schlau genug, mir eine Kopie zu besorgen«, erklärte Luke. »Du hattest Liz' Schlüssel im Drachenraum ins Regal gelegt, und ich habe die Gelegenheit genutzt, ihn mit meinem Smartphone zu fotografieren.«
Ich schüttelte verwundert den Kopf. »Wie kommst du von einem Foto …?«
»Noch nie etwas von einem 3-D-Drucker gehört? Du findest im Internet Firmen, die können so ziemlich jeden Schlüssel nachmachen, wenn man ihnen eine halbwegs vernünftige Aufnahme schickt.«
»Wir können aber nicht einfach mitten am Tag zusammen ins Westmill marschieren, in den Drachenraum gehen und Akten stehlen.«
»*Wir* nicht«, meinte Luke. »Aber *du*. Du gehst da ein und aus. Niemand denkt sich etwas, wenn er dich dort trifft. Keiner wird dir Fragen stellen, außer Liz. Und wenn du ihr begegnest, sagst du einfach, du hättest alles eingesehen. Du würdest nun doch zu Myers in Therapie gehen. Das wird sie glücklich machen. Du wirst wieder zu ihrer Lieblingsnichte. Das Mädchen, das keine Fragen stellt und das tut, was man ihm sagt.«

Es war nicht dasselbe wie beim letzten Mal. Damals war es Nacht gewesen. In der Dunkelheit war es mir leichtergefallen, mich in das Gebäude zu schleichen und verschlossene

Räume zu betreten, in denen Geheimnisse lauerten. Jetzt war der Himmel von einem strahlenden Blau, die Sonne schien so hell, dass mir jede Lüge unmöglich schien.

Hypernervös und mit dem Gefühl, beobachtet zu werden, durchquerte ich die Eingangshalle, wo ein einziges Gewimmel von Menschen herrschte. Alle schienen mich anzustarren. Ich fühlte mich wie ein offenes Buch, über dessen Zeilen ein Zeigefinger strich, um jedes Wort zu lesen und keinen einzigen Satz zu verpassen.

Doch dann begriff ich, wie flüchtig diese Blicke waren. Nur ein kurzes Aufflackern, dann senkten sich die Augen wieder. Jeder hier war mit seinen eigenen Sorgen beschäftigt.

Melinda diskutierte hinter dem Empfangstresen mit einer Mutter in einem grauen Kostüm und weißen High Heels, die immer wieder auf ihre Tochter deutete und sich mit keiner Antwort zufriedengab. Stirnrunzelnd blickte Melinda kurz zu mir herüber. Dann richtete sie ihre Aufmerksamkeit wieder auf die Mutter, deren aufgeregte, geradezu hysterische Stimme inzwischen das Mädchen an ihrer Seite zum Weinen gebracht hatte. Ich hätte genauso gut unsichtbar sein können.

Hinter der Glastür – *Für Unbefugte verboten* – erwartete mich die vertraute Stille. Nur hier und da hörte ich vereinzelt Stimmen aus den Räumen dringen, als ich an den Türen vorbeieilte. Andy schob pfeifend den Herzmonitor vor sich her und hob kurz die Hand zum Gruß. Ich war Faye. Die Nichte von Liz St. Clair. Ich gehörte zum Inventar.

Aber ich besaß nicht Lukes Coolness. Der Gedanke, dass ich etwas Verbotenes tat, ließ mein Herz schneller schlagen. Und

so schlich ich wie ein Dieb die Treppe ins Untergeschoss hinunter. Die Steinstufen waren so glatt und meine Beine so zittrig, dass ich Angst hatte, auszurutschen.
Nackte Betonwände und Reihen gesichtsloser Türen. Das Gesicht möglichst von den Kameras abgewandt, bog ich von einem Flur in den nächsten. Im Stockwerk über mir saß ein Sicherheitsbeamter hinter den Bildschirmen, um jede meiner Bewegungen zu beobachten.
Dann stand ich vor dem Drachenraum. Mit zitternder Hand fischte ich Lukes Schlüssel aus der Jackentasche. Er glitt ins Schloss und drehte sich lautlos. Ich hatte nicht damit gerechnet, dass es wirklich funktionierte.
Zunächst irritierte mich nur der dumpfe, muffige Geruch. Es fehlte das Surren der Entlüftungsanlage, die dafür sorgte, dass die Akten keinem schädlichen Staub ausgesetzt waren. Als ich mit Luke hier unten gewesen war, hatte der Bewegungsmelder sofort reagiert. Jetzt starrte ich in völlige Dunkelheit.
Ich schob mich in den Raum, meine Hand suchte nach dem Lichtschalter, aber ich spürte nur den rauen Putz unter meinen Fingern.
Aus der Ferne hörte ich Stimmen und dumpfe Schritte, die sich näherten. Ich hatte es geahnt. Jeder hier wusste Bescheid. Vielleicht konnte man es meinem Gesicht ansehen. Ich war nicht zum Lügen geboren. Wie Luke.
»Du solltest mich sofort anrufen, wenn sie auftaucht. Du weißt doch, in welchem Zustand sie ist.« Das war Liz.
»Ich konnte nicht weg. Du hast ja gesehen, was los ist. Wir brauchen dringend einen Ersatz für Dr. Donnelly.«

Melinda. Sie war diejenige, die am längsten im Westmill arbeitete. Sie war Grandpas Vertraute gewesen und die rechte Hand von Liz. Sie kannte mich von Geburt an. Sie war dabei gewesen, als meine Mutter starb.

Ich spürte in meinem Rücken die surrende Sicherheitskamera, zog die schwere Metalltür zu und schloss von innen ab.

Sie standen jetzt direkt vor der Tür. Ich konnte Liz deutlich verstehen. »Sie sollte eigentlich in der Schule sein.«

Ich tastete mich vorwärts, stieß gegen ein Regal, das leise schepperte. Ein Geräusch, das sich fortzusetzen schien.

»Ich habe immer gesagt, ihr lasst ihr zu viele Freiheiten«, hörte ich Melinda.

Panisch hockte ich mich auf den Boden, wandte mich nach links. Kroch die kalte Betonwand entlang.

Der Schlüssel machte nur ein schwaches Geräusch, aber es jagte mir Angstschauer über den Rücken. Ein schwacher Lichtstreif drang in den Raum. Ich zählte meine keuchenden Atemzüge ... zehn, elf, zwölf.

Augen in der Dunkelheit, die nach mir suchten. Das einzige Geräusch war mein Herzschlag, und er dröhnte mir so laut in den Ohren, dass ich doch nicht die Einzige sein konnte, die ihn hörte.

»Was ist hier passiert?« Liz klang schockiert.

Selbst Melinda klang verwirrt. »Ich habe keine Ahnung.«

»Ruf sofort den Sicherheitsdienst.«

Die Tür fiel laut krachend ins Schloss.

Ich hörte, wie der Schlüssel umgedreht wurde.

Liz war über irgendetwas überrascht, schockiert gewesen.

Mir blieb keine Zeit, mir darüber Gedanken zu machen. Gleich würde die Security auftauchen.
Mein Herz begann zu rasen. Ich musste hier weg. Aber ich konnte mich nur langsam vorwärtsbewegen. Da gab es doch diese Theorie, dass Raum und Zeit verknüpft waren. Endlich machte sie Sinn. Länger hatte noch nie eine Minute gedauert als jetzt in der Dunkelheit. Und als ich endlich die Tür unter meinen Fingern spürte, konnte ich nicht glauben, dass ich es geschafft hatte.
Meine Finger zitterten so stark, dass mir der Schlüssel entglitt und laut scheppernd auf den Boden fiel.
Nein, nein, nein!
Panisch tastete ich den eiskalten Betonboden ab. Staub klebte an meinen Fingern. Warum Staub? Was war mit dem Luftfilter? Ich bekam jetzt kaum noch Luft. Was, wenn ich den Schlüssel nicht wiederfand? Konzentrier dich, Faye.
Ich holte tief Luft und wischte mit den Fingern Zentimeter für Zentimeter über den Boden, bis ich das kalte Metall spürte.
Ich umklammerte ihn fest, schaffte es aufzustehen, fand endlich das Schlüsselloch und stolperte hinaus.
Und starke Arme umfingen mich.
Ich wehrte mich nicht. Ergab mich meinem Schicksal.
»Was ist passiert?«
Es dauerte einige Sekunden, bis sich meine Augen an die Helligkeit gewöhnt hatten. Luke presste mich fest an sich. Wenn sein Herz raste wie meines, konnte ich ihm nicht gleichgültig sein.
»Eine wirklich blöde Idee«, murmelte er. »Dich hier unten allein zu lassen.«

»Das Licht funktioniert nicht«, keuchte ich.
Er musterte mein Gesicht, schob sich an mir vorbei, und eine Taschenlampe flammte auf.
Dann hörte ich ihn fluchen. »Verdammt, was geht hier eigentlich vor?!«
Schweigend standen wir nebeneinander. Auf den ersten Blick erkannte ich nur die Metallregale, die sich aneinanderreihten. Das letzte Mal, als wir hier gewesen waren, hatte ich nichts begriffen. Doch nun, wo die Fächer leer waren und alle Kartons verschwunden, wurden mir das Ausmaß des Raums und die Menge der Kisten erst bewusst.
»Sie fangen an, Beweise verschwinden zu lassen«, murmelte Luke.
Die Tatsache, dass jemand die Akten aus dem Drachenraum geholt hatte, bedeutete, sie verwischten jetzt ihre Spuren. Nur – was stand so Wichtiges in meiner Akte, dass sie auf keinen Fall in meine Hände geraten sollte?
»Sie wissen, dass ich hier unten bin. Wir müssen verschwinden«, flüsterte ich. »Hier sind überall Kameras.«
Wir rannten den Flur zurück. Stoppten an der nächsten Biegung. Schritte näherten sich.
Eine der Stimmen gehörte wieder Melinda. Auch die zweite war deutlich zu verstehen, weil die kahlen Betonwände ihr Echo wiedergaben. Eine tiefe Männerstimme. Die Security.
»Ich habe Faye eindeutig auf dem Monitor erkannt. Sie ist nach links abgebogen.«
Für einen Moment gab ich auf. Sollten sie kommen. Sollten sie mir Fragen stellen. Ich hatte das Recht, hier zu sein. Es ging um mich, um meine Akte, um mein Leben. Ich wollte

der Konfrontation nicht länger aus dem Weg gehen. Im Gegenteil – ich wünschte sie mir von ganzem Herzen. Ich war es leid, zu lügen. Doch Luke packte mich, zog mich zurück in den Flur und schob mich gegen die Wand. Kurz darauf erlosch das Licht. Das Geräusch der Schritte wurde unerträglich. Ich schloss die Augen und fühlte mich wie ein Kind, das sich einbildet, niemand könne es sehen.
Drei Sekunden, zwei ...
Ich spürte, wie Luke sich bewegte, und im nächsten Augenblick hörte ich Glas zersplittern. Gleich darauf erklang das durchdringende Heulen der Alarmanlage. Dann setzte sie für einen Moment aus, und ich hörte den Sicherheitsbeamten schreien: »Feuer!«
Sie rannten in die entgegengesetzte Richtung davon. Im nächsten Augenblick begann der Alarm von Neuem.
Luke flüsterte direkt an meinem Ohr: »Das sind weniger als fünftausend Meter. Also, los!«
Ein hysterisches Lachen überfiel mich. Ein kurzes Gefühl von Triumph ging durch mich hindurch, wie sonst nur, wenn ich bei einem Fünftausendmeterlauf über die Ziellinie rannte.
Wir huschten bis zum Ende des Gangs, bogen nach links und steuerten direkt auf ein grün leuchtendes Schild zu: *Notausgang.*
»Die Tür ist verschlossen«, rief ich.
Luke ignorierte mich. Seine Hand umklammerte meine so fest, dass ich sie nicht daraus lösen konnte. An der Tür angekommen, packte Luke die Stange und riss an ihr.
Der schrille Ton der Alarmanlage dröhnte in meinen Ohren.

Ganz Bluehaven würde bei diesem Lärm innehalten. Jeder würde sich fragen, was passiert war. In wenigen Minuten wäre hier die Hölle los. Security, Feuerwehr, Polizei.
Wir tauschten kurz einen Blick, traten durch die Notausgangstür hinaus und liefen wie auf Kommando einen schmalen Trampelpfad entlang, der sich zwischen den alten Eichen hindurchschlängelte. Bewegten wir uns Richtung State Street, oder lag vor uns die Battle Avenue?
Eine Sekunde lang fehlte mir die Orientierung.
Noch schützten uns die hoch aufragenden Bäume, aber durch ihr teilweise kahles Geäst konnte ich die gelb gestrichene Fassade des *Bluehaven Inn* erkennen. Direkt gegenüber dem Hotel lag das Police Department. Das wäre der schlechteste Plan. Wir würden Chief Turner direkt in die Arme laufen.
»Stopp!«, rief ich. »Das ist die falsche Richtung. Wir müssen umkehren.«
Ich hörte meinen keuchenden Atem. Als ich Lukes Hand drückte, zuckte er zusammen und stieß einen schmerzhaften Laut aus. Ich fühlte etwas Feuchtes an meiner Hand, das unter den Ärmel meiner Jacke lief.
»Du blutest!«
»Ich hatte nur meine Faust, um den Feueralarm auszulösen«, murmelte er.
Warum schafften sie es nicht, diesen verdammten Alarm auszuschalten? Inzwischen waren mehrere Minuten vergangen. Das konnte doch nicht so schwer sein. Ein Martinshorn ertönte ganz in unserer Nähe. Doch das Heulen der Alarmanlage wurde schwächer. Dabei bewegten wir uns wieder auf das Westmill zu. Irgendetwas stimmte nicht.

Okay, möglicherweise hatten sie die Alarmanlage bereits deaktiviert, und was da in meinen Ohren hallte, musste das Echo sein. Vielleicht war es wie mit der Melodie. Es passierte alles nur in meinem Kopf.
Ich beruhigte mich kurz, bis Luke sagte: »Irgendwo brennt es tatsächlich!«

KAPITEL 21

In der Ferne gellte das markerschütternde Kreischen der Sirenen und brach dann plötzlich ab. Für einen Sekundenbruchteil herrschte Stille, doch mir blieb keine Zeit, mich zu beruhigen, denn da begann das Heulen erneut.

»Das gibt es nicht«, keuchte Luke, und mein Blick folgte seiner ausgestreckten Hand, die in Richtung State Street deutete.

Mir stockte der Atem.

Über dem Friedhof sah ich dünne Rauchschwaden in die Luft steigen. Wenige Minuten später hatte sich der Rauch verdichtet, und dahinter färbte sich der Himmel glutrot. Als würde die Sonne über dem Friedhof untergehen. Doch hinter dem hell erleuchteten Areal schien sie noch immer, und weiße Schäfchenwolken zogen über den strahlend blauen Himmel.

Luke hatte das rote Kästchen mit der Aufschrift »Feuer« eingeschlagen, damit wir unbemerkt aus dem Gebäude gelangen konnten. Und genau zu diesem Zeitpunkt brach in einem anderen Teil von Bluehaven ein Feuer aus?

Es war absurd. Geradezu aberwitzig.
Quietschend öffnete sich das Garagentor des Westmill Medical Center. Ein Rettungswagen und dann ein zweiter schossen die Auffahrt nach oben. Immer noch schrillten die Sirenen in meinen Ohren. Für einen Augenblick wurden die Bäume um uns herum in blaues Licht getaucht, und alles um mich herum drehte sich. Dann verschwanden die beiden Wagen hinter dem Gebäude und rasten die State Street entlang.
Die Welt stand still. Ich konnte nicht glauben, dass das wirklich passierte.
Doch ein Blick in Lukes Gesicht genügte. Er dachte dasselbe wie ich.
Nein. Ich begann zu rennen. *Nein!*
Nur einen einzigen Gedanken, einen einzigen Namen im Kopf, stolperte ich über den Rasen.
Missy!
Dort, wo das Feuer loderte, lag nur ein Haus. Und das war Missy Austens Cottage.
Binnen Minuten tauchten Luke und ich aus dem Schutz der Bäume auf und stoppten gleichzeitig an der State Street, auf der sich der Verkehr aus beiden Richtungen staute. Die Autos machten Platz für die Rettungswagen sowie zwei, drei Löschzüge, die in die schmale Straße bogen, die zum Friedhof führte. Inzwischen hatte sich der lodernde Widerschein des Feuers über dem Wald ausgebreitet. Flammen schlugen in die Höhe, und ein rußiger Gestank verpestete die Luft.
Begleitet von ungeduldigem Hupen schlängelten wir uns durch die Autoschlangen auf die andere Seite und kletterten die Böschung nach oben.

Es wimmelte von Menschen. Feuerwehrleute schrien. Funkgeräte krächzten. Der Geruch von verbranntem Holz, von Plastik und Gummi lag in der Luft und kratzte in meinem Hals.
Die Löschwagen versperrten die Sicht auf das Haus, nicht jedoch auf die Flammen, die sich bereits den Weg durch das Dach bahnten. Ich dachte daran, dass die Wände nur noch von Balken zusammengehalten wurden, die vermutlich schon vor hundert Jahren wurmstichig und brüchig gewesen waren. Und bei all dem Müll, mit dem Missy das Cottage zugestopft und mit dem sie es von außen verbarrikadiert hatte, musste sich das Feuer rasend schnell ausbreiten. Aufeinandergestapelte Kartons, Müllsäcke, Möbel, Bücher, Kleidungsstücke – was immer auch Missy gesammelt hatte, es brannte wie Zunder.
Wir hatten es fast geschafft, bis zum Haus vorzudringen, als die Menge von Schaulustigen, die sich bereits eingefunden hatten, uns den weiteren Weg versperrte. Ich registrierte die hektischen Bewegungen, die aufgerissenen Münder, aber meine Ohren waren wie taub. Das Prasseln des Feuers ließ die Stimmen für einen kurzen Moment verstummen, bis sie umso klarer in mein Bewusstsein drangen.
Musste ja mal passieren ... die gehörte längst in die Klapse.
Von überall drangen Satzfetzen zu uns herüber.
Ich fühlte mich wie losgelöst von meinem Körper, so als betrachtete ich das Chaos aus großer Ferne. Rauchschleier, aus denen immer wieder Polizisten und Feuerwehrleute auftauchten, verdeckten den Blick. Die Männer schwebten über der mit Asche bedeckten Wiese wie Astronauten in ro-

ten Raumfahrtanzügen, die Schläuche hinter sich herzogen. Wasserfontänen schossen in die Luft, trafen das Gemäuer und zischten auf den glühenden Balken.
Missy.
Six, seven, all good children go to heaven.
Was, wenn sie jetzt an der Reihe war?
Das konnte nicht wahr sein. Das durfte nicht wahr sein.
Luke griff nach meiner Hand und bahnte sich rücksichtslos einen Weg. Er griff nach dem Absperrband. Doch ein Feuerwehrmann, dessen Gesicht ich unter dem Helm zunächst nicht erkannte, packte ihn an der Schulter und schob ihn zurück. »Keinen Schritt weiter.«
Luke stieß die Hand weg. »Was ist mit Missy? Missy Austen? Sie wohnt hier.«
»Darüber kann ich keine Auskunft geben.« Endlich begriff ich, wen ich vor mir hatte. Seth. Seth Frazier. »Seth, lass uns durch. Wir kennen Missy.«
»Ach ja? Kennt nicht jeder Missy?« Ein fast schon triumphierendes Grinsen erschien auf seinem Gesicht. Der Klügste war er schon auf der Highschool nicht gewesen.
Die Hitze der Flammen brannte in meinem Gesicht, und das Atmen fiel mir schwer. Verzweifelt schaute ich mich um. Vielleicht war Liz hier. Oder jemand anders, der mir Antwort auf die einzige Frage geben konnte, die in meinem Kopf pochte.
War jemand im Haus gewesen, als das Feuer ausbrach?
Und dann entdeckte ich Tyler. Er hatte mir den Rücken zugewandt und diskutierte lebhaft mit einigen Feuerwehrmännern, die ihn offensichtlich davon abhielten, weiterzugehen.

»Tyler!«, brüllte ich und hüpfte auf und ab, um auf uns aufmerksam zu machen.
»Tyler!«, stimmte Luke mit ein und schrie dabei noch lauter als ich.
Endlich reagierte er und kam auf uns zu.
»Du hast hier nichts verloren«, sagte Seth. »Auch wenn du St. Clair heißt.«
»Mein Name ist Mason. Mein Gott, wann kapierst du das endlich?!« Wütend starrte ich ihn an und fragte mich zum ersten Mal, warum man jemanden nicht wegen öffentlicher Dummheit anzeigen konnte.
»Ich kümmere mich darum, *Frazier*«, ging Tyler dazwischen.
»Missy …« Mein Mund zitterte. »Hat sie es geschafft? Ich kann sie nirgends entdecken.«
Tyler nahm die Mütze ab und wischte sich den Schweiß von der breiten Stirn. Sein Schädel war rasiert, das Gesicht darunter rußverschmiert und die Stimme heiser vom Rauch. Er wirkte erschöpft und abgekämpft. »Du solltest nicht hier sein, Faye.«
Luke packte seine Schulter. »Sag schon, was ist mit Missy?«
Tyler starrte uns an. Hinter seiner Stirn arbeitete es.
»Du weißt doch, dass ich mich um sie kümmere«, murmelte Luke.
Schließlich hob Tyler das Absperrband, damit wir untendurch schlüpfen konnten. Als weitere Leute uns folgen wollten, schüttelte er den Kopf. »Kümmere du dich darum, Seth.«
Wir bahnten uns einen Weg nach links durch ein Waldstück, das den Blick auf das Cottage verdeckte. Funken schwirrten in der Luft wie ein riesiger Schwarm von Leuchtkäfern, die

vom Himmel fielen. Sie verfingen sich in meinem Haar und brannten sich in meine Jacke, aber ich bemerkte es kaum. Mein größtes Problem war der beißende Qualm, der mir kaum mehr Luft zum Atmen ließ. Keuchend lief ich Tyler und Luke hinterher, bis wir zu der Straße gelangten, die hinter Missys Haus zum Friedhof führte.

Der Wind blies aus unserer Richtung und trieb die Flammen Richtung Norden. Die Hitze ließ nach, und für einen Moment konnte ich wieder freier atmen. Von dieser Seite aus schien das Cottage unversehrt.

»Der Chief sagt, er hätte Missy vor etwa einer Stunde in der Nähe der Weston High gesehen«, erklärte Tyler. »Das würde bedeuten, sie war vermutlich nicht im Haus, als das Feuer ausbrach.«

Warum fühlte ich mich nicht erleichtert?

»Mehr kann ich euch noch nicht sagen. Die Feuerwehr hat es bisher nicht geschafft, bis ins obere Stockwerk vorzudringen. Wir müssen erst das Feuer stoppen, bevor wieder jemand ins Haus kann.«

»Dann ist es vielleicht zu spät«, widersprach ich.

»Niemand ist dort drinnen«, erklärte Tyler. »Glaub mir.«

Woher wollte er das wissen? Doch ich konnte nichts tun. Nur zusehen, wie das Feuer sich durch das Dach fraß. Warum dauerte es bloß so lange, bis das Löschwasser die Flammen erstickte?

Ich schloss die Augen. Hinter meinen Lidern loderte es. Rote Flecken sprangen auf und ab. Mein Kopf dröhnte. Ein eiskalter Hauch wehte über mich hinweg, und ich schluckte den metallischen Geschmack auf meiner Zunge hinunter. Ich kannte dieses Gefühl inzwischen und wehrte mich nicht dagegen. Weil ich nach jedem Strohhalm griff. Ein lautes musikalisches Klimpern ertönte, ganz ähnlich wie der Klang der Glöckchen, die im Fenster von Amys Zimmer hingen und bei jedem Luftzug klirrten.

Mein Blick wanderte die Fassade von Missys Cottage entlang. Und da war sie mit einem Mal – eine Verbindung. Die Verbindung, die ich auch zu Amy an der Bushaltestelle und zu Liam gespürt hatte. Oder zu Mom in meinen Träumen.

Hinter der rußigen Fensterscheibe leuchtete ein gelber Fleck. Ich konzentrierte mich mit aller Kraft darauf und konnte schließlich eine Gestalt erkennen, die zunehmend deutlicher wurde.

Entsetzt keuchte ich auf. Missy schlug mit den Fäusten gegen die Scheibe. Ihr Mund war zu einem Schrei aufgerissen, der unter dem Klang der Melodie verstummte. Wie gelähmt starrte ich auf das Bild. Konnte alles sehen, fühlen. Ich spürte, wie Missys Kraft erlahmte, und dann glitten ihre Handflächen mit einem Mal an der Scheibe nach unten.

Es konnte nicht länger als eine Sekunde gedauert haben, denn als ich wieder zu mir kam, war alles wie zuvor.

»Sie ist da drin gefangen«, schrie ich. »Wir müssen sie rausholen!« Ich machte einen Satz auf das Haus zu. Luke hielt mich zurück.

»Sie ist da drin!«, wiederholte ich. Meine Stimme überschlug sich. »Ich hab sie gesehen. Schau doch!«

Ich deutete in demselben Moment auf das Haus, als das erste Fenster explodierte und sich ein roter Feuerball ins Freie wälzte. Dann das nächste.

»Missy«, flüsterte ich. »Ich hab sie gesehen. Ich hab sie gesehen.«
Lukes Arme umklammerten mich jetzt so fest, dass ich mich nicht mehr bewegen konnte. »Faye, das ist nur der Schock.«
Ich wusste, was ich gesehen hatte. Die Abdrücke winziger Hände hatten sich fest in mein Gedächtnis gebrannt.
»Nein«, widersprach ich. »Ich habe sie gesehen!«
Tyler massierte sich mit der linken Hand den Nacken, er schien sich äußerst unwohl in seiner Haut zu fühlen. »Da gibt es nur ein Problem, Faye.« Er deutete auf die Fassade. Mir wurde die Brust eng. Ich bekam keine Luft. »Schau genau hin. Dort oben war zwar früher ein Fenster, aber es wurde zugemauert.«

Der Brand hatte das Cottage in eine Ruine verwandelt. Die Scheiben waren in der Hitze zerborsten, der größte Teil des Daches fehlte, und ich konnte durch die verkohlten Fensterrahmen die verrußten Wände und Möbel erkennen. Was das Feuer nicht vernichtet hatte, hatte das Löschwasser zerstört. Der Geruch nach feuchter Asche breitete sich aus. Rauchschwaden hingen über dem Wald und lagen wie Nebel über den Bäumen.
Die Feuerwehrleute ruhten sich aus. Die meisten tranken schweigend Tee oder Kaffee, betrachteten die Ruine und schickten vermutlich Dankgebete zum Himmel, dass keiner von ihnen verletzt worden war.
Eine andere Gruppe, mit Atemmasken ausgerüstet, war durch das schwarze, rechteckige Loch verschwunden, das einmal die Tür gewesen war.

Neben mir trat Luke das Ende einer Zigarette ins Gras.
»Faye«, sagte er sanft. »Es hat keinen Sinn, länger zu warten.«
Missy war nicht im Haus gewesen. Sie rannte vermutlich mit ihren Plastiktüten durch Bluehaven auf der Suche nach Dingen, die sie nicht brauchte.
Warum also zögerte ich?
Noch einmal schweifte mein Blick über die Fassade. Wo ich ein Fenster gesehen hatte, war eine Wand. Doch ich kriegte den Anblick der Handabdrücke auf der Scheibe einfach nicht aus dem Kopf. Mit meinem Gehirn konnte etwas nicht stimmen, wenn es mich zunehmend mit Visionen quälte.
»Wieso kann ich Dinge sehen, die nicht existieren, Luke?« Fassungslos blickte ich ihn an.
Inzwischen fühlte es sich schon vertraut an, wenn Luke mich in die Arme nahm. Es hatte nichts zu bedeuten, als er mir mit den Händen den Rücken rieb, um mich zu wärmen. Ich spürte seinen besorgten, zweifelnden Blick auf mir.
»Womöglich ist Missy längst bei mir zu Hause«, sagte er.
Ich bin gut im Verstecken.
»Ja«, murmelte ich. »Wahrscheinlich.«
»Lass uns gehen.«
Ich stapfte hinter Luke über das Gras, das aussah, als wäre es von schwarzem Schnee bedeckt. Der Anblick ließ mich an die Hölle denken. Und plötzlich schoss mir Dad durch den Kopf. Inzwischen war die Schule längst zu Ende. Er wusste sicher schon von dem Brand. Es war Zeit, mir die nächste Lüge auszudenken. Irgendetwas zwischen »Ich bin bei Ginger in Windy Hall« und »Ich bin auf dem Weg zu dir«.

Ich checkte schnell mein Handy. Er hatte tatsächlich zwei Nachrichten geschickt, doch auch Liz hatte angerufen. Ziemlich oft sogar. Ihren Namen auf dem Display meines Telefons zu lesen versetzte mir plötzlich einen ähnlichen Energieschub, wie ich ihn vor wenigen Stunden in den Katakomben des Westmill verspürt hatte. Ein Adrenalinflash, den Rusty mir für alles Geld der Welt nicht verkaufen konnte.
Das alles war kein Zufall.
Sie waren uns immer einen Schritt voraus. Die Akten waren weg. Das Cottage war abgebrannt, und Missy …
Luke hatte recht. Hier konnten wir nichts mehr tun. Inzwischen rannte ich fast. Wir waren gerade an der Absperrung angekommen, wo Seth Frazier immer noch wie ein Wachsoldat vor dem Buckingham Palace auf und ab marschierte, als hinter uns Rufe laut wurden.
Sie haben jemanden gefunden.
Ich wirbelte herum und starrte auf die Feuerwehrleute. Keiner von ihnen hielt mehr einen Kaffeebecher in der Hand. Sie hatten alle ihre Helme abgenommen und hielten sie in der Höhe ihres Herzens fest.
Aus dem Haus wurde etwas Schweres vorsichtig herausgetragen.
Missy *war* im Haus gewesen. Man hatte sie, oder was von ihr übrig war, in einen schwarzen Plastiksack gesteckt, als hätten sie einfach nach einer ihrer Mülltüten gegriffen.
Es fühlte sich immer verrückter an. Ich hatte sie hinter einer zugemauerten Wand sehen können.
Du hast eine Gabe, hatte Myers gesagt. Und so musste es wohl sein.

Gefühllos, fast taub kehrte ich um und bewegte mich wie schwebend über das von Asche bedeckte Gras.
»Weg da, Mädchen«, rief jemand, aber ich blieb erst stehen, als ich Tyler erreicht hatte. »Es ist Missy, oder?«
Wir wechselten einen langen Blick, bis Tyler zögernd die Achseln hob. »Wir wissen es nicht. Wir müssen die Ermittlungen abwarten.«
Meine Haut fühlte sich dünn an wie Papier, und als er mich an der Schulter berührte, fürchtete ich, sie würde reißen. Ich hob abwehrend die Hände, ja, ich machte etwas, was ich noch nie im Leben getan hatte. Ich schlug tatsächlich um mich.
»Faye«, sprach jemand beschwörend auf mich ein. »Faye, hör auf. Ich bin da.«
Das war nicht Lukes Stimme.
Vor mir stand Josh.
Ich stürzte mich in seine Arme. »Ich habe sie gesehen. Ich habe sie gesehen.« Ich konnte nicht aufhören, den Satz zu wiederholen.

KAPITEL 22

Ich stand mit geschlossenen Augen unter der Dusche und schrubbte wie wild meine Haut. Noch nie in meinem ganzen Leben hatte ich mich so schmutzig gefühlt. Als sei die Asche durch jede Pore meines Körpers gedrungen.

Diesen schrecklichen Gestank von Feuer und Ruß – würde ich ihn je wieder loswerden?

Oder die Erinnerung an Missy, wie sie am Fenster gestanden hatte?

Sosehr ich auch versuchte, den Gedanken an sie zu verdrängen, immer wieder tauchte ihre gelbe Strickjacke vor meinem inneren Auge auf.

Ich wollte ewig unter dem heißen Wasser stehen bleiben. Irgendwann jedoch brannte meine Haut wie Feuer. Und mir war schwindelig von dem Dampf. Also drehte ich den Hahn zu, zog den Vorhang zur Seite, stieg aus der Dusche und wickelte mich zitternd vor Erschöpfung fest in mein Handtuch.

Und kam mir vor wie eine ägyptische Mumie.

Mein Körper blieb, aber mein Geist war woanders.

Ich ließ mich auf den Toilettensitz fallen.
Meine Nachricht, ich sei *angeblich* in der Schule, hatte Josh beunruhigt. Als ihm dann auch noch Liz berichtet hatte, dass ich kurz vor dem Brand im Westmill vor ihr weggelaufen war, hatte er sich auf die Suche gemacht.
Besser, er wusste nicht, dass ich die ganze Zeit mit Luke zusammen gewesen war. Die beiden hatten bisher nur tödliche Blicke gewechselt, während ich unter Schluchzen wiederholte, dass ich Missy am Fenster gesehen hatte.
Wirklich. Sie war es gewesen.
Sie glaubten mir nicht. Ich glaubte es ja selbst nicht mehr. Und dennoch konnte ich den Anblick von Missy in der gelben Strickjacke nicht vergessen.
Doch sie hatten Tyler mit ihren Fragen gelöchert.
»Wer hat den Brand entdeckt?«, wollte Luke als Erstes wissen.
Josh unterbrach ihn. »Als ob das jetzt wichtig wäre.«
Aber es *war* wichtig, wie Tylers Antwort verriet. »Es war mehr ein Zufall. Im Westmill gab es einen Feueralarm. Wenige Minuten später rief die Security an, dass es sich dabei um einen Fehlalarm gehandelt hätte. Doch da war die Feuerwehr bereits mit mehreren Wagen unterwegs. Als sie in die Main Street bogen, sahen sie die Rauchschwaden über dem Friedhof. Warum der Alarm allerdings im Westmill ausgelöst wurde, kann keiner verstehen.«
Natürlich vermieden Luke und ich es, uns anzusehen. Ich klammerte mich an meinen heißen Tee, weil ich so stark zitterte, dass ich befürchtete, die Beine könnten unter mir wegknicken.

»Schon eine Ahnung, wie das Feuer entstanden ist?«, fragte Luke und zog an einer Zigarette, von denen er an diesem Nachmittag bereits unzählige geraucht hatte. Was Josh mit Missbilligung registrierte.

»Zu diesem Zeitpunkt kann ich euch das nicht sagen«, erklärte Tyler. »Möglicherweise ein Unfall mit dem Ofen.«

Josh: »Ich brauche nur Dad anzurufen, der telefoniert mit dem Chief, und dann erfahre ich, was ich wissen will.«

Tyler: »Schon gut, schon gut. Es gibt da einen Verdacht.«

Luke: »Also Brandstiftung.«

Und wieder Tyler: »Vielleicht – und ich sage ausdrücklich, *vielleicht* – hat jemand mit einem gefährlichen Brennstoff hantiert. Paraffin, Diesel oder Benzin. Zunächst war es nur ein Schwelbrand, aber dann hat offenbar jemand ein Fenster im oberen Stockwerk geöffnet, und der Sauerstoff hat das Feuer entfacht. Ende.«

Schon als das Wort »Brandstiftung« fiel, hatte ich keinen Zweifel mehr. Die Akten waren weg, das Cottage war abgebrannt und Missy im Feuer umgekommen. Der Monday Club war uns immer einen Schritt voraus. Und das hieß: Sie wussten, dass wir ihnen auf der Spur waren.

Vor meinen Augen tanzten rote Punkte, während ich mich erhob und an den Spiegel trat. Unter meinen Augen lagen violette Schatten, und mein Gesicht war so weiß und durchscheinend, als würde ich nur mehr meine Hülle sehen. Doch irgendwo dahinter musste ich doch noch sein, oder?

Du bist schuld, flüsterte es in mir. *Du hast schlafende Hunde geweckt. Nein, Kojoten, du hast Kojoten geweckt. Hyänen.*

Dann erst fiel mir das richtige Wort ein.

Die Toten. Du hast die Toten aufgeweckt.

Mein Name war immer noch Faye, aber niemand war mir fremder als ich selbst. Faye, die Schlaflose?

Ein verrücktes Lachen stieg in mir hoch.

Nein, ich hatte mein Leben lang geschlafen. Und nun wachte ich auf.

Ich schlüpfte in eine graue Jogginghose von Luke, streifte sein T-Shirt über, dann den schwarzen Rollkragenpulli. Die Kleider waren viel zu groß für mich, aber das war gut, denn so konnte ich mich darin verstecken. Meine Hand lag schon auf dem Türknauf, da kam ein dumpfes Summen aus der Plastiktüte am Boden. Ich packte sie, stülpte sie um, und alles in mir zog sich zusammen. Aus dem Kleiderbündel stieg mir der beißende Gestank nach Ruß und Feuer in die Nase. Die Hand fest auf Nase und Mund gepresst, riss ich das Fenster auf und atmete mehrmals tief durch, bis mein Magen sich beruhigte.

Wenn ich noch länger allein mit diesen Gedanken blieb, würde ich wahnsinnig werden.

Das Summen begann von Neuem. Ich bückte mich und wühlte in meinen Kleidern, bis ich das Telefon in meiner Hosentasche fand. Liz' Name wurde angezeigt. Es war bereits ihr fünfter Anruf. Ich war zu verwirrt, zu durcheinander, um mit ihr zu sprechen. Sobald ich ihre Stimme hörte, würde ich endgültig zusammenbrechen. Dann käme alles ans Licht. Und das wollte ich auf keinen Fall. Das Telefon summte noch vier Mal, dann gab Liz – Gott sei Dank – auf.

Die Haare in ein Handtuch gewickelt, lief ich die Treppe

hinab. Kurz bevor ich unten angelangt war, hörte ich Gingers Stimme. »Was passiert hier? War das wirklich Brandstiftung? Ich kann es nicht glauben ...«
Sie brach ab, als ich im Türrahmen auftauchte, rannte mir entgegen, und wir umarmten uns so fest wie nie zuvor. »Es tut mir so leid, Faye. Es tut mir so schrecklich leid.«
»Schon gut«, sagte ich, obwohl nichts gut war.
Sie löste sich und kehrte zum Sofa zurück, wo Caleb mir mit dem Laptop auf den Knien kurz zunickte. Josh stand, die Arme verschränkt, an das Bücherregal gelehnt und hob bei meinem Anblick die Augenbrauen.
»Was macht ihr hier?« Es war ein merkwürdiges Gefühl, sie alle hier zu sehen.
»Ich habe sie angerufen.« Luke tauchte hinter mir auf, ein Tablett mit Gläsern und den restlichen Bagels vom Morgen in den Händen. Es schien ewig her zu sein, dass wir gefrühstückt hatten.
Morgen, Mittag, Abend, Nacht.
Vergangenheit, Gegenwart, Zukunft.
Ein einziger Strudel von Ereignissen, der mich mit sich riss. War es wirklich noch nicht einmal drei Monate her, dass ich sechzehn Jahre alt geworden war? Liz hatte gesagt, nun sei ich erwachsen. Wenn das so war, war es in Schallgeschwindigkeit passiert, und ich wünschte mich einfach nur zurück in meine Kindheit.
Luke stellte das Tablett auf dem Wohnzimmertisch ab und setzte sich auf den Boden.
Josh sagte immer noch kein Wort. Ich versuchte ihm mit meinen Augen zu sagen, wie froh ich über seine Anwesen-

heit war, aber er wich meinem Blick aus. Lukes Pullover anzuziehen war keine gute Idee gewesen.

»Missy sollte also sterben«, flüsterte Ginger. Sie fasste sich an ihre Haare, als wollte sie in alter Gewohnheit einen ihrer Rastazöpfe in den Mund nehmen. Dann begriff sie wieder, dass sie weg waren, und sie ließ ihre Hand fallen. »Was, wenn das auch der Monday Club gewesen ist?«

Caleb erwiderte in der für ihn typischen knappen Weise: »Okay, Faktencheck.«

Damit brach er das Eis.

Ich stolperte durch den Raum, hinüber zum Kamin.

»Wie sollen wir wissen, was wir tun sollen«, er breitete die Hände aus, »wenn wir nichts wissen?! Sicher ist nur eines: Niemand aus dem Monday Club war in Boston, als William Fuller von dem Zug überfahren wurde. Sie waren alle in Bluehaven.«

»Woher weißt du das?« So schrecklich ich mich bei dem Gedanken an den Monday Club auch fühlte, so sehr wünschte ich mir, einen Schuldigen zu finden.

»Es war am 19. Januar, richtig?«, wandte sich Caleb an Luke.

Luke goss sich eine Cola ein. »Richtig.«

»Also ein Montag. Der Zug kam von New York und sollte um 17:25 Uhr in Boston eintreffen. Und das Treffen des Monday Clubs begann um 18:00 Uhr.«

»Aber vielleicht waren ja nicht alle anwesend«, unterbrach ich ihn. »Es kann doch sein, dass …«

»An dem Montag schon«, fiel Caleb mir ins Wort. »Erinnert ihr euch nicht?« Fragend sah er in die Runde. »Nein? Dann kläre ich euch auf. An dem Tag erschien der Artikel über die

Marine Academy. Alle waren in Aufruhr, weil dieser Journalist die Mitglieder des Monday Clubs öffentlich beschuldigte, sie hätten ein Vermögen *und* Bestechungsgelder für das Grundstück gezahlt. Es war das letzte öffentliche Gebäude in Bluehaven, das nicht ihnen gehörte … außer dem Police Department.«

»Dann haben sie also nichts mit dem Tod deines Vaters zu tun, Luke«, erklärte Ginger erleichtert.

»Ich habe nicht behauptet, dass jemand von ihnen persönlich meinen Vater auf die Gleise gelegt hat«, wandte Luke ein. »Es ist der heilige Monday Club. Natürlich macht sich keiner von denen die Hände selbst schmutzig.«

Ginger schlug die Hände vors Gesicht und brach in Tränen aus. Das machte mich erst recht fertig. Normalerweise ließ Ginger kein gutes Haar an ihren Eltern, ihrer Großmutter und schon gar nicht am Monday Club. Wenn sie jetzt ihre Coolness aufgab, war sie wirklich verzweifelt.

»Es geht hier um unsere Familien«, sagte Josh. »Und du kannst es nicht beweisen.«

»Nein, es geht um meinen Dad, den sie umgebracht haben«, stieß Luke hervor und trank das Glas mit der Cola in einem Zug leer.

Danach starrten die beiden sich an. Die Luft vibrierte, und ich spürte, dass es dabei auch um mich ging. Amy hätte vermutlich vorgeschlagen, man sollte ihre Köpfe in kaltes Wasser tauchen, damit sie wieder zu sich kamen. Ich zitterte. Vor Wut.

»Nicht nur die Presse hat über die Anschuldigungen des Journalisten berichtet, sondern auch verschiedene Fernsehsender. Was, wenn William Fuller einen Bericht darüber gesehen hat? Das würde erklären, warum er überhaupt die Klinik verlassen hat.« Caleb verlor nicht die Ruhe, obwohl auch sein Vater schuldig sein konnte. Vielleicht hatte Roger deswegen wieder zu trinken angefangen.

»Du bist doch derjenige, der immer sagt, es zählen nur Fakten«, knurrte Josh mit zusammengebissenen Zähnen. »Und wo sind die jetzt?«

»Ich brauche Fakten, wenn ich etwas beweisen will. Aber erst muss ich wissen, was ich überhaupt beweisen will und wo ich am besten anfange.« Caleb wischte sich eine dunkle Locke aus der Stirn. »Aber du hast recht. Im Moment spielt es keine Rolle, warum William Fuller sich auf den Weg nach Bluehaven gemacht hat. Wichtig ist nur, dass er genau das getan hat.«

»Hört auf!« Ich konnte nicht länger an mich halten. »Ich bin schuld, dass Missy tot ist. Ich habe schlafende Hunde geweckt, versteht ihr? Das alles passiert nur, weil sie Angst haben. Sie lassen Akten verschwinden. Sie zünden Häuser an. Lucy ist seit drei Tagen verschwunden. Paige liegt im Koma, und Liam … er ist nicht verrückt. Genauso wenig wie Missy.«

Luke und Josh machten beide eine Bewegung, als wollten sie zu mir kommen, um mich in die Arme zu nehmen. Und stoppten gleichzeitig.

Was? Wollten sie, dass ich mich jetzt entschied? Noch nie zuvor in meinem Leben war ich so wütend gewesen. Vielleicht sollte ich besser *meine* Gedanken in kaltes Wasser tauchen.

»Wovon redest du?«, fragte Caleb.

Doch es war Luke, der ihnen von unserem Besuch im Trailerpark erzählte. Er beendete seinen Bericht mit den Worten: »Immer wieder wurde das Westmill Medical Center erwähnt, Virginias … oder Liz' Name. Deshalb waren wir noch mal im Archiv von Fayes Großvater. Doch in der Zwischenzeit hatte jemand bereits alle Akten weggeschafft.«

»Zufall oder nicht«, murmelte Caleb. »Das ist hier die Frage.«

»Hundert Kartons mit Patientendaten? Das ist kein Zufall. Jemand wird nervös, was wiederum heißt: Diese Akten sind wichtig, und wir müssen sie unbedingt finden.«

Die anschließende Stille lähmte mich. Ja, klar, ich wäre erleichtert gewesen, hätte einer von ihnen widersprochen, aber nicht einmal Josh machte den Versuch. Dabei wussten sie und Luke noch nicht einmal alles. Wie sollte ich ihnen Liams Worte erklären? Mein Gefühl, dass uns etwas verband. Dass wir auf einer Wellenlänge waren. Ich begriff es doch selbst kaum. Und ich würde es ihnen auch nicht erzählen, solange ich nicht sicher war. Solange ich keine Beweise hatte. Aber wie sollte ich beweisen, dass ich Tote sehen, mit ihnen sprechen konnte?

»Ich habe mich übrigens intensiv mit dieser ›Psychologischen Epilepsie‹ beschäftigt«, erklärte Caleb schließlich. »Im Grunde genommen ist es dasselbe wie mit den Schlafstörungen. Es lässt sich kaum nachweisen, und es gibt keine Ursachen. Letztlich weiß niemand, woher sie kommt und wie man sie behandeln kann. Und ich frage mich, warum Myers und Liz gesagt haben, es sei eine Gabe. Was könnten sie damit gemeint haben?«

Ausgerechnet Caleb, der nur an Fakten glaubte, war meinen Gedanken am nächsten.
Wie heiß es am Feuer war. Die Hitze brannte auf meiner Haut, und auch wenn ich mich nicht umdrehte, spürte ich die Funken der Glut in der Luft. Was mich wieder an Missy erinnerte. An die Handabdrücke am Fenster. Ich konnte die Spannung nicht länger ertragen, rannte durch den Raum und stieß die Tür nach draußen auf. Es dauerte unendlich viele Atemzüge, bis ich mich beruhigte.
»Deine Haare sind nass. Du wirst dich erkälten.« Josh tauchte neben mir auf und reichte mir das Handtuch, das von meinen Schultern gerutscht war.
»Vielleicht sterbe ich ja vorher«, entgegnete ich bitter. »Oder irgendjemand anders.«
»Faye, ich bin auf deiner Seite.«
Ich wandte ihm mein Gesicht zu, doch ich konnte seinen Blick einfach nicht ertragen. Diese Mischung aus Mitleid und eigener Verzweiflung.
»Du hast es versprochen«, sagte ich laut. »Aber du glaubst mir nicht. Du darfst ihnen nicht mehr vertrauen.«
»Es ist meine Familie. Ich habe an den Sitzungen teilgenommen. Glaub mir, sie haben sich wirklich Sorgen um dich gemacht. Vor allem Liz und Roger.«
»Begreifst du nicht, dass unser ganzes Leben nur eine Lüge war?«
»Nein«, widersprach er heftig. »Das mit uns nicht.«
»Dann versteh endlich, dass es hier um mein *Leben* geht.« Meine Stimme zitterte. »Ich fühle es. Ich kann es nur nicht *beweisen*.«

»Mir genügt, wenn du es sagst.«
Ich schüttelte den Kopf. »Bist du dir da wirklich sicher?«
Er packte mich und drehte mein Gesicht zu sich. Ich kannte seine Augen so gut. Und es wäre so einfach, mich in sie fallen zu lassen.
Du musst es ihm sagen.
Schon formten sich die Worte in meinem Kopf. *Ich kann Tote sehen.*
Da vibrierte mein Handy erneut. Hätte ich das verdammte Ding nur in den Müll geworfen.
Ich zog es hervor. Wieder Liz. Und ich reagierte, weil ich so diesem Moment entfliehen konnte.
»Liz«, sagte ich als Erklärung für Josh. »Sie hat meine Akte.«
»Dann frag sie danach.«
Ich strich über das Display.
»Faye«, hörte ich ihre besorgte Stimme. »Endlich! Ich bin schon ganz verrückt vor Sorge. Du warst beim Cottage, oder? Geht es dir gut?«
Ich ignorierte die Frage. »Können wir uns treffen?«
»Ja, natürlich. Wann?«
»Wo bist du gerade?«
»Zu Hause.«
»In fünf Minuten. Bei uns.« Ich beendete das Gespräch.
»Soll ich mitkommen?«, fragte Josh.
Liz würde Josh zuhören. Ich zögerte.
»Nein!« Ich schüttelte den Kopf. »Ich gehe alleine.«
»Bist du sicher?«
Am liebsten hätte ich gelacht. Sicher? Wie sicher war ein Leben, das man innerhalb von drei Wochen dermaßen er-

schüttern konnte? Die einzige Sicherheit, nach der ich mich sehnte, war die Wahrheit.

Dad. Er hatte mir nie etwas vorgemacht. Wann immer ich nach Mom gefragt hatte, war die Antwort dieselbe gewesen. Nie hatte er behauptet, sie wäre im Himmel. Und würde über mir schweben wie ein Schutzengel. Nein, wenn ich von meinen Träumen erzählte, in denen ich ihr begegnet war – und es hatte eine Zeit gegeben, in der das jede Nacht passierte –, hatte er mich mit immer denselben vier Worten in die Wirklichkeit zurückgeholt.

Deine Mom ist tot.

Aber … ich wusste jetzt, dass ich es mir nicht eingebildet hatte. Ich hatte sie wirklich gesehen.

Dad hatte das nicht ahnen können. Liz schon.

»Es klingt verrückt, Josh, aber du musst mir glauben … *Ich kann Tote sehen*«, flüsterte ich.

KAPITEL 23

Ich kann Tote sehen.

Hatten sie es wirklich begriffen?

»Deshalb ist Myers hinter dir her? Du meinst, das ist die Gabe?«, flüsterte Ginger in heller Aufregung. Am liebsten hätte ich ihr eine Strähne von meinem Haar abgeschnitten, damit ihre Finger zur Ruhe kämen.

Luke rannte, die Hände in den Taschen, im Raum auf und ab. »Mein Vater war nicht paranoid. Nur hat ihm niemand geglaubt.«

Caleb schaute vom Laptop auf. »Ohne Essen kann ich nicht denken.«

»In der Küche.« Luke blieb kurz stehen, dann nahm er sein Hin-und-her-Laufen wieder auf. »Und Missy … hat sie nur wirres Zeug geredet? Nein.«

Caleb kehrte mit einer Packung Chips zurück und ließ sich aufs Sofa fallen. Die Tüte raschelte laut, als er sie aufriss. »Angenommen, so etwas ist tatsächlich möglich …«

»Faye bildet sich das nicht ein.« Josh stocherte mit dem Schürhaken in der Glut herum.

Caleb ignorierte den Vorwurf. »Wenn Faye deshalb für sie – wer auch immer ›sie‹ sind – so wichtig ist, dann gibt es keine ›Psychologische Epilepsie‹ oder ›Idiopathische Insomnie‹. Sie haben es nur erfunden, damit du dich von ihnen abhängig fühlst.«

Ich traute meinen Ohren nicht. Hatte Liz das wirklich getan? Hatte sie mich seit meiner Kindheit in einem goldenen Käfig gefangen gehalten, indem sie vorgab, ich sei krank?

Sie ist ein Püppchen, Püppchen.

Das ist krank, krank, krank.

Die Frau im Schaukelstuhl.

Eine Welle von Übelkeit überrollte mich.

»Du meinst, sie hat meine Krankheit nur erfunden?«

»Falls du diese Gabe«, Luke malte mit den Zeigefingern imaginäre Anführungsstriche in die Luft, »besitzt, sollst du vielleicht ihr Botschafter ins Totenreich sein.«

»Und wenn Liz aus anderen Gründen lügt?«, widersprach Josh.

Luke hob die Augenbrauen. »Zum Beispiel?«

»Zum Beispiel, weil sie Faye schützen will.«

Ich sah in die Runde, und in keinem Blick las ich Zustimmung.

»Wir brauchen deine Akte, Faye.« Luke warf mir einen eindringlichen Blick zu.

Ich wartete stumm, dass er fortfuhr.

»Mit ihr finden wir heraus, welche Untersuchungen wichtig sind, welche Methoden sie anwenden und wie die Experimente ablaufen.«

Ich dachte an die vier Jugendlichen aus dem Trailerpark.

Die unzähligen Gehirnscans. Die Aufnahmen des MRT. Ihr Gehirn in Scheiben geschnitten.

»Warum sollte Liz mir meine Akte geben? Sie kann doch nicht wollen, dass ich das alles erfahre.«

»Du musst sie überzeugen«, sagte Ginger.

»Sie wird sofort wissen, dass etwas nicht stimmt«, widersprach ich. »Sie kennt mich einfach zu gut. Liz kann in mir lesen wie in einem Buch.«

»Und wenn ich mitkomme, Faye?« Josh erhob sich. »Liz vertraut mir.«

»Natürlich vertraut sie dir«, entgegnete Luke spöttisch. »Du hast bisher ja auch brav all ihre Erwartungen erfüllt, oder? Mr Lancaster junior.«

Sie standen sich plötzlich mitten im Raum gegenüber und starrten sich an. So unterschiedlich sie auch waren – Luke als die Inkarnation von Coolness und Josh, der Gentleman: In diesem Augenblick glichen sie einander.

»Ein Streichholz«, murmelte Caleb. »Und die Luft zwischen ihnen explodiert.«

Und wennschon. Sollten sie sich die Köpfe einschlagen. Ich hatte mit Liz gesprochen, und sie wartete auf mich. Bei mir zu Hause. Ich hatte mich längst entschieden.

Ich erhob mich. »Ich gehe jetzt.«

»Nein«, erklärten beide gleichzeitig.

Für einen Moment war das gedämpfte Knistern des Feuers das einzige Geräusch im Zimmer.

»Josh hat recht.« Luke zog eine Zigarettenpackung aus der Tasche, nahm die letzte Zigarette heraus und zerquetschte das Päckchen dann mit einer Hand, bevor er es durch den

Raum in den Kamin warf. »Ihm eine Bitte abzuschlagen wird Liz schwerfallen. Er ist schließlich der Kronprinz des Monday Clubs.«
»Spar dir deinen Spott«, murmelte Josh.
»Ich mache keine Scherze. Nicht, wenn es um Faye geht.«
Ich brauchte Ginger nicht anzusehen. Ich konnte hören, wie sie an ihren Fingernägeln knabberte. Sie saß ebenso angespannt auf dem Sofa, als würde sie eine Folge von *Dead Man Walking* anschauen.
Ich sprang auf. An der Tür stolperte ich fast über meine Tasche. Ich warf mein Telefon hinein und sprintete los, Josh mir hinterher.

Liz erwartete mich bereits in der Küche. Sie lehnte an der Arbeitsplatte vor dem Fenster und nippte nervös an einem Glas von Dads heiligem Chardonnay, den sie sich aus dem Kühlschrank genommen hatte. Natürlich, sie besaß einen Schlüssel zu unserem Haus, konnte ein und aus gehen, wie sie wollte.
Für einen kurzen Moment flatterten ihre Augenlider, als sie Josh sah. Dann küsste sie erst mich, dann Josh auf beide Wangen.
Sie machte eine Handbewegung Richtung Herd. »Habt ihr Hunger?«
Gegessen hatte ich seit Ewigkeiten nichts mehr, aber das konnte warten.
Stumm schüttelte ich den Kopf.
»Ich mache euch ein Omelett.«
»Kann ich helfen?«, fragte Josh.

»Du kannst die Zwiebeln schneiden.« Sie schob ihm Schneidebrett und Messer entgegen. Josh holte eine Zwiebel aus dem Gemüsekorb auf dem Tresen und schnitt sie konzentriert in so hauchdünne Scheiben, wie nicht einmal Dad es schaffte.

Meine Beine zitterten, als ich mich auf den Barhocker setzte. Das alles wirkte so unerträglich vertraut. Ich wollte einfach nur schreien. Liz nahm den Karton mit Eiern aus dem Vorratsschrank. Sie stellte die Pfanne auf den Herd, versuchte das Gas anzuzünden und schaffte es auch beim dritten Versuch nicht. »Dieser verfluchte Herd«, murmelte sie.

Hatte ich sie je fluchen hören?

Josh schob sie beiseite. »Ich mach das.«

Liz nahm wieder ihr Glas, schob sich am Ende des Tresens auf den Hocker mir gegenüber und rutschte nervös hin und her, so als wüsste sie nicht, wohin mit ihren langen Beinen.

»Du warst beim Cottage«, sagte sie schließlich. »Chief Turner hat es mir erzählt. Und was wolltest du eigentlich im Westmill? Warum bist du nicht bei mir vorbeigekommen?«

Ich beschloss, die beiden letzten Fragen zu ignorieren. Stattdessen hob ich die Augen und sah Liz direkt an. »Missy ist tot.«

Sie wich meinem Blick aus und nahm einen Schluck Wein.

»Tyler sagt, es sei Brandstiftung gewesen«, fuhr ich fort.

»Tyler redet zu viel«, erwiderte sie. »Das weißt du doch von Amy.«

Wollte sie das wirklich? Die Amy-Karte ausspielen und mich damit an meiner verletzlichsten Stelle packen?

Wo war die Liz, die ich geglaubt hatte zu kennen? Die mir

abends vorgelesen hatte, wenn ich nicht schlafen konnte. Die, als ich zehn war, mit mir und Amy für ein Wochenende nach Washington geflogen war, weil ich unbedingt die Ausstellung über Dinosaurier sehen musste. Die mir eine goldene American-Express-Karte gab, wenn ich für einen Shopping-Tag nach Portland fuhr.

Das Öl zischte, und Josh schlug ein Ei nach dem anderen in die Pfanne, bis der Karton leer war.

»Also, es stimmt. Es war Brandstiftung«, sagte ich.

»Die Ermittlungen fangen doch gerade erst an, Faye. Es kann genauso gut ein Unglück gewesen sein.« Liz machte eine Pause. »Missys Zustand hat sich in den letzten Wochen verschlimmert. Sie wurde immer vergesslicher.«

Nein, Missy hatte an meinem Bett gesessen. Sie hatte genau gewusst, wo sie war und wer ich war.

Josh legte Besteck vor mich hin und warf mir einen warnenden Blick zu. Ja, ich musste mich verhalten wie immer.

»Liz«, fragte ich, und der absichtlich kindliche Tonfall in meiner Stimme widerte mich an. »Wegen dieser ›Psychologischen Epilepsie‹ … Du musst mir meine Krankenakte geben. Du hast selbst gesagt, ich sei jetzt alt genug.«

»Aber nein, das würde dich nur verwirren.«

Mit einem Mal fiel mir auf, wie schrill ihre Stimme klang, schon die ganze Zeit geklungen hatte. Ich spürte, welche Mühe es Liz kostete, ihre Anspannung hinter dieser Fassade der besorgten Tante zu verbergen. Unwillkürlich hob ich die Hände, um mich davor zu schützen. Ich durfte nicht nachgeben. Hier ging es nicht nur um mich, sondern auch um Liam und die anderen.

Ich war schon fast so weit, Liz mit den Namen der anderen zu konfrontieren, als Josh mir zur Seite sprang, indem er sagte: »Sie hat ein Recht darauf. Du kannst es ihr nicht verweigern.«

Liz schüttelte langsam den Kopf.

»Es würde Faye wirklich helfen.« Josh stellte drei Teller auf den Tresen. »Und das ist doch schließlich das Wichtigste.«

Doch das Wichtigste für Liz war in dem Moment ihr Handy, das mit einem Mal klingelte. Sie bückte sich, griff nach der Tasche und sah auf das Display. Als sie den Kopf wieder hob, lag ein angespannter Ausdruck auf ihrem Gesicht.

»Entschuldigt bitte! Da muss ich ran.«

Im nächsten Moment war sie verschwunden, nicht ohne die Tür hinter sich fest ins Schloss zu ziehen.

Josh schaltete den Herd aus und schob mir das Omelett auf den Teller.

»Ich habe keinen Hunger«, sagte ich.

»Und wennschon, du musst etwas essen.« Er setzte sich mir gegenüber. Zusammen lauschten wir dem aufgeregten Gemurmel, das aus dem Flur zu uns in die Küche drang, und wechselten einen stummen Blick, als wir Liz aufgeregt rufen hörten: »Frank muss sich darum kümmern.«

Dann flüsterte sie wieder, und wir hörten, wie sie ins Wohnzimmer verschwand.

In den vergangenen Wochen und auch schon früher hatten diese geheimnisvollen Telefonate ein Gefühl von Panik in mir ausgelöst. Es waren gar nicht so sehr die einzelnen Bemerkungen, sondern vielmehr der dunkle, angsterfüllte Unterton in der Stimme meiner Tante, der eine unheilvolle

Vorahnung in mir aufsteigen ließ. Doch nun begriff ich etwas, was mir nie zuvor klar gewesen war.

Hinter Liz stand jemand, der Macht über sie hatte.

Nicht ich war es, die Angst hatte, sondern Liz.

Nicht meine durcheinandergeratenen Gehirnzellen hatten die Monster erschaffen, sondern es waren die Gespenster der Erwachsenen. Sie brachten Liz dazu, so angsterfüllt zu flüstern, ließen Dads Gesicht erstarren, verführten Roger zum Trinken. Sie machten die schwarze Witwe verbittert, Joshs Grandma herrisch ... und Erica Myers gefährlich.

Langsam begann ich zu essen und blickte nicht auf, als Liz zurückkam und wieder ihren Platz einnahm.

»Noch einen Schluck Wein?«, fragte Josh.

»Nein, danke, Josh.« Dann spürte ich ihre Hand auf meiner. Ich wollte sie ihr entziehen, aber sie gab nicht nach.

»Faye«, sagte sie leise. »Faye, sieh mich an.«

Widerwillig hob ich den Kopf und zuckte zusammen. Ihre Miene schien plötzlich weich, nachgiebig, ja geradezu sanftmütig.

»Natürlich kannst du dir deine Akte anschauen.«

Über Liz hinweg starrte Josh mich an, und ich las in seinen Augen dieselbe Frage.

Was war passiert?

Plötzlich waren Schritte im Flur zu hören, und eine helle Stimme rief: »Jemand zu Hause?«

Im nächsten Augenblick betrat Donna die Küche. Ihre Wangen waren von der frischen Luft gerötet, und wie sie da so vor mir stand, in diesem bunten Kleid, über dem sie einen Strickmantel in der Farbe von Cranberrys trug, konnte der

Unterschied zu Liz nicht deutlicher sein. Während Liz' Gesicht in den letzten Wochen zu Stein geworden war, strahlte Donna eine verwirrende Ruhe aus. Wenn Amys Tod ihr zu schaffen machte – und konnte es anders sein? –, dann zeigte sie es nicht.

»Das mit Missy ist einfach schrecklich.« Sie umarmte mich. »Du warst dort, oder?«

Jeder in Bluehaven schien zu wissen, wann ich wo gerade war.

»Es war unverantwortlich, dass sie in diesem Haus alleine lebte«, fuhr Donna fort. »Früher oder später musste so etwas passieren.«

»Einen Schluck Wein?«, fragte Liz, so als wollte sie Donna zum Schweigen bringen.

Doch die schüttelte den Kopf. »Nein, danke. Ich bin nur kurz vorbeigekommen, weil ... ich ... Endlich habe ich es geschafft, Amys Sachen durchzusehen, die du mir gebracht hast. Nur ... ich vermisse ihr Handy. Sie hatte so viele Fotos darauf und auch Videos. Irgendwann ... wenn ich so weit bin ... werden sie mir vielleicht helfen.«

Ein riesiger Schwarm Krähen zog laut krächzend über unser Haus hinweg und, zumindest schien es mir so, verdunkelte für einen Moment den Himmel. Das Handy war hier. Nur einen Meter von Donna entfernt, befand es sich in meiner Handtasche. Ich musste mich nur bücken, und die Sache wäre erledigt. Doch ich rührte mich nicht.

Liz runzelte die Stirn. »Ich habe Amys Sachen persönlich zusammengepackt. Da waren ihre Kleider, die Schuhe ...«

»Aber das Handy war nicht in der Tasche, die du Tyler für

mich mitgegeben hast.« Donnas Stimme hatte plötzlich einen ungewohnten, ungeduldigen Ton.
»Vielleicht ist es am Unfallort verloren gegangen ...«, überlegte Liz.
Hinter meiner Stirn summte es. Missy hatte das Handy aus Liz' Büro mitgenommen. Eine andere Erklärung hatte ich nicht.
Donna schüttelte den Kopf. »Tyler hat mir versichert, dass die Polizei dort jeden Stein umgedreht hat.«
»Kann es sein, dass sie es gar nicht bei sich hatte?«, mischte sich Josh ein.
Einen Augenblick lang herrschte Schweigen.
»Nein.« Wieder schüttelte Donna den Kopf. »Sie hatte es ganz sicher bei sich.«
In der anschließenden Stille war nur ein Kratzen am Fenster zu hören. Liz wandte sich um, öffnete es und ließ Oz herein. Er sprang von der Arbeitsplatte und machte beleidigt einen großen Bogen um mich, weil ich ihn im Fullerhaus zurückgelassen hatte. »Im Westmill ist es jedenfalls nicht. Ich habe Melinda gebeten, noch einmal ausdrücklich danach zu suchen, aber sie konnte es nirgends finden. Tut mir leid, Donna.«
Wenn Missy es nicht aus Liz' Schreibtischschublade genommen hatte, woher hatte sie es dann?
»Das alles ist wie ein Albtraum für mich, versteht ihr?«, flüsterte Donna.
Es schnürte mir den Hals zu, als ich auf meine Tasche starrte. Ich musste es Donna sagen. Aber das Video ... Es war der einzige Beweis für meine Begegnung mit Amy an der Bushaltestelle.

Liz strich sich aufgeregt die kurzen blonden Haare hinters Ohr. Ich spürte, wie sie die Geduld verlor. »Ich habe es nicht, Donna. Außerdem muss ich jetzt gehen. Ein Notfall.«

»Was ist mit …?« Ich stockte.

Sie verstand mich sofort.

»Du kannst morgen früh zu mir ins Westmill kommen. Dann schauen wir sie uns gemeinsam an.«

Donnas Blick ging von Liz zu mir und wieder zurück, aber sie stellte keine Fragen.

Warum hatte Liz plötzlich ihre Meinung geändert?

Mit wem hatte sie am Telefon gesprochen?

Was war passiert?

KAPITEL 24

Schlaflos wälzte ich mich von einer Seite auf die andere. Sobald ich die Augen schloss, fing das Kopfkino von Neuem an. Es begann mit einem pulsierenden gelben Fleck. Eins, zwei … Handabdrücke am Fenster.
Drei, vier … Liam, der mich anstarrte.
Fünf, sechs … Paige in dem kalten Licht der Kamera.
Ich rieb mir die Schläfen.
Ein beklemmender Gedanke stieg in mir hoch. Die Toten … vielleicht wollten sie etwas von mir? Vielleicht musste ich einfach mit ihnen sprechen und nicht vor ihnen fliehen. Wenn ich die Gabe besaß, warum nutzte ich sie dann nicht? Es war zumindest etwas, das ich tun konnte. Ich musste die Grenze zwischen ihrer und meiner Welt überschreiten und durfte meine Visionen nicht länger bekämpfen.
Nur, wie sollte ich das tun? Wie funktionierte es?
»Faye?« Dad stand plötzlich in meinem Zimmer.
Ich sprang aus dem Bett und warf mich in seine Arme. Eine Weile hielt er mich fest, dann löste er sich und sagte enttäuscht: »Du warst nicht in der Schule.«

Ja, ich war eine schreckliche Tochter, weil ich ihn belog.
»Missy ist tot«, murmelte ich zum hundertsten Mal an diesem Tag.
»Ich weiß.«
Du weißt es eben nicht. Ich *habe sie am Fenster gesehen.*
Dad würde es nicht verstehen. Noch nicht. Und auf seltsame Weise hatte ich plötzlich das Gefühl, ich müsste ihn schützen und nicht umgekehrt.
»Dad, hast du wirklich erst gestern von diesen … psychogenen Anfällen erfahren?«
»Glaub mir, ich war genauso überrascht wie du.«
»Findest du es nicht seltsam, dass Liz uns das verschwiegen hat? Warum bist du nicht wütend?«
Ich spürte, wie er seine Schultern anspannte. »Früher ja, da war ich oft wütend auf sie. Es hat mich rasend gemacht, wie sie dich immer in Watte gepackt hat. Manchmal hat sie mich dreimal am Tag angerufen, um zu fragen, was du machst und wie es dir geht. Ständig hat sie mir Ratschläge erteilt. Erst im Laufe der Jahre habe ich es begriffen. Liz gibt sich die Schuld am Tod deiner Mutter. Und es war, als hätte sie die ganze Liebe, die sie deiner Mom entgegenbrachte, auf dich übertragen … nein, dreimal so viel. Sie hat dich so verwöhnt, dass ich mich wundere, wie aus dir so ein normales Mädchen werden konnte.«
Normal.
Seltsam, dieses Wort zu hören.
»Ich habe den Verdacht«, fuhr er fort, »dass du dich allmählich zu einem Bilderbuch-Teenager entwickelst. Du rennst einfach aus dem Haus, rufst nicht zurück und behauptest, du

bist in der Schule, dabei warst du bei einem Jungen, den ich nur ein Mal getroffen habe.«

»Wenn du wirklich willst, dass ich mich wie ein Teenager benehme, dann schick mich bitte nicht gegen meinen Willen zu Erica Myers.«

Er seufzte.

»Okay, aber dann ruf mich wenigstens nicht ständig an. Hör auf damit, nach mir zu sehen, wenn du mitten in der Nacht vom *New Spoon* nach Hause kommst. Und falls ich auf die Idee komme, Gras gegen meine Schlafstörungen zu rauchen, lass mich.«

Dad hob die Augenbrauen, starrte mich nachdenklich an, und es dauerte ziemlich lange, bis er wieder blinzelte.

»Jetzt denke ich definitiv, ich sollte mir Luke einmal vorknöpfen.«

Bloß nicht, Dad.

»Was mich übrigens an Josh erinnert«, fuhr er fort.

Dad hatte keine Ahnung, was die letzten beiden Tage passiert war, und trotzdem legte er den Finger in eine schmerzhafte Wunde, auch wenn ich es mir nicht eingestehen wollte.

Ich stöhnte wie Ginger, wenn sie ihre Eltern zur Hölle wünschte. »Josh ist Josh. Luke ist Luke.«

»Klingt, als müsstest du dich gerade zwischen den beiden entscheiden. Aber …«, er hob die Hände, »ich werde keine weiteren Fragen stellen. Es ist spät. Du solltest schlafen. Faye, du nimmst doch regelmäßig deine Medikamente, oder?«

Ich erzählte ihm nicht, dass ich die Tabletten nie wieder nehmen würde. Stattdessen sagte ich: »Morgen früh gehe ich zu Liz. Vielleicht lässt sie sich ja auf Gras ein.«

Ob es an dem Teenager-Ding lag oder diesem lässigen Ginger-Tonfall ... Dad verließ mein Zimmer sorgloser als zuvor. Das war gut. Ich wollte ihn glücklich machen ... und mich frei.

Das Mondlicht und die fernen Lichter der Stadt schienen durch das Fenster und verliehen meinem Zimmer einen merkwürdigen orangefarbenen Schimmer, was mich an den Feuerschein über Missys Cottage erinnerte. Mit aller Kraft, die ich noch hatte, stellte ich mir vor, ich würde nach einem imaginären Vorhang greifen und ihn zuziehen. Damit andere Bilder den Weg zu mir fanden. Denn sie waren da. In meinem Kopf. Ich wusste es und musste das Risiko nur eingehen. Das Risiko, dass ich die falschen Toten traf.

Zunächst versuchte ich mich auf die Melodie zu konzentrieren, aber es gelang mir nicht, sie hervorzuholen. Wenn sie nicht real war, vielleicht existierte sie dann überhaupt nicht in meiner Erinnerung.

Ich stellte mir einen Tunnel vor, und einige Sekunden lang lief ich der Dunkelheit entgegen. Ich spürte die Kälte, ein modriger Geruch stieg mir in die Nase, aber nichts weiter passierte. Ich fühlte mich nicht leicht, ich schwebte nicht und beobachtete mich auch nicht von oben wie eine Fremde. Nein, ich lag in meinem Bett und stellte mir das alles nur vor. Das hatte nichts zu tun mit einer außerkörperlichen Erfahrung oder einem Erlebnis von Nahtod.

Wenn ich diese Gabe wirklich besaß, müsste ich doch irgendetwas darüber wissen. Über diese übernatürliche Ebene, in die ich wechseln musste. Ich riss die Bettdecke zur Seite.

Im nächsten Moment hatte ich bereits meinen Laptop gestartet und gab in das Suchfeld *Außerkörperliche Erfahrung* ein. Und bevor ich die Suche startete, fügte ich noch das Stichwort *Technik* hinzu.

Wähle einen ruhigen Ort, den du entspannend findest.

Nimm eine bequeme Position ein.

Versichere dir, dass du eine außerkörperliche Erfahrung haben wirst.

Nein, das war es nicht, wonach ich suchte. Es war das vollkommene Gegenteil. Meine Visionen hatten sich immer eingestellt, wenn ich emotional unter Druck stand, Angst mich quälte, ein Schock mich umwarf.

Das pure Gefühl von Angst – darauf musste ich mich konzentrieren.

Ich schloss die Augen und holte mehrmals tief Luft. Es war absurd, aber ich flüsterte: *Fürchte dich.*

Hinter meinen Schläfen begann es zu pochen.

Ruf dir eine Szene vor Augen, in der du Angst hattest. Geh in eine der entsetzlichsten Erfahrungen deines Lebens zurück.

Die rote Sandale an Amys Fuß; die Strömung, die mich in die Tiefe riss; Missys Handabdrücke am rußverschmierten Fenster.

Ich zwang mich, genau hinzusehen. Aber ich fürchtete mich nicht.

Stell dir vor, du würdest heute Nacht sterben.

Endlich … mein Herz versteinerte. Mein Atem ging schneller.

Doch mein Verstand blieb klar. Er ließ sich nicht täuschen,

spürte meine Zweifel. Ich schaffte es nicht, die Wirklichkeit loszulassen.

Ich öffnete die Augen und lag einige Minuten da, maßlos enttäuscht von mir, weil ich versagt hatte. Und fast hätte ich das leise *Pling* überhört. Ich hatte eine Nachricht erhalten.

Mit bebenden Fingern rief ich Lukes Nachricht auf.

Jetzt. Bei mir. Tyler. Paige tot.

KAPITEL 25

Noch war der Himmel hinter der Nacht verborgen. Doch der dunkle Vorhang würde sich bald heben und der Tag die Schatten der letzten Stunden vertreiben, in denen ich versucht hatte, um Paige zu trauern. Die Angst um mein Leben überwog alles. Als wäre in mir kein Platz für andere Gefühle.

Diesmal schlich ich mich nicht aus dem Haus. Wenn Dad auftauchte, würde ich mich nicht aufhalten lassen. Aber nicht einmal Oz stellte sich mir in den Weg.

Luke war gerade dabei, den Schreibtisch aus seinem Zimmer durch die Tür zu schaffen. Aus der Musikanlage auf dem Bücherregal dröhnte ein Rap-Song. Ich hatte keine Ahnung, dass Luke auf so etwas stand. Was allerdings auch kein Wunder war, wusste ich doch so gut wie nichts über ihn.

»Was machst du da?«, rief ich laut.

Einige Sekunden lang musterte er mich, und so etwas wie Verwunderung blitzte in seinen Augen auf. Zum ersten Mal seit Tagen sah er mich nicht ungeschminkt, in Jogginghosen oder unförmigen Pullis.

»Kann ich dir helfen?«, fragte ich.
»Ja.« Luke wandte sich wieder dem Schreibtisch zu. »Die Türen in diesem Haus sind so niedrig und schmal, dass ich mich wundere, wie überhaupt je ein Möbelstück hier hereingekommen ist.«
»Man hat sie vorher zerlegt«, erwiderte ich, ließ meine Tasche fallen und eilte ihm zu Hilfe.
Zusammen schafften wir es, den Tisch so zu drehen, dass er endlich durch den Rahmen passte. Luke schob ihn nach links vor das Bücherregal, das bis auf die Musikanlage im obersten Fach leer geräumt war, trat einen Schritt zurück und betrachtete zufrieden sein Werk. Dann schaltete er den Song ab, obwohl ich zu gerne gewusst hätte, wie der Text weiterging.
Würde ich dir sagen, dass ich dich liebe, was würdest du …
Er drehte sich zu mir um.
Was würdest du …
Für die Intensität dieses Blickes müsste er normalerweise zusätzliche Stromkosten zahlen.
Aber … was würde ich tun?
Doch auch für diese Frage hatte ich im Augenblick keinen Platz.
»Ziehst du nach unten?«, fragte ich, um meine Verlegenheit zu überspielen.
»Nein, Caleb kommt.« Er packte sich einen der Sessel vor dem Kamin, hob ihn hoch und wuchtete ihn bis ans Regal. Irritiert registrierte ich die Wäscheleine, die quer durch den Raum ging.
»Es ist gerade sechs Uhr morgens«, murmelte ich. »Caleb ist Langschläfer.«

Auf der Veranda waren Schritte zu hören, und Ginger erschien in der Tür. Sie trug ein Jeanshemd, das bis zu den Oberschenkeln reichte, schwarze Leggings und Bikerboots. Ansonsten wirkte sie so blass und unausgeschlafen, wie ich mich fühlte. In ihren Armen hielt sie ein Bündel mit Kabeln.

Ohne die Zigarette aus dem Mund zu nehmen, sagte sie: »Also, ich brauche jetzt erst mal einen Kaffee. Josh und ich mussten uns aus dem Haus schleichen.«

Ihre Augen verdunkelten sich. Und als sie weitersprach, hatte ihre Stimme sich verändert. Etwas Schweres war an die Stelle ihrer früheren Unbekümmertheit getreten. »Ich habe sie gekannt ... Paige. Sie war Lucys beste Freundin. Beide haben zusammen mit mir den Theaterkurs gemacht. Als Paige dann den Unfall hatte, hat Lucy damit aufgehört.«

Hinter ihr tauchten Josh und Caleb auf, die jeder einen Monitor ins Haus schleppten.

»Was habt ihr vor?«, fragte ich.

»Eine Kommandozentrale braucht eine professionelle Ausstattung«, erklärte Caleb keuchend.

»Kommandozentrale!« Ginger legte die Kabel neben den Schreibtisch, schob sich an mir vorbei und schnippte die Asche in den Kamin. »Warum müssen Jungs immer Krieg spielen?«

»Weil dort draußen Krieg herrscht.« Luke schob sich an mir vorbei. Sein Arm streifte meinen. Josh hatte es registriert und verschwand wieder nach draußen. Einige Minuten später kehrte er mit einem Drucker zurück, den er auf dem Boden abstellte.

»Wer außer Ginger braucht noch einen Kaffee?« Luke sah in die Runde, aber er bekam keine Antwort.
»Also alle.« Er verschwand in die Küche.
Josh wischte sich die Hände an seinem Pullover sauber. »Wie geht's dir?«
Ich schlang die Arme um mich. »Keine Ahnung. Es scheint mir alles so unwirklich. Als würde ich einen Film sehen oder eines von Calebs Baller-Games spielen.« Was ich noch nie gemacht hatte. Im Gegensatz zu Amy. Erst tanzte sie *Schwanensee*, im nächsten Moment schoss sie auf Aliens. Richtig verstanden hatte ich das nie. Musst du auch nicht, hatte sie gesagt.
Perfekt. Mein Leben war perfekt gewesen.
Luke kehrte mit Plastikbechern und Servietten zurück. Ginger nahm ihm das Tablett ab.
Inzwischen hatte Caleb seinen Laptop mit den beiden Bildschirmen verbunden. »Wo sind die Videos?«
»Welche Videos?« Offenbar wusste jeder im Raum außer mir, wovon er sprach.
»Von Amy und Paige.«
»Paige?«
»Ihre Mutter hat mir die Aufnahme aus dem Krankenhaus geschickt, die sie uns bei unserem Besuch gezeigt hat«, erklärte Luke. »Mir ist da etwas die ganze Zeit nicht aus dem Kopf gegangen. Aber vielleicht habe ich mich auch geirrt.«
Zögernd nahm ich Amys Handy aus der Tasche. »Ich weiß nicht, ob …«
»Wir sind ein Team, Faye. Wir müssen alles wissen«, sagte Ginger.

Es dauerte ein paar Minuten, und dann erschien Amys Gesicht vergrößert auf dem linken Monitor. Es raubte mir den Atem, sie zu sehen. Wie gebannt lauschten alle ihrer Stimme, aber ich floh hinaus auf die Terrasse. Mein Herz, spürte ich, war nicht bereit dafür.

Irgendwann kam Josh zu mir auf die Veranda und umarmte mich von hinten. »Sie so lebendig zu sehen ist ein Schock.«

»Nein, dass sie tot ist, das ist ein Schock.«

Ich spürte seinen Mund in meinem Haar und seine Hände auf meinem Körper. Doch es fühlte sich nicht an wie sonst. Etwas lag zwischen uns. Nein, nicht etwas.

Der Monday Club.

Vielleicht liebte ich ihn nur, weil ich es nicht besser wusste. Weil er mir einfach vertraut war und ich kein Risiko eingehen wollte.

Verwirrt löste ich mich aus seiner Umarmung. »Lass uns wieder hineingehen.«

Ich brauchte sein absolutes Vertrauen. Konnte er mir das nicht geben, würde es nie wieder so werden wie früher.

»Jetzt kommt es!«, rief Caleb.

Wir standen alle um ihn herum und starrten auf die beiden Bildschirme. Er hatte die Videos gestoppt. Auf den ersten Blick erkannte ich bloß die Unterschiede. Rechts saß Amy auf dem Bett. Links lag Paige, die Augen geschlossen, als würde sie nur schlafen.

Dann begann Caleb, die beiden Standbilder zu drehen, und die Perspektiven änderten sich.

»Seht ihr?« Er vergrößerte die Bilder. »Die weiße Wand im Hintergrund … Nicht gerade aufschlussreich, aber … Wenn ich es noch einmal vergrößere, was seht ihr dann?«

Ich erkannte einen Riss in dem weißen Anstrich der Wand, der auf beiden Bildern identisch war.

»Oh mein Gott.« Ginger packte Calebs Schultern und beugte sich über ihn.

»Derselbe Raum, dasselbe Bett«, murmelte Luke. »Ich hatte gleich so ein seltsames Gefühl, als Tracy uns das Video von Paige gezeigt hat. Als hätte ich es geahnt.«

»Das ist nicht möglich«, widersprach ich. »Amy war im Westmill und Paige in einem Krankenhaus in Boston.«

»Pixel lügen nicht, Menschen schon«, hörte ich Caleb leise sagen.

»Tracy hat Paige doch in Boston besucht. Sie saß dort wochenlang an ihrem Bett.«

»Anfangs. Danach hatte sie weder das Geld noch die Zeit dazu«, erklärte Luke.

Stille lag über dem Raum.

Totenstille.

»Dann war Paige die ganze Zeit über in Bluehaven? Während Tracy verzweifelt überlegt hat, woher sie das Geld und die Zeit nehmen soll, um zu ihrer Tochter nach Boston zu fahren? Die im Koma lag?« Ich erstickte fast an diesen Fragen. »Warum tut jemand so etwas?«

»Und vor allem wer?«, flüsterte Ginger und schlang die Arme um sich. »Der Monday Club?«

Caleb drehte sich zu ihr um, und sie wechselten einen langen, einen wahnsinnig langen Blick. Sie so vertraut zusammen zu sehen tat mir weh. Sie hatten sich zu schnell nach Amys Tod gefunden.

Ich liebe ihn nicht so wie du, Josh. Diese Bemerkung hatte Amy irgendwann, irgendwo einmal gemacht, und ich hatte es ihr nicht geglaubt. Für mich war die Liebe da noch eine feste Größe gewesen. Unveränderlich und ewig wie bei Dad und Mom. Doch es schien nicht das Einzige, worin ich mich hatte täuschen lassen.

»Ein Schritt nach dem anderen.« Caleb wandte sich wieder den Bildern zu. »Sie haben beide in demselben Zimmer gelegen. Das wissen wir jetzt. Und kein Gericht würde es anders interpretieren.«

Er bückte sich und schaltete den Drucker an, der wenige Minuten später beide Bilder ausspuckte. Luke befestigte sie mit Wäscheklammern an der Leine. Jetzt verstand ich, was sie mit der Kommandozentrale gemeint hatten. Sie ließen mich nicht im Stich. Wir waren ein Team.

»Einmal, in der Versammlung nach Amys Tod, wurde das Handy erwähnt. Nach der Beerdigung.« Zum ersten Mal sagte Josh in der Runde überhaupt etwas. »Liz hat erwähnt, dass es verschwunden ist.«

»Donna war gestern bei uns und hat Liz geradezu angefleht, danach zu suchen. Dabei war Amys Handy die ganze Zeit in meiner Tasche. Direkt neben ihr.«

Jeder außer Luke begriff, dass das einem Verrat gleichkam.

»Gib nichts aus der Hand, was du noch brauchen kannst«, murmelte er.

Er hatte keine Ahnung, wie nah Donna und ich uns immer gewesen waren.

»Du kannst es ihr nicht geben. Wenn sie es sieht ... Ich weiß nicht, also, ich würde total ausrasten.« Ginger zerdrückte zitternd ihren Zigarettenstummel in einer verstaubten Zuckerdose auf dem Regal. Ich beneidete sie fast darum. Nicht, dass sie rauchte, sondern dass ihre Hände wenigstens etwas hatten, womit sie sich beschäftigen konnten.
»Wie hätte ich ihr das auch erklären sollen?«, fragte ich.
»Indem du einfach die Wahrheit sagst«, mischte sich Luke ein.
Die Wahrheit war eine ziemlich lange Geschichte.
»Ich dachte doch, dass Liz es hatte – bis Missy es aus ihrer Schublade nahm. Aber Liz hat das abgestritten, und ich glaube ihr. Ich wusste einfach nicht, wie ich erklären sollte, dass ich es die ganze Zeit über hatte.«
»Keine Ahnung, warum Frauen ständig alles erklären müssen.« Caleb drehte sich zu mir um. »Du verstehst es immer noch nicht. Die schlimmsten Verbrechen passieren im Dunkeln und weil Menschen lügen.«
Jetzt, wo die ersten Strahlen der aufgehenden Sonne den Himmel rot färbten, begriff ich, was er meinte.
»Weiß Liz von deiner Begegnung mit Amy?«, fuhr er fort.
»Ja.«
»Dann bring Donna das Handy, und wir werden sehen, was passiert. Alles, was wir jetzt tun können, ist, die Dinge in Bewegung zu halten. Dann werden sie Fehler machen.« Caleb hob die Augenbrauen. »Und Fehler bedeuten, man muss sich bewegen.«

Doch Fehler konnten Leben kosten.
»Aber was soll ich Donna sagen, woher ich das Handy habe? Und warum ich es ihr nicht schon früher gebracht habe?«
»Caleb hat recht«, erklärte Ginger. »Sag ihr die Wahrheit. Dass du es bei Missy gefunden hast. Dass sie es hatte, wird niemanden wundern. Sie hat wie ein Rabe geklaut ...«
»Sie hat es nicht geklaut, sie hat es gefunden.« Irgendwie erschien es mir wichtig, das zu erwähnen.
»Jetzt, wo Missy tot ist, kann sie niemand mehr fragen, woher sie es hatte«, erklärte Josh. »Vielleicht wurde deshalb auch ihr Haus angezündet.«
Dass ausgerechnet er das sagte, vertrieb jeden Zweifel.

Rechts von mir lag das Police Department, vor dem der Wagen von Chief Turner neben dem Pick-up von Tyler parkte. Links die Marine Academy. Ich registrierte, wie einige Bauarbeiter mit Brettern über das Grundstück liefen. Das Dach wurde erneuert. Also hatte der Umbau für das Kinderheim bereits begonnen. Ich hatte Zweifel, was dieses Projekt des Monday Clubs betraf. Ich glaubte nicht mehr, dass sie bloß im Geiste des Guten unterwegs waren. Aber für jeden Gegenbeweis wäre ich nicht nur dankbar, nein, ich würde die Welt umarmen.
Dann stand ich vor dem Captain's Haus wie Tausende Male zuvor. Doch nie war es mir schwerergefallen, an der Messingglocke zu ziehen und dem hellen Klang zu lauschen, der im Innern widerhallte.
Meine Unruhe steigerte sich, als ich vergeblich darauf wartete, dass Donna mir öffnete.

So früh am Morgen musste sie doch zu Hause sein.
Wieder griff ich nach der Messingglocke.
Kurz darauf hörte ich endlich Donnas Schritte, und die Tür öffnete sich.
Ihre Augenbrauen hoben sich; sie war überrascht, mich zu sehen.
»Störe ich?«, fragte ich und beäugte das karierte Männerhemd über der zerschlissenen Jeans. In ihren rotblonden Haaren hing eine Staubflocke, und sie sah abgehetzt aus.
»Offen gestanden, hier herrscht Chaos. Aber macht nichts. Was bringt dich so früh am Morgen zu mir?«
Ich ignorierte ihre Frage, wollte es einfach nur schnell hinter mich bringen und zog Amys Handy aus der Tasche. »Das wollte ich dir geben …«
Sie starrte mich an. »*Du* hattest es?«
»Ich habe es bei Missy gefunden«, murmelte ich.
»Bei Missy?«
»Du wirst es verstehen.« Ich machte eine Pause. Erwartete, dass Donna verwirrt reagierte, aber sie schien nicht zugehört zu haben. Erleichtert griff sie nach dem Telefon. »Ich danke dir. Es bedeutet mir sehr viel, musst du wissen.«
Eine Weile standen wir uns schweigend gegenüber, und dass wir beide keine weiteren Worte fanden, erschütterte mich. Es lag etwas zwischen uns, das ich nicht fassen konnte.
»Gut, dass du da bist«, sagte Donna schließlich. »Ich bin gerade dabei, Amys Zimmer auszuräumen …« Als sie meinen verwirrten Gesichtsausdruck registrierte, fügte sie hinzu: »Ich kann es nicht ertragen, weißt du? Ich habe immer noch

das Gefühl, dass sie gleich nach Hause kommt. Das verstehst du doch, oder?«

Mein Hals schnürte sich zu. Ich konnte nichts sagen.

Donna trat zur Seite und gab mir den Weg frei. »Du kannst dir etwas von ihren Sachen aussuchen, wenn du möchtest. Als Erinnerung.«

Ich trat in den Flur und folgte ihr ins Obergeschoss. Um in Amys Zimmer zu kommen, musste man durch das Wohnzimmer. Ich wagte es kaum, mich umzusehen. Als ich das letzte Mal hier gewesen war, hatte mich alles an sie erinnert. Doch Donna hatte alle Spuren von ihr beseitigt. Nirgends lag ein aufgeschlagenes Buch herum. Keine Fotos erinnerten mehr an Amy. Das Glas mit den bunten Scherben, die wir am Strand gesammelt hatten, war verschwunden. An seinem Platz stand nun eine Vase mit vertrockneten Rosen.

Als Donna die Tür zu Amys Zimmer öffnete, verschlug es mir den Atem. Die Regale waren leer, und weiße Flecken an den Wänden zeigten, wo vorher Bilder gehangen hatten. Überall stapelten sich Kartons. Vom Schreibtisch hatte sie Amys Laptop, die Tasse mit den Stiften, die gerahmten Karten mit ihren Lieblingssprüchen entfernt. Und auf dem Bett, in dem wir immer zusammen geschlafen hatten, lag nur noch eine kahle Matratze.

»Ja, ich weiß«, seufzte Donna. »Es sieht trostlos aus, doch ich kann nicht anders.«

»Ich verstehe.«

Aber ich verstand nicht, auch wenn ich mir einzureden versuchte, dass jeder anders mit seiner Trauer umging. Den Satz hatte ich schließlich in letzter Zeit oft genug gehört, und jetzt spürte ich deutlich die Hilflosigkeit, die in diesen Worten lag. Dennoch wiederholte ich ihn automatisch: »Jeder geht anders mit seiner Trauer um.«

»Man muss die Vergangenheit loslassen, um weiterzuleben.«

Nein.

Ich konnte erst weiterleben, wenn ich die Vergangenheit verstanden hatte. Und ich würde Amy nicht loslassen. Nie. Ich hatte es ihr in meiner Trauerrede auf der Beerdigung geschworen. Und dieser Schwur war mir heilig.

»Was machst du mit ihren Sachen?«

»Ihre Kleider und die Möbel bekommt das Kinderheim, wenn die Marine Academy umgebaut ist. Die Bücher bringt Tyler morgen zur Bibliothek.«

Ich nickte wie ein Roboter.

»Aber du kannst dir aussuchen, was du möchtest.«

Sie bückte sich, öffnete einen Karton und zog Amys Schatzkiste hervor.

»Ich habe sie nicht einmal geöffnet. Darin hat sie immer ihre Geheimnisse aufbewahrt.« Sie drückte mir das bunte Kästchen in die Hand. Meine Hände zitterten, als ich es entgegennahm. Behutsam öffnete ich es. Ganz oben lag die Kette, die Donna gestern getragen hatte. Mit dem Anhänger, auf dem mein Name eingraviert war.

»Du kannst die Kiste mitnehmen. Sie gehört jetzt dir.« Donna schluckte. »Ich habe sie zu Amys Lebzeiten nicht geöffnet und tue es jetzt auch nicht.«

Verwirrt starrte ich sie an.

»Und natürlich«, fügte sie nervös hinzu, »kannst du jederzeit zu mir kommen, Faye. Ich höre dir zu.«

Mit einem Mal hatte ich das Gefühl, sie wollte mich los sein.
Und obwohl ich nickte, wusste ich, ich würde nicht wiederkommen. Nicht nur, weil Donna mich gerade belogen hatte, was Amys Schatzkiste betraf. Sie musste sie schließlich geöffnet haben, wenn sie ihre Kette getragen hatte.
Nein, hier war es einfach zu still ohne Amy.
Als sei mit ihr auch das Haus gestorben.

KAPITEL 26

Ich ging nicht den direkten Weg von Donnas Haus zum Westmill. Zum ersten Mal seit Tagen unternahm ich wieder einen Spaziergang durch die Stadt. Bevor ich zu Liz ging, musste ich erst einmal alleine sein. Einen klaren Kopf bekommen.

Die Begegnung mit Donna hatte ein seltsames Unbehagen in mir hinterlassen. Es war nicht nur die Sache mit der Kette, nein, ihr ganzes Verhalten schien mir verändert. Sie war so distanziert gewesen, fast schon gleichgültig. Das war nicht die Donna, die ich mein Leben lang gekannt hatte.

Mit schnellen Schritten lief ich hinunter zum Hafen. Wie immer um diese Uhrzeit staute sich in der Waterstreet der Verkehr. Fischerboote tuckerten hinaus aufs Meer. Und als ich durch die Scheiben bei Alison's Supermarkt blickte, konnte ich Michelle hinter der Ladentheke erkennen.

Das Meer war dunkelgrün im frühen Licht der Sonne, mit weißen Schaumkronen auf den Wellen, die vom Wind aufgewühlt wurden und unablässig gegen die Kaimauer peitschten. Möwen stürzten sich kopfüber ins Wasser auf der Suche

nach Fressbarem. In der Luft hing – wie oft am Morgen – ein leicht fauliger Geruch nach Tang und verwesendem Fisch.
Wo immer ich vorbeikam, alles schien vom Hauch des Todes überzogen. Farmers & Sons, das Anwesen von Woodland, wo die schwarze Witwe residierte, der Friedhof, das abgebrannte Cottage, dessen schwarze Ruine in den blauen Himmel ragte. Es war, als müsste ich das alles noch einmal in mir aufnehmen, bevor ich zu Liz ging. Furcht und Verzweiflung trieben mich schneller vorwärts.
Niemand sprach mich an, als ich das Westmill betrat. Als wäre ich unsichtbar.
Während ich den Flur nach hinten ging, hatte ich das Gefühl, dass meine Schritte schrecklich laut klangen, so als wollten die Lederabsätze meiner unbequemen Ankle Boots mir mitteilen, dass ich mich an einem Ort aufhielt, von dem ich erst gestern geflohen war. Doch diesmal musste ich mich nicht verstecken, mich nicht durch eine Hintertür aus dem Gebäude schleichen.
Trotzdem – wie war ich nur auf die bescheuerte Idee gekommen, diese Schuhe anzuziehen?
Weil Liz Wert auf Stil und Markenkleidung legte. Und da war es von Vorteil, nicht in einer Jogginghose bei ihr aufzutauchen, die mir jederzeit über den Hintern rutschen konnte. Deshalb hatte ich mich in die schwarze enge Jeanshose gezwängt und trug über dem Jeanshemd den weißen Kaschmirpullover, den sie mir erst vor wenigen Wochen geschenkt hatte.
Es war nicht der einzige Grund. Mir hatte es durchaus gefallen, wie Luke und Josh mich am Morgen angesehen hatten. Wann war ich so berechnend geworden?

Seitdem dein Leben davon abhängt.

Mein Herz wurde schwer von all den Fragen, die ich Liz stellen wollte, und ich hatte schreckliche Angst vor den Antworten. Vor dem, was ich entdecken würde. Angst davor, etwas aufzuwühlen. Möglicherweise würden Dinge ans Licht kommen, von denen ich lieber nichts wissen wollte.

Doch was immer Liz auch getan hatte, sie liebte mich. Das wusste ich.

Die Tür zum Büro war geschlossen. Mein Herz pochte so laut, dass es mein Klopfen zu übertönen schien. Einige Sekunden vergingen. Hatte ich Liz' Aufforderung, einzutreten, überhört?

»Liz?«

Wieder keine Antwort.

Ich klopfte ein zweites Mal – eher, um mir Zeit zu geben, mich zu beruhigen und zu konzentrieren, als aus Höflichkeit. Dann stieß ich die Tür auf.

Die Rollos an der breiten Fensterfront mir gegenüber waren heruntergelassen, und meine Augen brauchten einen Moment, um sich an das Halbdunkel zu gewöhnen. Seltsam. Normalerweise lechzte Liz nach jedem Sonnenstrahl.

Der gewohnte Mix aus Desinfektionsmittel, Medikamenten und Krankheiten, den Liz täglich mit einem großzügig versprühten Duftspray vertrieb, wurde von etwas anderem überlagert. Einem Geruch nach Eisen oder Kupfer. Es roch umso intensiver, weil die Heizung voll aufgedreht war.

Auch das erschien mir merkwürdig.

Vielleicht war ihr einfach nur kalt wie mir. Vielleicht fürchtete sie sich ebenso wie ich vor unserer Begegnung.

Der Schreibtisch war leer bis auf eine Tasse neben einer aufgeschlagenen Zeitung. Ich ging hinüber und berührte sie. Sie war warm. Nicht so heiß wie frisch aufgegossener Tee, aber doch wärmer, als es im Raum war.

Als ich mich wieder aufrichtete, fiel mir ein weißer Fleck ins Auge. Die Arme von Liz ruhten auf den Lehnen des schwarzen Ledersessels, auf dem ich früher immer Karussell gefahren war. Jetzt stand er direkt vor dem großen Fenster, sodass kaum mehr als vier, fünf Zentimeter zwischen ihren Knien und der Wand lagen. Liz saß mit dem Rücken zu mir und starrte regungslos auf den Park hinaus.

»Liz?« Warum flüsterte ich?

Keine Antwort. Das Herz schlug mir bis zum Hals, und ich hatte einen säuerlichen Geschmack im Mund.

Hatte sich gerade ihre linke Hand bewegt? Ich war mir nicht sicher.

Diese leblose Stille war unnatürlich. Das Gelächter, das für einen kurzen Moment auf dem Flur zu hören war, änderte nichts daran. Alles fühlte sich von Grund auf falsch an. Vielleicht, so kam mir plötzlich der Gedanke, passierte das hier ja gar nicht wirklich. So merkwürdig fühlten sich normalerweise meine Träume und Halluzinationen an. Vielleicht bildete ich mir das alles nur ein, und ich fand bloß einfach nicht zurück in die Realität.

Doch langsam gewöhnten sich meine Augen an das düstere Licht. Ich stieß mit der Hüfte an die Tischkante. Wieder rief ich leise: »Liz?«

Ein Geräusch antwortete mir, das sich ähnlich anhörte, wie wenn Oz an meiner Zimmertür kratzte. Liz rührte sich. Der linke Ellbogen hob sich und dann die Hand. Fast, als würde sie mir zuwinken.

Aber dann rutschte mit einem Mal der Arm von der Lehne, begleitet von einem unterdrückten Laut. Das Geräusch ging mitten durch mich hindurch. Es klang wie ein Seufzen. Ein eiskalter Schauer lief mir über den Rücken.

Es brauchte zwei Schritte zu ihr. War der Boden nass? Ich schob mich am Sessel vorbei, der durch die Bewegung einige Zentimeter zurückrollte und sich dann langsam in meine Richtung drehte. Das alles nahm ich in Zeitlupe und wie durch einen Nebel wahr.

Liz' Gesicht – verschwommen im Halblicht – war sehr blass. Der Kopf hing auf der linken Schulter. Die Augen waren geschlossen.

Mein erster Gedanke war, dass sie einen Herzanfall oder Schlaganfall hatte. Kein Wunder. Sie stand unter einem enormen Druck. Die Ereignisse der letzten Woche, ihre Sorge um mich. Ein Glück, dass ich sie rechtzeitig gefunden hatte!

Am ganzen Körper zitternd, beugte ich mich über Liz und griff nach der Hand, die am Sessel herunterhing, um den Puls zu fühlen.

Meine Finger rutschten ab. Alles war feucht und klebrig.

Da erst wurde mir auf eine seltsam langsame und dumpfe Weise klar, dass der Fleck auf dem Boden, den ich im ersten Moment für Tee gehalten hatte, in Wirklichkeit Blut war. Plötzlich fühlte sich alles feucht und warm an.

Meine Füße standen in einer Blutlache. Je länger ich sie anstarrte, desto rascher dehnte sie sich aus.

Langsam sickerte es in mein Bewusstsein. Liz hatte sich die Pulsadern aufgeschnitten.
Oh Gott. Oh mein Gott.
Mit jedem Atemzug quoll mehr und mehr Blut aus den Schnittwunden an ihren Handgelenken.
Ich hörte mich Liz' Namen rufen. Meine Hände umfassten ihr Gesicht. Ich wurde ruhiger, als ihre Augenlider sich bewegten.
Konzentriere dich, Faye, du musst Hilfe holen. Mein Blick flog über den Schreibtisch, blieb an der Lampe hängen und dann am Telefon.
Nein, du musst die Blutung stoppen! Verletzungen an den Arterien konnten innerhalb weniger Minuten zum Tod führen. Verzweifelt versuchte ich mir ins Gedächtnis zu rufen, was man in so einem Fall tun musste.
Roboterhaft riss ich eine Schublade nach der anderen auf. Spritzen, Ampullen, Stapel von Medikamenten … Warum konnte ich mich nicht erinnern, wo Liz das Verbandsmaterial aufbewahrte? Obwohl ich ihr so oft zugesehen hatte, wenn sie Patienten behandelte. Weil jede Schublade gleich aussah.
Weil ich vor Angst um Liz gleich den Verstand verlor.
Endlich fand ich, was ich suchte. Ich zog die breitesten Mullbinden, die ich finden konnte, heraus und verhinderte gerade noch, dass sie mir auf den Boden fielen.
Zwei Hände waren einfach zu wenig. Ich riss die Plastikfolie der Verpackung mit den Zähnen auf, während ich mit den Fingern der linken Hand die Blutung stoppte. Ich ließ erst wieder los, als ich den Anfang der Binde gefunden hatte.

Ich brauchte alle Konzentration, und erst beim zweiten Mal gelang es mir schließlich, einen stabilen Druckverband zustande zu bringen.
Dass ich es schaffte, kam einem Wunder gleich. Denn die ganze Zeit ließ ich Liz' Gesicht nicht aus den Augen. Atmete sie noch?
Jedes Mal, wenn ich mein Ohr auf ihre Brust legte, um ihren Herzschlag zu hören, malte ich mir das Schlimmste aus. Die Abstände zwischen den einzelnen Atemzügen schienen ewig zu dauern. Ich schaute ihr in die Augen. Die Angst hatte ihre Pupillen dunkel verfärbt. Aber dann sah ich darin etwas aufglimmen, das mich verwirrte.
Sie öffnete den Mund, murmelte etwas, doch es war nicht zu verstehen.
»Liz, nicht bewegen.« Ich griff nach der zweiten Mullbinde auf dem Tisch, presste meine Finger auf die blutüberströmte Innenseite ihres rechten Handgelenks und begann die ganze Prozedur von Neuem.
Ihre rissigen, blassen Lippen bewegten sich weiter, und sie starrte mich an, mit einer Intensität, als müsste sie mir unbedingt etwas mitteilen. Ihr Mund formte wieder und wieder dasselbe Wort. Verzweifelt bemühte ich mich, von ihren Lippen zu lesen, und hinter meiner Stirn hämmerte so etwas wie Erkenntnis, aber ich konnte sie nicht fassen.
»Nicht sprechen«, flüsterte ich.
Ihre Lider bewegten sich und öffneten sich halb, das war alles, was sie schaffte. Ich hielt mir den Mund zu, um das Schluchzen zu unterdrücken, das in mir hochstieg. Und während ich mehrmals die Binde um ihr Handgelenk schlang,

beobachtete sie mich. Als sie erneut ansetzte, mir etwas zu sagen, kam nur noch ein leises Gurgeln aus ihrem Mund.
Ich konzentrierte mich darauf, die Binde mit einem Pflaster zu fixieren. Da nahm ich eine Bewegung ihrer Finger wahr. Sie streiften meinen Arm. Ein kaum spürbares, leises Tasten.
Hatte ich mich getäuscht?
Ich hielt inne. Wieder spürte ich die Bewegung.
Nein. Das war kein Zufall.
Ihre Finger entwickelten ein Eigenleben. Sie versuchte mir etwas mitzuteilen. Auf eine Art, die nur sie und ich verstanden.
Ich erinnerte mich. Amy und ich hatten das Fingeralphabet gelernt, um uns ungestört unterhalten zu können. Wir hatten es dann aufgegeben, als wir herausfanden, dass Liz es ebenfalls beherrschte. Wie hatten wir uns gewundert, dass sie unsere Gedanken lesen konnte. Es fiel mir nicht schwer, mich an die einzelnen Zeichen zu erinnern. Amy hatte ihre Schattenfiguren nach Tieren benannt.
Maus?
Hund?
Nein. Katze. Katze bedeutete den Buchstaben A.
Liz' Finger verkrampften sich.
Kaninchen: K.
»Ak?«, fragte ich. Sie schloss kurz die Augen, und ich interpretierte es als Zustimmung.
»Akte«, flüsterte ich. Sie blinzelte ein Mal.
»Das ist jetzt nicht wichtig«, rief ich verzweifelt. »Ich werde Hilfe holen.«

Während ich nach dem Telefon griff und die Taste mit der *Eins* drückte, konnte ich sehen, wie ihr Blick immer gläserner wurde. Ihre Augenlider flatterten wie die durchscheinenden Flügel von Libellen.
Dann nahm ich erneut eine winzige Bewegung wahr. Kaum noch am Leben, blickte Liz nun nicht mehr mich an, sondern über meine Schulter hinweg starrte sie auf die Wand gegenüber.
Es klingelte, doch niemand nahm ab.
Liz ließ die Wand nicht aus den Augen.
Was sah sie, was ich nicht sah? Dort hing nur das Bild vom Leuchtturm.
Allmählich wurde ihre Hand unter meinen Fingern schlaff. Ein eiskalter Hauch wehte über mich hinweg. Ein Teil von ihr war noch im Raum, aber ein anderer, der unsichtbar war, entfernte sich von mir. Schwebte einfach davon wie eine Seifenblase. Jetzt erst kamen mir die Tränen. Ich schluchzte. »Du darfst nicht sterben, Liz.«
Aber es war zu spät.
Mit dem Telefon in der Hand rutschte ich nach unten. Ich wollte mich wieder hochrappeln, doch der Boden gab nach, und die Decke neigte sich mir entgegen.
Warum ging niemand ran? Wo zum Teufel blieben sie? Ich wählte erneut, wieder war nur ein lang anhaltendes Tuten zu hören. Panisch nestelte ich nach dem Handy in meiner Manteltasche. Meine Hände waren so glitschig von dem ganzen Blut, dass es mir immer wieder aus den Fingern rutschte.
Ich konnte nichts tun ... Allmählich begriff ich es. Ich konnte

bloß hier sitzen und warten. Es vergingen lange Minuten, bis mir klar wurde, dass Liz tot war. An die Wand unterhalb des Fensters gelehnt, hielt ich ihre Hände, die Finger fest auf die verbundenen Handgelenke gepresst, und konnte mir nicht vorstellen, je wieder loszulassen.
Die beiden vergangenen Tage hatte ich gespürt, wie alles auf eine Katastrophe zusteuerte. Doch ich hatte nur um mein Leben gefürchtet, nie daran gedacht, es könnte Menschen treffen, die ich liebte.
Die sterben mussten, weil sie *mich* liebten.

KAPITEL 27

Das Telefon schrillte unaufhörlich. Das Geräusch war so laut, als käme es direkt aus meinem Kopf. Mir fehlte die Kraft, die Hände zu heben und sie auf meine Ohren zu pressen. Langsam begriff ich, dass ich mit dem Gesicht nach unten auf dem kalten, rauen Fußboden lag. Mein Körper schmerzte überall, doch ich wollte um keinen Preis wach werden, sondern in der Dunkelheit bleiben. Sie fürchtete ich nicht. Sie war beruhigend und sanft. Im Dunkeln konnte ich mir einreden, Liz wäre noch am Leben. Doch das Telefon hörte nicht auf.

Als ich es greifen wollte, rutschte es mir aus den blutverschmierten Fingern. Der Raum drehte sich mit dem Ledersessel, als ich dagegenstieß und Liz' Körper tiefer sackte. Ich starrte direkt in ihre leblosen Augen.

Es kostete unendlich Kraft, mich aufzusetzen, und ich musste mit der linken Hand meine rechte festhalten, um die grüne Taste auf dem Telefon zu treffen. In der Leitung war erst ein Knacken zu hören und dann ein Surren, gefolgt von einer älteren, weiblichen Stimme.

»Hallo«, krächzte ich.
»Dr. St. Clair?«, hörte ich Melindas tiefe Stimme. »Sie haben angerufen, als ich gerade …«
»Melinda …«, unterbrach ich sie. »Ich …«
Am anderen Ende wurde es still.
»Faye? Bist du das?«
Jedes Wort hing in meiner Kehle fest. Ich brachte nur ein Krächzen zustande. Als müsste ich jeden Laut neu erfinden.
»Liz stirbt«, flüsterte ich und ließ das Telefon einfach fallen.
Dann legte ich mich wieder hin und sank – zumindest glaubte ich das – in einen tiefen Schlaf.

»Faye, kannst du mich hören?«
Ja, aber ich will nicht.
Die Zimmerdecke tauchte auf und verschwand wieder. Mein Blick war vernebelt, mein Kopf schwer und meine Gedanken taub. Auf meiner Zunge lag ein Geschmack von Angst, und ich wollte nicht wissen, warum. Das Gesicht, das sich über mich beugte, hatte die Form eines zerknitterten Vollmondes.
Plötzlich war ich hellwach. Mein ganzer Körper fühlte sich nass und klebrig an, so als hätte ich Fieber. Dazu dieser widerliche metallische Geschmack im Mund wie beim Zahnarzt. Ich wollte die Decke mit den Füßen wegschieben. Es gelang mir nicht. Unerbittlich wurde sie mir wieder über die Schultern gezogen.
»Nein, Mädchen … wir müssen dich warm halten.« Melinda

blickte auf mich herab. Dann löste sich ihr Gesicht auf, und ich versuchte, das Blut wegzuwischen, das überall war.
»Lass das, Faye. Es ist vorbei.« Sie griff meine Hände und drückte sie nach unten.
Nein. Es fing gerade erst an.
Ich setzte mich auf und schaute mich um. Ich lag auf einer Krankenhausliege ... schon wieder. In einem der wenigen Zimmer, die das Westmill für stationäre Patienten bereithielt. Gegenüber an der Wand hingen die Reproduktionen von Ölgemälden aus der Hand eines inzwischen verstorbenen Malers aus Bluehaven, der erst nach seinem Tod berühmt geworden war.
Ein Segelboot im Hafen, das bei einem Sturm auf ein Riff gelaufen war. Ein anderes, das unter dem Geschrei von Möwen an einem Leuchtturm zerschellte. Der Leuchtturm war das Letzte gewesen, was Liz gesehen hatte, bevor sie starb. Nachdem sie verzweifelt versucht hatte, mir etwas über meine Akte zu sagen.
Ich lehnte mich gegen die Kissen, bemüht, mir nicht anmerken zu lassen, wie sehr mich das Bild gefangen nahm.
Melinda breitete einen weißen Stoff vor mir aus. »Wir müssen dich ausziehen, damit ich dich waschen kann.«
Direkt vor mir lag diese Art von Krankenhaushemden, wie Amy und Paige sie getragen hatten.
Beide waren tot.
Fürchte dich.
Ich hatte die Worte ein Mal laut ausgesprochen, und sie hatten sich für immer in mein Gedächtnis gebrannt.
Melinda griff nach meinem Handgelenk und zählte ungedul-

dig die Schläge. »Danach bleibst du noch etwas liegen und ruhst dich aus.«

Mein Herz klopfte vor Aufregung. »Liz?«

Der Schmerz war wie ein Bumerang. Egal, wie weit ich ihn wegschob, er kam immer wieder zurück.

Melinda erstarrte. Es dauerte nicht länger als eine Sekunde.

Du hättest Hilfe holen sollen.

Hatte ich mich verhört? Hatte Melinda das eben gesagt? In ihrer Miene las ich weder einen Vorwurf, noch spiegelte sich darin Trauer. Sie beugte sich über mich und griff an den Saum meines Pullovers, um ihn mir auszuziehen.

Schützend legte ich die Arme vor die Brust. »Ich schaffe das alleine.«

Sie runzelte die Stirn. »Ich wollte dir nur helfen.«

Mit einem Ruck zog ich den Pullover über den Kopf. »Du hast sicher Wichtigeres zu tun.«

Ich wollte nur noch, dass Melinda das Zimmer verließ.

»Das Badezimmer ist nebenan. Wenn du etwas brauchst, musst du nur auf den Alarmknopf drücken.« Mit einer flüchtigen Bewegung strich sie ihren grauen, unförmigen Rock glatt, den nicht einmal Missy in ihrer größten Verwirrung getragen hätte. »Dein Vater ist bereits unterwegs.«

Ich begann mich auszuziehen. Melinda beobachtete mich, und ich hoffte, sie würde nicht bemerken, wie meine Hände zitterten, während ich versuchte, die Knöpfe des Jeanshemdes zu öffnen.

»Nun, dann lasse ich dich jetzt alleine. Du musst wie gesagt nur den Alarmknopf drücken, wenn etwas ist. Und dein Vater ist bestimmt auch gleich da.«

Dann, endlich, endlich, verließ Melinda das Zimmer.

Und ich das Bett.

Wenn Dad eintraf, musste ich verschwunden sein.

Ich schaute noch einmal das Bild an. Und war mir mit einem Mal sicher, was Liz mir hatte sagen wollen.

Ich griff nach dem hellbraunen Mantel von Burberry – bezahlt mit der Kreditkarte von Liz – und zog ihn über das fleckige Jeanshemd. In der Tasche steckte mein Handy. Als ich mit dem Ärmel über das verschmierte Display wischte, leuchtete es auf.

Drei Anrufe. Die Nummer kannte ich nicht.

Ich schlich auf Zehenspitzen zum Fenster. Presste mein Gesicht an die kalte Scheibe, die unter meinem Atem beschlug. Liz' Büro lag im Westflügel, mich hatte man in den Ostflügel gebracht. Im ganzen Gebäude musste es jetzt von Polizei und Sicherheitsbeamten wimmeln. Verzweifelt suchte ich die Umgebung nach einem Fluchtweg, einem Versteck ab.

Das Gelände in Richtung Main Street war weitläufig, und die Baumgruppen wurden immer wieder durch größere Rasenstücke unterbrochen. Hier würden sie zuerst nach mir suchen. In der anderen Richtung müsste ich die Court Street überqueren, die direkt am Westmill vorbeiführte.

Mein Blick blieb an dem kleinen Park hängen, dem *Maple Grove*, der wie eine Oase zwischen dem Westmill und dem *Bluehaven Inn* lag. Die Mauer, die ihn umgab, war etwa einen Meter fünfzig hoch. Sie würde mir Schutz bieten. Es war die einzige Möglichkeit.

Ich zog kräftig am Rahmen des Fensters, aber es bewegte sich nicht. Erst da merkte ich, dass es verriegelt war. Ich löste den weißen Metallhaken, doch auch das half wenig. Erst als ich mein ganzes Körpergewicht einsetzte, bewegte sich das Fenster endlich.

Der Abstand von der Brüstung bis zum Boden betrug etwa zwei Meter. Zu viel, um den Sprung unbeschadet zu überstehen, zu wenig, um es nicht zu versuchen. Es war der einzige Weg, der mir blieb.

Ich zwängte mich durch das Fenster und überlegte nicht lange.

Spring!

Ich schlug so heftig auf dem Boden auf, dass ich nach Luft schnappte. Doch sofort war ich wieder auf den Beinen. Der Weg bis zum Park betrug nicht mehr als zwanzig Meter, doch er kam mir endlos vor. Ohne mich umzudrehen, lief ich quer über das Gelände. Ich hatte Angst, zurückzusehen.

Was immer auch geschehen war: Liz hatte sich die Pulsadern nicht selbst aufgeschnitten. Nie im Leben.

KAPITEL 28

Der Geruch von nassem Stein und aufgegrabener Erde hing in der feuchten, schweren Luft. Den Mantel um mich geschlungen, kauerte ich an der Mauer hinter dem hässlichen Obelisken aus schwarzem Marmor, der wie ein Grabstein aussah. Man hatte ihn zu Ehren meines Grandpas aufgestellt, dem Gründer und Förderer des Westmill Medical Center. Joseph T. St. Clair. Und jemand hatte tatsächlich Blumen auf den Sockel gelegt.

Hol mich ab. Maple Grove.

Es schien mir ewig her zu sein, seit ich Josh die erste Nachricht geschickt hatte.

Und eine zweite gleich hinterher.

Niemand darf mich sehen.

Blaulichter kreisten auf dem Parkplatz des Westmill, auf der Court Street wurde der Verkehr dichter, und ich kannte so gut wie jeden einzelnen Wagen. Tylers Pick-up. Karen Parkers uralter Chevrolet. Nelsons BMW und schließlich auch Rogers Buick. Einer nach dem anderen traf im Westmill ein.

Liz ist tot. Liz ist tot.

Ein brennender Schmerz breitete sich in mir aus, wenn ich an sie dachte. Sie war meinetwegen gestorben. Nein! Nicht gestorben, jemand hatte sie umgebracht. Meine Hände fanden keine Ruhe. Jedes Mal, wenn mein Blick auf sie fiel, schoss beim Anblick der dunklen Ränder unter meinen Fingernägeln Übelkeit in mir hoch. Ich steckte den Kopf zwischen die Knie und hielt die Luft an, bis mir die Brust wehtat und das Blut in den Ohren dröhnte.

Ich zählte meine Atemzüge, meine Herzschläge, was keine gute Idee war. Denn sofort hörte ich Missys Stimme im Kopf.

One, two, three, four, five, six, seven.

Ich suchte nach anderen Abzählreimen.

One, two, three, four, five, once I caught a fish alive.

Bubble gum, bubble gum in a dish, how many pieces do you wish?

Ich wünschte mir, dass alles wieder gut werden würde, so wie Dad es mir immer versprochen hatte. Aber nichts würde je wieder gut werden. Ganz Bluehaven würde in nächster Zukunft nur noch über ein Thema sprechen. Dann würde die Lüge ihren Lauf nehmen. Sie würde mein Leben lang an mir kleben.

Das ist Faye Mason … Sie wissen schon … die Nichte von Elizabeth St. Clair. Die sich die Pulsadern aufgeschnitten hat. Sie hat ihre Tante gefunden, aber keine Hilfe geholt.

Ich durfte nicht daran denken. Ich war mir egal. Es ging nur noch darum, andere zu retten. Ich hatte die Fähigkeit dazu. Die Gabe. Nur dass es mir nicht wie eine Gabe, sondern wie ein Fluch vorkam. Und Liz war nicht mehr da, um mir zu helfen. Denn genau das hatte sie in ihren letzten Minuten versucht.

Ich sah, wie Joshs Wagen in die Court Street bog und das Tempo drosselte, als er die Unruhe vor dem Westmill-Gebäude bemerkte. Sobald er die Höhe von Maple Grove erreicht hatte, stoppte er, neigte sich über den Beifahrersitz und öffnete die Tür. Geduckt rannte ich unter den Bäumen durch und kletterte über die Mauer.

»Fahr los«, flüsterte ich und rutschte den Sitz hinunter.

»Was ist denn los?«

»Schnell, ich muss von hier verschwinden.«

Er gab Gas, der Motor heulte auf.

Weit kamen wir nicht. In der Dyer Lane stoppte er ausgerechnet auf der Höhe von Farmers & Sons, dem Bestattungsunternehmen. Aber das spielte nun auch keine Rolle mehr. Näher konnte ich dem Tod sowieso nicht mehr kommen.

Er schaltete den Motor aus und drehte sich zu mir. »Sag mir, was los ist!«

»Liz hat sich die Pulsadern aufgeschnitten ... Obwohl, nein, hat sie nicht. Das hätte sie nie getan, oder? Du weißt das.«

Mein Mantel klaffte in der Mitte auseinander, und die Kleider, die ich an diesem Morgen mit so viel Sorgfalt ausgewählt hatte, waren voll brauner Flecken.

»Oh mein Gott ...« Entsetzt starrte er mich an.

»Ich habe alles versucht«, keuchte ich. »Ich hab's nicht geschafft, Josh. Ich hab's nicht geschafft. Es war einfach zu spät, verstehst du? Sie hatte schon zu viel Blut verloren.«

Ich zitterte am ganzen Körper, während ich sprach.

Ich wurde ruhiger, als ich Joshs Hand fühlte, die mir über den Rücken strich. »Ich bringe dich nach Hause.«
»Nein, nicht nach Hause. Dad darf mich nicht so sehen. Er würde verrückt werden vor Sorge und mich einsperren, aber es geht schon lange nicht mehr um mich. Die anderen – Danny, Liam und Lucy –, sie sind in Gefahr. Und was Paige betrifft: Ich glaube nicht, dass sie an den Folgen des Unfalls gestorben ist. Ich glaube es einfach nicht.«
Josh drehte die Heizung auf Anschlag und fuhr los. »Mach dir keine Gedanken wegen deines Dads. Ich habe ihm geschrieben, dass ich dich abhole.«
Meine Stimme bebte plötzlich vor unterdrückter Wut. »Bist du seit Neuestem mein Bodyguard?«
»Faye …«, begann Josh.
Aber ich konnte nicht aufhören. Ich musste jemanden verletzen. Entweder ihn oder mich. »Bezahlt er dich dafür?«
Danach schwieg Josh. Er sagte kein Wort mehr, bis wir vor Lukes Haus anhielten. Es war nicht länger das alte, furchterregende Fullerhaus. Es war meine Zuflucht. Der einzige Ort in Bluehaven, wo ich jetzt noch sein konnte und wollte.
Ich stieg aus, stolperte den Weg entlang, stieß die Tür auf und blieb dann einfach stehen. Was weiter geschah, bekam ich nur noch aus der Ferne mit.

Ginger zog den Vorhang mit einem Ruck zur Seite, schob mich unter die Dusche und drehte den verrosteten Hahn voll auf. Das Rauschen erfüllte den Raum, brach tosend durch die Stille in meinem Kopf. Heißes Wasser prasselte von oben auf mich herab, rann mir die Haare entlang und strömte über meinen Rücken. Ungerührt von meinem Protest, leerte sie den Rest eines Shampoos über mir aus. Meine Augen brannten, weil ich sie mit aller Gewalt offen ließ. Wenn ich sie schloss, tauchte Liz wieder vor meinem inneren Auge auf. Jede einzelne Erinnerung brach mir das Herz. Sie hatte mir meine ersten Lackschuhe gekauft, weil ich der Meinung war, ich müsste am ersten Schultag unbedingt welche tragen. Mit ihr war ich zum ersten Mal im Kino gewesen – *Findet Nemo.* Und im Gegensatz zu Dad hatte sie mich immer bei Spielen gewinnen lassen.

»Okay, es reicht.« Ginger drehte das Wasser ab und reichte mir ein Handtuch. Ich bewegte mich nicht. »Das ist zum Abtrocknen da, weißt du?«

Mühsam brachte ich ein Nicken zustande.

Sie trocknete mich ab, half mir aus der Dusche und schob mich auf den Toilettensitz. »Du bleibst jetzt hier sitzen. Josh hat deinen Schlüssel aus der Tasche genommen und holt dir etwas zum Anziehen. Ich habe gesagt, er soll was Hübsches aussuchen.«

Als sie wieder zurückkam, hatte ich das Gefühl, es wäre keine Zeit vergangen, sie wäre nie weg gewesen.

Sie half mir, den rot-weiß gestreiften Slip von *Victoria's Secret* überzustreifen. »Ich weiß nicht, was Josh sich gedacht hat, aber er hat einen BH vergessen. Typisch Jungs. Die wollen ja immer, dass man ihn so schnell wie möglich auszieht, also warum überhaupt einen tragen? Hier, zieh das an.«

Sie reichte mir erst die schwarze Strumpfhose, dann den schwarz-weiß gepunkteten Rock und am Ende eine weiße Bluse. Als ich in die Ballerinas schlüpfte, klatschte sie in die

Hände. »Den Schminkkoffer hat er leider vergessen, aber du siehst gut aus.«
Ich verstand, was sie meinte. Sie wollte nicht, dass Caleb, Josh oder Luke mich weiter in Jogginghosen zu sehen bekamen. Ginger hasste es, anderen Menschen gegenüber Schwäche zu zeigen, und dies war ihre Art, dafür zu sorgen, dass ich mich zusammenriss.
Sie redete ununterbrochen, selbst als wir auf dem Weg nach unten waren. »Du bist nicht allein, Faye. Zusammen schaffen wir das. Jetzt geht es nur um dich. Alles andere verschieben wir auf später. Der Monday Club ... dass Dad vielleicht ...« Sie brach ab und schluckte. »Grandma habe ich das ja immer zugetraut. Im Grunde habe ich immer geahnt, dass sie uns nur Scheiße erzählen. Von wegen Idylle. Die können sie sich wirklich in den Arsch schieben.«
Inzwischen klang ihre Stimme hysterischer, als ich mich fühlte, und da wurde ich plötzlich ruhig. Wirklich ruhig.

Josh saß neben Caleb auf dem Sofa, er hatte die Ellbogen auf die Knie gestützt und die Hände auf die Stirn gelegt.
Das große Schweigen würde ich nicht aushalten.
Zum Glück schwang in dem Moment die Tür zur Veranda auf. Mit dem Wind fegte eine Wolke trockener Blätter ins Zimmer. Luke erschien, drei Einkaufstüten unter dem Arm. »Es hat sich bereits herumgesprochen. Niemand kann es glauben.«
»Natürlich nicht.« Ginger drängte sich zwischen ihren Bruder und Caleb. »Liz hätte so etwas nie getan. Wer etwas anderes erzählt, hat sie nicht gekannt.« Sie hob ihren Daumen

an den Mund und knabberte nervös auf dem Nagel herum. »Die meisten Leute glauben nun mal lieber Gerüchten als der Wahrheit.«
»Aber … was zählt, ist lediglich, was wir wissen«, wiederholte Caleb sein Mantra. »Nicht, was wir glauben.«
»Hör auf«, sagte ich leise. »Hör auf damit, Caleb. Wir wissen nichts, überhaupt nichts. Nur, dass Missy, Paige und … Sie sind alle tot. Aber eigentlich wollen sie mich.«
Diese Erkenntnis war wie Eiswasser, das mir über den Rücken lief.
Luke legte zwei Papiertüten auf den Tisch und riss sie auf. »Bagels, Donuts … was immer ihr wollt.«
»Mich«, wiederholte ich.
»Nein«, widersprach Luke. »Sie wollen nicht dich. Sie wollen das, was du kannst. Mir ist wieder etwas eingefallen, was mein Vater gesagt hat. Es bekommt allmählich einen Sinn. *Der ideale Geist.* Danach suchen sie.«
Eine Pause entstand.
Der ideale Geist.
»Es ist meine Schuld«, flüsterte ich. »Ich bin schuld an ihrem Tod.«
Ich stand mit hängenden Schultern im Raum. Josh kam zu mir herüber und nahm mich in die Arme. Er roch nach dem Duft, den ich ihm zu Weihnachten geschenkt hatte. Ginger hatte sich über den Namen kaputtgelacht. *Big Pony Collection No. 1.* Aber ich liebte es, wegen seiner Frische. Es gab mir immer das Gefühl, lebendig zu sein.
»Du darfst dir nicht die Schuld geben«, flüsterte er und strich mir sanft über die Haare.

Über seine Schulter hinweg sah Luke mich an. Zum ersten Mal, seit er über seinen Vater gesprochen hatte, las ich in seinen blauen Augen wieder Qual und Angst. Auch für ihn war das alles ein Albtraum. Wir alle gehörten zu diesem schrecklichen Traum. Deshalb war ich nicht alleine.

Missy.

Paige.

Liz.

Es war passiert, aber was Ginger gesagt hatte, stimmte. Die Vergangenheit, die Trauer kam später. Jetzt musste ich handeln.

»Liz hat mir gesagt, wo meine Akte ist.«

Vier Gesichter starrten mich an.

»Du hast mit ihr gesprochen?« Josh ließ mich los. »Ich dachte ...«

»Nicht direkt. Sie wollte mir noch etwas sagen, konnte es nur nicht mehr richtig. Aber ich habe sie trotzdem verstanden.«

Für einen Sekundenbruchteil überfielen mich Zweifel. Vielleicht hatte die Akte in einer Schreibtischschublade gelegen oder in ihrer Tasche gesteckt?

Nein. Die Zeichen waren eindeutig gewesen. Jemand hatte sie umgebracht, weil er nicht wollte, dass ich mehr über mich erfuhr.

»Myers hat sie. Ich werde zu ihr gehen.«

»Nein!« Josh war der Erste, der reagierte. »Das ist zu gefährlich.«

»Es sind schon zu viele gestorben. Ich muss Myers treffen«, erwiderte ich.

»Du darfst nicht alleine dorthin gehen«, fiel Luke mir ins Wort.
Plötzlich waren sie sich einig.
»Überlegen wir in Ruhe«, mischte sich jetzt auch Caleb ein. »Faye lassen wir keinesfalls mehr aus den Augen. Aber sie hat recht. Sie muss Myers treffen. Außer, wir gehen nach Hause und sagen unseren Eltern, dass wir alles wissen. Mein Dad wäre kein Problem. Er ist seit zwei Tagen so betrunken, dass er mir alles gestehen würde. Aber Nelson und eure Grandma … Liz können wir ja nicht mehr fragen. Doch was würde uns das bringen? Neue Ausreden. Lügen. Aber keine Fakten. Und sie wissen dann, dass wir es wissen. *Wenn* wirklich der Monday Club hinter allem steckt … Aber vielleicht ist es ja auch nur Myers.«
»Es ist entschieden!« Ginger sprang auf, stieß gegen den Tisch, und die Plastikbecher kippten einer nach dem anderen um wie Dominosteine. »Sorry, Luke.« Mit mehreren Servietten versuchte sie vergeblich, das Schlimmste zu verhindern. »Faye trifft Myers und lenkt sie ab, während wir nach ihrer Akte suchen.«
»Und wo?«, fragte Luke.
»Im Leuchtturm«, flüsterte ich.

MONDAY CLUB

Sie wusste, dass Faye kommen würde. Das letzte Hindernis war beseitigt.

Es war vorbei.

Er hatte getan, was getan werden musste. Und sie war wieder im Spiel. Sie würde die Karten neu mischen, und der einzige Joker gehörte jetzt allein ihr.

Tat es ihr leid?

Nach einigen Sekunden schüttelte sie entschieden den Kopf. Nein, früher oder später hatte es so kommen müssen.

Sie stand auf der Plattform des Leuchtturms und starrte auf die Bucht hinaus. Eine heftige Brise ließ sie schwanken.

Sie würde nicht aufgeben. Ebenso wenig wie die Möwen über ihr. Immer wieder gingen sie kreischend in den Sturzflug nach unten und schlugen wütend mit den Flügeln, weil das Sicherheitsnetz sie daran hinderte, auf der Laterne zu landen.

Das Telefon in ihrer Hand vibrierte. Es war bereits der zweite Anruf, und weitere würden folgen. Aber sie brauchte noch etwas Zeit.

Sie war dem Himmel so nah. Wenn eine Idee anfangs nicht absurd klingt, besteht keine Hoffnung für sie. Einstein hatte das gesagt.
Das Licht der Erkenntnis, flüsterte sie, und dann lauter: *Das Licht der Erkenntnis.* Ein lautes Lachen folgte.
Ihr Handy vibrierte erneut. Die Präsidentin persönlich. Sie wandte sich um und lief die Stufen der Außentreppe nach unten.
Erst als sie in dem Raum unter der Laterne angekommen war, nahm sie das Gespräch entgegen. Und sie war selbst von sich begeistert, wie beschäftigt, abwesend sie klang. Jeder würde glauben, dass sie aus einer wichtigen Beschäftigung gerissen wurde.
»Wo sind Sie?« Die Stimme hatte einiges an Selbstbeherrschung eingebüßt.
»Ich schreibe das Gutachten zu Paige. Damit Liz die Akte abschließen kann.«
»Dann wissen Sie es noch nicht?«
Drei Sekunden waren genau die perfekte Zeitspanne, um einen verwunderten Unterton in drei Buchstaben zu legen.
»Was?«
»Sie ist tot.«
Die perfekte Vorlage, um verwirrt zu reagieren. »Ja, deswegen schreibe ich ja den Bericht.«
»Nicht Paige. Liz.«
»Liz?«
Als es am anderen Ende still blieb, schob sie erst ein schockiertes *Oh mein Gott* nach, und dann fragte sie: »Aber wie …«
»Die Pulsadern.«

»Das hätte Liz nie …«
»Natürlich nicht. Irgendwo gibt es einen Maulwurf. Donnelly muss einen Mitspieler gehabt haben.«
Ja, und ihr bezahlt ihn sogar mit eurem Geld.
Die Präsidentin erwartete keine Antwort, sondern fuhr fort. »Wir müssen uns sofort treffen. In Manor House. Hier sind wir ungestört.«
Wieder drei Sekunden, oder besser vier.
»Das geht nicht. Gleich ist mein Termin mit Faye.«
»Sie wird nicht kommen. Sie hat Liz gefunden.«
Sie stieß einen tiefen Seufzer aus, der ziemlich perfekt war. »Wie geht es ihr?«
»Sie ist weg.«
Natürlich. Was dachtest du denn?
»Das arme Mädchen«, sagte sie. »Und wenn sie hier auftaucht? Es gibt sonst niemanden, zu dem sie gehen kann.«
»Doch, Luke Salerno.« Die Präsidentin hätte lieber *ihn* tot gesehen als Liz. Aber William Fullers Sohn war zum richtigen Zeitpunkt gekommen. Er hatte Faye aus ihrem Dornröschenschlaf geweckt. Und sie brauchte eine Faye, die wach war, motiviert. Dieses Mädchen musste ein *Interesse* an dem Experiment haben. Sonst war es wie mit den anderen, die nicht zurückgekommen waren.
»Ich kann es immer noch nicht glauben. Ich mache mich sofort auf den Weg, falls Faye nicht …«
»Sie wird nicht kommen«, fiel ihr die Präsidentin ins Wort.
Wird sie.
Es kostete sie keine Mühe, zu antworten. »Sie haben vermutlich recht. Warten wir es ab.«

KAPITEL 29

Joshs Wagen hielt auf dem Parkplatz, der zu dem abgesperrten Gelände rund um den Leuchtturm gehörte. Der Platz war leer bis auf den schwarzen BMW von Myers. Ich hielt die Hände in den Taschen des Mantels verborgen, meine Finger umklammerten das Smartphone. Sobald ich den Leuchtturm betreten hatte, würde ich die Nachricht abschicken. Ginger hatte auf einem Code bestanden: *Team Faye.*

In der letzten Stunde hatten wir den Plan ausgearbeitet. Ich musste dafür sorgen, dass die Tür offen blieb. Während ich Myers ablenkte, würden die anderen die Räume nach meiner Akte durchsuchen.

»Sie ist unsere einzige Hoffnung«, hatte Caleb gesagt. »Sonst haben wir nichts in den Händen. Frag ihr einfach lauter Löcher in den Bauch.«

Und Ginger hatte mir mit auf den Weg gegeben: »Der Selbstmord von Liz. Du bist hysterisch. Brauchst jemanden, mit dem du reden kannst. Spiel die Verzweifelte. Sie will *dich*, also lass sie glauben, dass du dich in ihre Hände begibst.«

Ich hatte die Furcht in ihrer Stimme gehört, obwohl sie sich alle Mühe gegeben hatte, die Fassung zu bewahren.
Aber ich hatte mich längst entschieden.
»Wenn irgendetwas passiert oder du das Gefühl hast, dass sie irgendwelche Experimente plant, melde dich sofort. Wir sind in deiner Nähe.« Josh war so nervös gewesen, wie ich ihn noch nie erlebt hatte.
Luke dagegen war die Ruhe selbst. »Du schaffst das. Das Wichtigste am Lügen ist, dass du in dem Moment auch wirklich daran glaubst.«
Einer nach dem anderen hatte mich umarmt.
Ich sah mich selbst wie in einem Film, als ich allein auf den Leuchtturm zuging. Der Gedanke an das kommende Treffen lag wie Blei auf meiner Brust. Amys Kette in meiner Tasche fühlte sich kalt an. Ich war bereits schuld am Tod von Amy, Missy, Paige und Liz. Ich hatte die Augen verschlossen vor der Wahrheit. Hatte nicht wahrhaben wollen, dass der Monday Club mir eine heile Welt vorspielte. Was sie wollten, war ich. Meine Gabe, wie Myers es nannte.
Was mich antrieb, war daher nicht die Angst um mich, sondern um Lucy, Liam und Danny. *Sie* musste ich retten. Wenn ich es nicht schaffte, würde ihr Geist mich mein Leben lang verfolgen. Ihre Schatten würden unter meinem Bett sitzen wie die Monster meiner Kindheit.
Ich machte kurz halt und zwang mich, ruhig und bewusst zu atmen. Auf meinen Herzschlag zu achten. Die Schläge zu zählen.
War es nicht absurd, dass ausgerechnet Myers mir diese Methode beigebracht hatte?

Der weiße Leuchtturm erhob sich über dem Felsplateau, das bis weit ins Meer hinausragte. Es war nicht breiter als der Turm selbst und wurde von allen Seiten von Wasser umspült. Bei Unwettern verschwand das Plateau fast völlig, was es so gefährlich machte. Deshalb hatte man uns auch verboten hierherzukommen.

Doch war das wirklich der Grund gewesen, oder wollte der Monday Club den Ort nur schützen, weil er seine Geheimnisse barg? Es hatte seit Ewigkeiten keine Leuchtfeuer mehr hier oben gegeben. Aber in der Stadt hieß es, der Leuchtturm sei für alle da, die ihn brauchten.

Je höher ich stieg, desto kälter wurde der Wind und desto lauter das Tosen der Brandung. Der Turm sah aus, als hätte er die Zeit vergessen. Als warte er hier – unbeirrt, eisern, standhaft – noch immer auf Schiffe, um sie vor den Klippen zu warnen. Und ich steuerte jetzt direkt darauf zu.

Obwohl es noch hell war und sicher auch noch eine Stunde so bleiben würde, spürte ich, dass sich die Landschaft bereits auf den Abend vorbereitete. Die Schatten wurden länger, der Horizont dunkler, und die Möwen suchten nach einem Platz, wo sie auf den nächsten Tag warten konnten.

Erica Myers kam mir an der Tür entgegen, noch bevor ich die Messingglocke berührt hatte. Sie hatte sich die Brille ins Haar geschoben und trug eine helle Strickjacke über einer weißen Bluse, von der ein Stück über den Bund ihres hellgrauen Rocks gerutscht war. Bisher hatte ich sie immer nur in Schwarz gesehen.

»Faye! Schön, dass du da bist.« Sie streckte mir ihre schlanken Finger entgegen. Ihr Händedruck war weich und warm.

Bevor ich ihn jedoch wirklich erwidern konnte, hatte sie schon wieder losgelassen.
Auf meine Lippen trat zumindest die Ahnung eines höflichen Lächelns. Das fiel mir nicht schwer. Ich hatte es schließlich sechzehn Jahre lang geübt.
»Wie fühlst du dich?« Ihre Stimme hatte einen fast trägen, schmeichelnden Unterton. Zudem war ihr Blick so intensiv, dass ich mich ihm nicht entziehen konnte. »Das mit Liz tut mir so leid. Ich mache mir schreckliche Vorwürfe, dass ich nicht gesehen habe, in welcher Verfassung sie sich befand. Aber du weißt ja, wie Liz war. Sie hat es immer besser als ich verstanden, ihre wahren Gefühle zu verbergen. Niemand kann in einen anderen Menschen hineinsehen. Auch ich nicht, obwohl ich mein Leben lang versucht habe, die Geheimnisse des menschlichen Gehirns zu erforschen.«
Ein eiskalter Schauer lief mir über den Rücken, wenn ich daran dachte, dass jedes ihrer Worte eine Lüge war. Mein Blick flog zurück, dorthin, wo die anderen auf meine Nachricht warteten. Noch konnte ich umkehren.
»Bitte, komm doch rein.« Myers machte einen Schritt zur Seite und ließ mir den Vortritt. Damit hatte ich nicht gerechnet. Ich blieb wie angewurzelt stehen.
»Was ist? Du musst keine Angst haben. Wir werden uns nur unterhalten. Es ist erst einmal wichtig, dass du den Schock verarbeitest. Du hast Liz gefunden, oder?«
Ich nickte.
»Ich habe Erfahrungen mit traumatisierten Patienten.«
Ja, ich war traumatisiert, ich stand unter Schock, aber ich durfte meinen Ängsten nicht nachgeben. Ich war nicht hier,

um mich von ihr behandeln zu lassen, sondern um ihr Fragen zu stellen.
Ich machte einen Schritt hinein, und bevor ich es überhaupt begriff, war die Tür bereits hinter mir ins Schloss gefallen.
Ich hoffte, sie würde vorausgehen, doch sie rührte sich nicht. Einige Sekunden standen wir schweigend voreinander. Das einzige Geräusch kam von ihren goldenen Armreifen, die leise klimperten, als sie die Hand auf das Treppengeländer legte.
»Möchtest *du* vielleicht vorausgehen? In meinem Alter und mit diesen Schuhen«, sie deutete nach unten und lächelte, »würde ich dich nur aufhalten. Und du bist ja, wie ich höre, eine gute Läuferin.«
»Können wir nicht hier unten reden?«, fragte ich und hoffte, sie würde das Zittern in meiner Stimme nicht bemerken. »Ich muss gleich wieder nach Hause. Mein Dad wartet auf mich.«
»Dein Vater weiß von unserem Treffen. Wir haben telefoniert. Er will, dass es dir gut geht. Und er steht selbst unter Schock.«
Sie sah so besorgt aus, dass ich fast bereit war, ihr zu glauben. Doch als sie zu reden fortfuhr, kam das Misstrauen zurück. »Endlich hat er verstanden, dass du meine Hilfe brauchst. Also, gehen wir nach oben?«
Sie ließ mich keinen Moment aus den Augen. Ihrem Blick und ihrer Haltung sah ich an, dass sie ebenso auf der Hut war wie ich.
Es lief überhaupt nicht so, wie wir es uns bei unserer Pla-

nung vorgestellt hatten. Es gab keinerlei Möglichkeit, die Tür für die anderen offen zu lassen. Ich machte einen letzten Versuch. »Was wollen Sie von mir?«

»Ich dachte, du bist hier, weil *du* etwas von *mir* willst. Oder habe ich das falsch verstanden?«

Die Akte … Deshalb bist du hier, Faye.

»Ja, natürlich.«

Langsam stieg ich die Stufen hoch. Als ich einen Blick nach oben warf, wurde mir schwindelig. Wie die Windungen eines Schneckenhauses schraubte sich die Treppe in die Unendlichkeit.

»Wenn man erst einmal oben ist …«

Klack. Klack. Ihre Absätze klapperten bei jeder Stufe.

»… vergisst man, dass es ein Unten gibt«, hörte ich Erica Myers.

Klack. Klack.

»Du wirst sehen«, fuhr sie fort, »der Ausblick ist gigantisch … Allerdings ist die Plattform nicht ganz ungefährlich. Nelson hat deshalb auf meinen Rat hin ein Netz angebracht.«

Klack. Klack.

»Ein kräftiger Windstoß …«

Stille.

»Und du wirst einfach weggeblasen.«

Wollte sie mich warnen? Oder würde sie mich betäuben, damit es auch so aussah wie ein Selbstmord?

Sie will etwas von dir, hatte Ginger gesagt.

Und dann Amys Worte: *Du bist das höchste Gut des Monday Clubs.*

Darauf musste ich vertrauen.

Ich legte an Tempo zu. Rannte die Stufen schon fast hoch. Myers blieb hinter mir zurück.
Als ich die achtzehnte Stufe erreicht hatte, stoppte ich. Ich musste umkehren. Die anderen warteten auf das Zeichen. *Team Faye.* Nur, wie konnte ich Myers täuschen? Denn darum ging es doch eigentlich. Sie trieb ein falsches Spiel, und ich musste ihr Sand in die Augen streuen.
Das Wichtigste war die Akte. Sie war der Beweis, den wir brauchten.
Schweißperlen traten auf meine Stirn. Ich brauchte eine Erklärung, um zum Ausgang zurückzukehren. *Ich habe etwas verloren. Dad ruft gerade an. Muss aufs Klo. Brauche frische Luft. Mir ist übel.*
Als ich herumfuhr, wäre ich fast mit Myers zusammengestoßen. Ich hatte nicht mitbekommen, dass sie mich eingeholt hatte.
»Alles in Ordnung, Faye?«, hörte ich ihre gespielt sanfte Stimme.
Ich schob mich an ihr vorbei und lief die Treppe wieder hinunter. Mich mit der rechten Hand an das Geländer klammernd, nahm ich jeweils zwei Stufen auf einmal. Innerhalb weniger Sekunden war ich unten.
Klack, klack.
Myers kam mir nach.
Mir blieb keine Zeit, zu überlegen. Hektisch wühlte ich in meiner Tasche nach irgendetwas, das ich in die Tür legen konnte. Ich spürte Amys Kette zwischen meinen Fingern.
Hilf mir, Amy.
Vorsichtig zog ich die Tür auf, ließ die Kette fallen und schob

sie mit dem Fuß zwischen Rahmen und Türblatt. Das alles passierte so schnell, dass ich nicht einmal merkte, wie die Tür wieder hinter mir zuklappte. Einzig das leise klirrende Geräusch, als die Kette einklemmt wurde, sagte mir, dass ich es geschafft hatte. Fast hätte ich das Handy fallen gelassen, so sehr zitterten meine Finger.

Team Faye.

Senden.

Ich hatte die Nachricht keine Sekunde zu früh abgeschickt, denn nun erschien Myers' Kopf über dem Geländer. Ihr Gesicht lag im Schatten. »Was …?«

»Nichts«, rief ich. »Nur eine Panikattacke. Ich habe …« Eigentlich wollte ich *Höhenangst* oder *Klaustrophobie* sagen, doch Myers kam mir zuvor.

»Ich erinnere mich! Du fürchtest dich vor hohen Treppen, nicht? Es sind insgesamt 144 Stufen. Nach 36 Stufen kommt das nächste Stockwerk. Vielleicht hilft es dir, sie zu zählen.«

Mein Mund war ganz trocken, und die Kehle wurde mir eng, als ich einen prüfenden Blick nach oben warf und ein erneutes Schwindelgefühl mich wanken ließ. Bis zu dieser Minute war mir nicht klar gewesen, dass es tatsächlich stimmte. Woher wusste Myers, dass ich panische Angst vor Treppen hatte, solange ich ihr Ende nicht sehen konnte – wenn ich bis zu diesem Moment selbst keine Ahnung davon gehabt hatte?

Mein Herz klopfte wie wild, als ich ihr wieder nach oben folgte, und ich ließ das Geländer nicht einen Sekundenbruchteil los.

»Entschuldigen Sie …« Ich zwang mich, an Liz zu denken. Das ganze Blut auf dem Boden. Wie sie zwanghaft versucht hatte, mir etwas zu sagen. Ihr erstarrter Blick am Ende. »Ich glaube, ich muss mich übergeben.«

Ich presste mir beide Hände auf den Magen, und Tränen liefen mir das Gesicht herunter. Myers' Arm stützte mich. Ich wollte ihn wegstoßen, doch stattdessen klammerte ich mich an sie. Der Geruch ihres Parfüms stieg mir in die Nase, und ich wusste plötzlich: Sie war immer in meiner Nähe gewesen. Sie war die Gestalt auf dem Bootssteg. Sie hatte mir zugewunken, als ich verzweifelt versucht hatte, Virginia zu retten.

Meine Beine zitterten so heftig, dass ich mich fragte, ob ich es überhaupt schaffen würde, weiterzugehen. Vor mir lagen noch mehr als 130 Stufen.

»Geht es wieder?«, hörte ich Myers fragen.

Ich nickte und schob mich wortlos an ihr vorbei. Quälend langsam und schwerfällig schleppte ich mich die Treppe hoch.

Virginia war es nicht wert gewesen, für sie mein Leben aufs Spiel zu setzen. Aber Lucy, Liam und Danny waren es.

Der Gedanke gab mir neue Kraft. Ich hörte kaum mehr das Heulen des Windes, das lauter wurde, je höher ich kam. Auch als ich das Gefühl hatte, mein Herz drohe zu zerspringen, wurde ich nicht langsamer.

Weiter, schneller, höher. So lautete der Slogan von Mr Killing, wie wir unseren Leichtathletiktrainer nannten, und ich war seine beste Schülerin.

So erreichte ich irgendwann schließlich das oberste Stockwerk und ließ mich dort auf den Treppenabsatz fallen. Myers' beharrliche Schritte hatten unter dem Tosen der Wellen, die gegen die alten Mauern schlugen, wie das nervenzerreibende Ticken eines Metronoms geklungen.

Als sich mein Atem beruhigt hatte, mein Herz wieder langsamer schlug, begriff ich, dass ich direkt in ihre Falle gelaufen war.

Sie stand vor mir und lächelte.

Sie hatte bekommen, was sie wollte.

Meine Angst!

KAPITEL 30

Myers’ Stimme wurde von den weißen, kahlen Wänden zurückgeworfen. Allerdings sprach sie so leise, dass ich Mühe hatte, ihren Worten unter dem Tosen der Wellen zu folgen.

»Die Lancasters haben den Leuchtturm in den Neunzigerjahren umgebaut und die Etagen in der Mitte geteilt, weshalb jeder Raum den Grundriss eines Halbkreises hat.«

Ich schaute mich um. Bei den wenigen Möbelstücken handelte es sich um zwei mit dunkelgrünem Samt bezogene Sessel sowie ein niedriges Sideboard mit einer gewölbten Rückseite, damit es sich der runden Wand anpasste. Die Aussicht aus den hohen Fenstern direkt gegenüber war spektakulär.

Dreißig Meter unter uns brandete das Meer. Die Wellen schlugen mit solcher Kraft und Lautstärke gegen die Mauern, dass es sich wie dicht aufeinanderfolgende, nicht enden wollende Explosionen anhörte. Der Turm schwankte.

»Leider wird das Apartment nur wenig genutzt. Das liegt natürlich an den vielen Treppenstufen. Die meisten Besucher von Nelson und Claire ziehen die Gästezimmer in Windy Hall vor. Ich würde allerdings nie tauschen wollen. Gerade dieser Raum hat doch eine magische Wirkung, oder, Faye? Was meinst du?«

War es die Aufregung, oder zog die Kälte durch die Fenster? Ich fröstelte und schlang zitternd die Arme um mich.

»Oh, dir ist kalt. Und ich rede und rede. Setz dich hierher. Irgendwo muss noch eine Decke sein.« Sie schob mich in den Sessel, der mit dem Rücken zur Fensterreihe stand. Dann öffnete sie die vorderste Tür des Sideboards, zog eine türkisfarbene Decke hervor und breitete sie über meine Knie aus, obwohl es eigentlich warm im Raum war.

»Ich freue mich, dass du endlich zu mir kommst. Darauf habe ich die ganzen Jahre gewartet.« Myers stand jetzt dicht hinter mir, doch ich konnte sie nicht sehen, weil mir die ausladende Rückenlehne des Sessels im Weg war.

Hatten die anderen es geschafft, ins Gebäude zu gelangen? Durchsuchten sie die Räume in den unteren Stockwerken schon nach meiner Akte? Ich musste Zeit gewinnen.

»Warum hat Liz nie mit mir über die Anfälle gesprochen?«, fragte ich.

»Das haben wir doch bereits erklärt. Du hättest es einfach nicht verstanden, Faye.«

Ich konzentrierte mich darauf, die nächste Frage zu stellen, und fürchtete mich zugleich vor der Antwort. »Haben Sie etwas mit dem Tod von Liz zu tun?«

»Kein *Sie* mehr. Nie wieder *Mrs Myers.* Du kannst mich *Erica* nennen. Und um deine Frage zu beantworten: Nein. Natürlich nicht. Ich bin nicht deine Feindin, Faye.«

Sie erschien wieder in meinem Blickfeld und nahm auf dem Sessel neben dem Sideboard Platz. Ich wünschte mir, sie würde das Licht anschalten, denn die einbrechende Dämmerung legte jetzt ihre Schatten über den Raum. Ich musste mich vorbeugen, um ihr Gesicht sehen zu können.

»Es wird Zeit, dass du dich selbst endlich besser kennenlernst. Deswegen bist du schließlich auch hier, oder?«

Mit aller Kraft wehrte ich mich gegen den Sog ihrer Stimme.

»Was wollen Sie von mir?« Ich brachte ein *Du* oder *Erica* einfach nicht über meine Lippen.

»Nein, *du* willst etwas von mir. Und wir sind hier, um über alles zu reden, worüber du reden willst.« Holz knarrte, als sie ihr Gewicht im Sessel verlagerte. »Denn es gibt etwas, wovon du dein ganzes Leben lang geträumt hast.«

Ich schüttelte den Kopf.

»Ich habe dich damals gefragt, was dein größter Wunsch ist, und da hast du es mir gesagt. Erinnerst du dich nicht mehr? Und ich habe dir damals geholfen und kann es jetzt wieder.«

In meinem Kopf formte sich eine flatternde Erinnerung. Sie war unscharf und fern, aber ich spürte, wie mein Herz vor Angst gefror.

»Was ist, Faye?« Myers' Stimme brachte mich wieder zurück.

»Nichts.«

Für einen Augenblick herrschte Stille.

»Nichts«, wiederholte ich. Doch ich log.

»Entspann dich. Wehr dich nicht länger.«

Mein Kopf fühlte sich wie betäubt an. Ihre Stimme klang so … sanft.
»Was ist dein größter Wunsch, Faye?«
Ich schüttelte langsam den Kopf.
»Du willst es nicht aussprechen? Warum nicht? Wovor hast du Angst?«
»Lassen Sie mich gehen.« Ich versuchte mich aus dem Sessel zu erheben, aber meine Beine schienen wie gelähmt. Ich schaffte es nicht, aufzustehen.
»Oh, du bist nicht meine Gefangene«, sagte Myers. »Aber ich glaube nicht, dass du wirklich gehen willst. Nein – du hoffst, dein Wunsch möge in Erfüllung gehen. Ist es nicht so?«
Ich wollte schreien, doch aus meiner Kehle kam nur ein Krächzen. Meine Hand griff in die rechte Manteltasche und fühlte die glatte Plastikhülle meines Telefons. Ich brauchte bloß noch einmal dieselbe Nachricht zu schicken: *Team Faye.*
Myers hörte nicht auf zu reden. »Das Problem ist nur, du brauchst meine Hilfe. Noch. Aber irgendwann wirst du deine Fähigkeiten ohne mich nutzen können. Und viele Menschen glücklich machen.«
Meine Lippen schmeckten salzig, und mein Hals brannte. Ich hatte schrecklichen Durst. »Kann ich ein Glas Wasser haben?«
Sie reagierte nicht. Hatte sie mich nicht gehört?
»Bitte, ich möchte etwas trinken.«
Doch, sie hatte mich verstanden, denn jetzt schüttelte sie den Kopf. »Das geht leider nicht, Faye.«
»Warum nicht?«
»Ob Schlaflosigkeit oder fehlende Flüssigkeit – jeder Entzug

wirkt sich auf den Stoffwechsel in deinem Gehirn aus, verstehst du? Dadurch wirst du empfänglicher für andere Reize. Wie zum Beispiel Musik.«

Ich hatte nicht gemerkt, dass sie aufgestanden und zu dem Sideboard getreten war. Zuerst war es nicht mehr als eine Hintergrundmusik, die von dem Sturm und den tosenden Wellen rund um den Turm überlagert wurde. Doch dann wurde sie lauter.

»Ist diese Melodie nicht wunderbar?«, fragte Myers. »Der Komponist ist vor vielen Jahren gestorben. Ich habe ihn geliebt, Faye. Wir alle lieben und wollen nicht, dass unsere Liebsten uns verlassen. Und wenn sie gestorben sind, fällt uns ein, was wir ihnen nie gesagt haben.« Ich wehrte mich mit aller Macht gegen ihre Worte. Sie spielte mit meinen Gefühlen. Versuchte mich da zu treffen, wo es am schmerzhaftesten war. Ich durfte es nicht zulassen. Mein Bewusstsein wurde klarer, während Erica Myers wieder in ihren Sessel zurückgekehrt war und dort jetzt mit geschlossenen Augen saß. Meine Finger bebten, als ich langsam das Telefon hervorzog. Myers im Blick, wischte ich über das Display.

»Doch dann ist es zu spät«, murmelte sie.

Aus den Augenwinkeln konnte ich das Eingabefeld erkennen. Mir blieb keine Zeit für lange Worte. Das Schnellste wäre, einen Smiley zu schicken. Mein Zeigefinger tippte wahllos auf eines der Symbole. *Senden.*

»Wer ist der Mensch, den du am meisten vermisst, Faye?«

Myers hatte die Augen wieder geöffnet. Sie studierte prüfend mein Gesicht. Nein, nicht prüfend. Eindringlich und ge-

spannt, so als könnte sie in meinen Kopf sehen. Ich ließ das Telefon unbemerkt wieder in meine Tasche verschwinden.
»Es ist nicht Liz. Und auch nicht Amy. Habe ich recht?« Ihre Hand lag plötzlich auf meinem Oberschenkel. »Es ist immer noch dieselbe Person wie damals. Der einzige Mensch, den du noch nie gesehen hast, außer auf Fotos. Und damals hat sie dann einfach vor dir gestanden. Es war, als wäre sie lebendig.«
Ich stieß ihre Hand weg. »Hören Sie auf.«
»Erica«, sagte sie. »Du darfst mich Erica nennen.«
Ich versuchte das stärker werdende Pochen hinter meinen Schläfen zu ignorieren. Das Gefühl, dass sich eine Klammer um meinen Kopf spannte.
»Ist sie wieder da, Faye?«, flüsterte Myers. »Kannst du sie sehen?«
Sie nahm mein Schweigen als Antwort. »Das ist der schlimmste Teil«, murmelte sie weiter, und ich wollte ihre Hand wegstoßen, die mir über die Haare strich. »Die Entscheidung zu treffen, ob man weitergeht. Kehr nicht um, Faye.«
Ihre Stimme war wie ein Sog. Ich wollte nichts anderes mehr als mich an diesen geheimen Ort treiben lassen.

Draußen wurde der Sturm immer heftiger. Mein Herz hämmerte in der Brust. Ein Ozean der Traurigkeit dehnte sich vor mir aus – eine Traurigkeit, in der ich zu ertrinken drohte. Und gleichzeitig stieg Hoffnung in mir auf. Ich fühlte mich plötzlich unendlich geliebt. Als gäbe es eine unsichtbare Kraft, die auf mich achtgab.

Erica Myers saß in einem anderen Raum. In einem anderen Sessel. Ich war wieder acht und beobachtete, wie sie mit dem silbernen Füller jedes meiner Worte notierte. Anschließend klappte sie den Notizblock zu und sagte: »Bis zum nächsten Mal, Faye.«

Dann hatte sich eine Tür geöffnet. Doch anstelle von Liz war meine Mom ins Zimmer gekommen, hatte die Hand ausgestreckt und gefragt: *Wollen wir nach Hause fahren, mein Schatz?*

Während ich an Moms Hand die hohen Treppen nach unten gestiegen war, hatte ich gerufen: »Liz hat es mir versprochen. Sie hat mir versprochen, dass ich dich eines Tages sehen würde. Ist das nicht die beste Überraschung, die sie sich je ausgedacht hat? Bleibst du jetzt für immer da, Mom?«

Tränen rannen mir über die Wangen. So war es gewesen. Liz hatte mir versprochen, Myers könnte mir helfen zu schlafen, könnte die Monster vertreiben, und wenn ich tat, was sie wollte, würde sie mich zu meiner Mutter bringen.

»Faye?«

Mit einem leisen Wimmern kam ich wieder zu Bewusstsein. Mein Kopf dröhnte, und ich spürte in mir einen unerträglichen Schmerz.

Erica Myers saß entspannt in ihrem Sessel. »Du warst damals glücklich, als du meine Praxis verlassen hast, Faye. Du warst glücklich, nicht verängstigt.«

Tränen liefen mir über die Wangen. Ich wusste, dass sie die Wahrheit sagte. Nie wieder danach hatte ich mich so sicher und geborgen gefühlt, und ich empfand eine heftige Sehnsucht nach diesem Gefühl.

»Die Angst kam erst später«, fuhr sie fort, »als du merktest, dass es nicht die Wirklichkeit gewesen war. Doch jetzt bist du alt genug, um es zu verstehen. Du kannst lernen, es zu steuern. Möchtest du es noch einmal versuchen, Faye? Möchtest du deine Mutter wieder treffen?«

Das Echo ihrer Stimme schwebte über mir.

Ich nickte.

»Schön. Dann lass es uns versuchen.«

»Was muss ich tun?«, flüsterte ich.

»Schließ die Augen. Vergiss alles um dich herum. Den Leuchtturm, diesen Raum, mich … ja, deinen gesamten Körper. Hör einfach auf die Musik. Lass dich von ihr davontragen. An einen Ort, an dem du vielleicht wieder deine Mutter treffen kannst. Wünschst du dir das nicht schon dein Leben lang?«

Ich nickte.

»Sollen wir es versuchen?«

»Ich weiß nicht.«

»Du kannst es. Entspann dich einfach.«

Das Rauschen der Wellen, das in den Raum drang, wurde immer leiser. An seine Stelle trat die Musik. Ich tauchte in sie ein wie in einen Tunnel. Eine seltsame Taubheit, wie ich sie von Liz' Medikamenten her kannte, begann sich überall in mir auszubreiten.

Wo wäre Mom jetzt? Wie sähe sie jetzt aus? Würde sie zu Hause auf mich warten? Ich stellte mir unser Wohnzimmer vor. Zunächst war es schwierig, aber ich konzentrierte mich mit aller Kraft auf die Möbel, die bunten Kissen, die Vorhänge. Ich suchte in meiner verschwommenen Erinnerung nach Mom, doch ich fand sie nicht.

»Wo bist du, Faye?« Myers brachte mich für einen kurzen Moment wieder zu mir. »Erzähl mir, wen du siehst. Deine Mutter, Amy oder Liz?«
Sie *will etwas von dir.* Es war, als wäre Ginger plötzlich in meinem Kopf. *Lass sie glauben, dass du dich völlig in ihre Hände begibst.*
Plötzlich war ich wieder ganz klar im Kopf. Wo waren die anderen? Hatten sie meinen Notruf erhalten?
»Spricht jemand mit dir?« Myers' Stimme wurde immer drängender.
Wenn ich wirklich meine Gabe nutzen wollte, um Lucy, Danny und Liam zu helfen, musste ich lernen, meinen Fähigkeiten zu vertrauen und sie richtig anzuwenden. Sie würden mich zu den Toten bringen, die meine Hilfe brauchten.
Vergiss alles um dich herum … hör einfach auf die Musik. Lass dich von ihr davontragen, hatte Myers gesagt.
Und genau das tat ich.
Ich lauschte der Melodie. Sie zog mich in die Tiefe, und schwerelos ließ ich mich in meine Träume fallen.

KAPITEL 31

Eine Art elektrisches Kribbeln strömte mir von den Zehenspitzen hoch bis in den Bauch und stieg über die Brust in meinen Kopf. Ich fühlte mich leicht wie eine Feder, war vollkommen schwerelos und ließ mich einfach treiben. Alles war zunächst verschwommen, durchsichtig wie im Traum, bis mir nach und nach klar wurde, dass ich mich am Hafen befand.

Wellen schwappten an die Pfosten des Stegs. Boote lagen im Hafen und wankten auf den silbrigen Wellen. Der Gestank von Fischköder stieg mir in die Nase.

Ich hörte hastende Schritte. Eine schmale Gestalt stolperte in einem langen weißen Kleid über den Asphalt, bückte sich, zog die hohen Schuhe aus und rannte dann weiter. Ein seltsam vertrautes Gefühl stieg in mir hoch, das ich mir nicht erklären konnte.

Schließlich stoppte die Gestalt am Pier und starrte hinaus auf das Meer, wo ein winziges Segelboot in der Dämmerung über die Trennlinie zwischen Himmel und Horizont zog.

Dad, hilf mir.

Mein Herzschlag beschleunigte sich. Hatte ich das gerade gedacht, oder hatte das Mädchen die Worte gerufen?
Sie sind hinter mir her.
»Wer?«, rief ich laut. Wer waren »sie«?
Ich spürte, wie das Mädchen zusammenzuckte, so als hätte sie meine Stimme gehört. Langsam drehte sie sich um, die Riemen ihrer silbernen Pumps in der rechten Hand.
Die Zeit stand still, während sich alles in mir drehte. Es waren meine Augen, die mich anstarrten. Das Haar war kurz und stufig geschnitten, doch es war mein Haar. Und ich trug ein intensives Make-up, das ich unmöglich selbst aufgelegt haben konnte. Am meisten jedoch schockierte mich das Kleid, dessen perlenverzierter Kragen sich um meinen Hals wand.
Ich bekam keine Luft.
Ich war es nicht, und doch war ich es.

Der Leuchtturm schwankte unter dem Ansturm der Wellen, der Boden unter meinen Füßen zitterte, und ich spürte, dass ich langsam wieder zu mir kam. Für eine Weile hörte ich nichts als meine tiefen, um Ruhe bemühten Atemzüge.
»Wo warst du, Faye?«, hörte ich Myers.
»Am Hafen«, murmelte ich.
»Allein?«
Ich zögerte kurz. »Ja.«
»Du musst wieder zurück, Faye. Du hast zu früh aufgegeben. Kehr um.« Myers' Stimme war plötzlich nicht mehr sanft und schmeichelnd, sondern ungeduldig, drängend.
»Ich will nicht.«

»Doch, du willst. Sonst wirst du nie verstehen, warum du etwas Besonderes bist.«

Diesmal begann das Kribbeln in meinen Schläfen. Für einen Moment schien es, als würden mein Körper und mein Geist auseinanderdriften. Meine Gedanken pendelten schwerelos am dunklen Himmel. Ich ahnte, für die nächste Vision müsste ich ein Stück meiner Seele aufgeben. Weil die Erkenntnis einem die Träume nahm.
Ich rannte den Steg entlang auf die Tür des *New Spoon* zu. Die Holzbohlen dröhnten laut unter meinen Schritten. Über dem Geländer flatterte die bunte Lichterkette, und krachend schlug das Schild, auf das Dad mit Kreide *Frischer Hummer* geschrieben hatte, gegen die Hauswand.
Das düstere Licht ließ den leeren Raum kurz vor meinen Augen verschwimmen. Dann wurde mein Blick klar, und ich saugte jedes vertraute Detail ein: die von der Holzdecke herabhängenden bunten Flaggen; den grässlichen, staubigen Totempfahl am Durchgang zur Terrasse; die Reihen an Spirituosen auf den Regalen.
Der Fernseher flimmerte lautlos, die Tür zur Küche schwang leise hin und her.
»Dad?«
Da fuhr ein heftiger Windstoß durch die geöffnete Tür, riss an meinen Haaren, und wie aus dem Nichts prasselte ein plötzlicher Regen auf das Dach. Der Boden unter meinen nackten Füßen fühlte sich eisig an, und ich fröstelte in dem dünnen weißen Kleid.
Dad kam aus der Küche geeilt, rannte zur Tür und verrie-

gelte sie, während er leise vor sich hin fluchte. Anschließend ging er hinter den Tresen, griff nach der Whiskeyflasche, goss sich ein Glas ein und nahm einen langen Schluck. Den Rücken mir zugewandt, starrte er auf den Fernseher, wo die Spieler der Red Sox gerade eine Glückssträhne feierten.

Dann schaltete er den Fernseher aus, griff nach seinem Handy und wählte meine Nummer. Ich wusste einfach, dass es meine war. Einige Sekunden lauschte er, über sein Gesicht lief ein Schatten der Enttäuschung, der Sorge, und dann strich er sich durch das Haar und rief in dem Tonfall, den er für meine Mailbox reserviert hatte: »Faye, ich habe schon hundert Mal versucht, dich zu erreichen. Melde dich. Ich komme um vor Angst.«

Ein tiefer Schmerz breitete sich in mir aus, als ich erkannte, wie sehr ich ihn enttäuschte. Ich musste es wiedergutmachen. Und ich wusste auch, wie. Wäre ich damals an der Bushaltestelle nicht vor Amy weggelaufen, hätten wir miteinander reden können. Amy hätte auf dem Video eine andere Geschichte erzählt. Virginia hätte sich am Ende anders entschieden.

Ich durfte diese Chance nicht verpassen. Nicht bei Dad.

Während er nach und nach die Lichter im Raum ausschaltete, folgte ich ihm auf Schritt und Tritt. Blieb er stehen, stoppte ich ebenso. Nur zwei kurze Schritte trennten uns. Ich wollte ihn an der Schulter berühren, da drehte er sich herum.

Er schaute in meine Richtung, doch er schien mich nicht zu sehen.

Dad, ich bin hier. Direkt vor dir.

Meine ausgestreckten Hände suchten nach einem Halt, aber da war nichts. Da war nur Leere. Mein Arm fiel herab, und die Knie drohten mir wegzusacken.
Dad wischte sich die Haare aus dem Gesicht, dann machte er zwei Schritte auf mich zu. Und ging einfach durch mich hindurch.

EPILOG

Ich schwebte durch die Risse in der Wand und tauchte in die schweigende Dunkelheit.

Es war weder Nacht, noch war es Tag.

Ich war an keinem Ort.

Ich war in der Welt der Toten.

Ich würde nie wieder mit Dad sprechen können. Er würde im Traum nach mir rufen, und ich würde ihm antworten, aber er würde nichts hören. Wir würden uns nie wiederfinden, sosehr wir auch nacheinander suchten.

Ich würde nie erfahren, wie es sich anfühlte, wenn Luke mich küsste. Seine Lippen würden meine nie berühren. Mir war nicht einmal Zeit geblieben, zu erfahren, wie es möglich war, dass ich mich überhaupt danach sehnte.

Wenn ich nur noch ein Geist war, würde ich Josh nicht mehr sagen können, wie sehr ich ihn liebte und dass es mir leidtat.

Aber das Schlimmste war, ich würde Lucy nie finden. Ich könnte Liam und Danny nicht retten.

Nein, ich war nicht bereit, zu gehen.

Noch nicht.
Ich musste einen Weg aus dem Dunkel finden. Solange ich noch dachte und fühlte, gab es die Möglichkeit, zurückzukehren. Anders konnte es nicht sein. *Du musst zurück in den Leuchtturm. Dort wartet Myers auf dich.*
Ich sah den Stadtplan von Bluehaven vor mir. In meinem Kopf lief ich die Straßen entlang. Überquerte den Parkplatz am Hafen, rannte die Main Street hoch. Dort stoppte ich.
Ein heller Schein tauchte am Horizont auf, dessen Licht sich in einem festen Rhythmus von Blitzen, die vier, fünf Sekunden andauerten, zu drehen begann.
Der Leuchtturm.
Er zeigte mir den Weg zurück.

Es erschien mir wie ein Wunder, dass ich meinen Körper wieder spürte. Meine Finger strichen über die Decke, die auf meinen Knien lag, und fast schon euphorisch nahm ich das Dröhnen in meinem Kopf wahr, das von der Musik herrührte.
Schwankend erhob ich mich, schob mich am Sessel vorbei und trat ans Fenster. Der weit ins Meer reichende Lichtstrahl leuchtete auf, erlosch wieder und erschien dann einige Meter weiter von Neuem.
Ich habe es geschafft, Dad. Ich bin zurück.
Ein ungeheures Glücksgefühl durchströmte mich.
Doch es hielt nicht lange an. Denn Fakt war: Ich hatte zwar den Weg zurück gefunden, allerdings auch die Grenze zum Tod überschritten. Wenn ich aber diese Fähigkeit, diese Gabe

besaß, Tote zu sehen – wie schon Missy, William Fuller und Liam –, dann hieß das:

Dad war der Geist gewesen, nicht ich.

Er war gestorben, nicht ich.

WOERTERBUCH

Adrenalin, *auch* **Epinephrin:** ein in den Nebennieren gebildetes und ins Blut ausgeschüttetes Stresshormon; dient dazu, den Körper in Notsituationen auf die Flucht oder den Kampf vorzubereiten, und unterstützt bei Verletzungen lebenswichtige Organe und Funktionen wie z. B. Herz und Kreislauf; in der Notfallmedizin wird Adrenalin bei Herzstillstand als Medikament zur Herz-Lungen-Wiederbelebung eingesetzt.

Absence: Form eines epileptischen Anfalls mit Bewusstseinsstörung und nachfolgender Amnesie; *siehe auch* **Anfall, epileptisch.**

AKE: *siehe* **Außerkörperliche Erfahrung.**

Amnesie: zeitliche oder inhaltliche Gedächtnisstörung aufgrund organischer oder psychologischer Ursachen.

Anamnese: Vorgeschichte einer Erkrankung nach den Angaben des Patienten; schließt frühere und in der Familie vorkommende Erkrankungen ein; wird zu Beginn einer Behandlung vom Arzt erfragt.

Anfall, epileptisch: vorübergehendes Auftreten klinischer Symptome aufgrund abnormer Aktivität im Gehirn; Symptome sind

Krampfanfälle, Bewusstlosigkeit, Schaum vor dem Mund und Zungenbiss; *siehe auch* **Epilepsie**.

Anfall, dissoziativ: siehe **Anfall, psychogen.**

Anfall, psychogen: Bezeichnung für nichtepileptischen Anfall aufgrund psychologischer Ursachen. *Symptome:* Übelkeit, Schwindel, Atemnot sowie sensorische Symptome ähnlich wie bei epileptischen Anfällen; *siehe auch* **Epilepsie, psychologisch** und **Anfall, dissoziativ**.

Antiepileptika: Arzneimittel, welche epileptische Anfälle vermindern oder deren Entstehung verhindern können.

Antidepressiva: Arzneimittel, die antriebssteigernd und stimmungshebend wirken; zur Behandlung von Depressionen, Angststörungen, Panikattacken, Antriebslosigkeit, Schlafstörungen.

Aura: unterschiedliche körperliche und psychische Empfindungen unmittelbar vor einem epileptischen Anfall wie etwa optische und akustische Wahrnehmungen, Geruchs- und Geschmackshalluzinationen.

Außerkörperliche Erfahrung, *Abk.* **AKE:** Erlebnis, bei dem sich der Betroffene nach eigenen Angaben außerhalb des eigenen Körpers befindet und sich selbst betrachten oder vom Körper entfernen kann, ohne dabei seine geistige Verbindung zum Körper zu verlieren.

Defibrillation: elektrische Stimulation des Herzens von außen, um es bei Kreislaufstillstand durch Kammerflimmern wieder in den richtigen Rhythmus zu versetzen; *Durchführung:* Platzierung von zwei Elektroden auf dem Brustkorb; sogenannter Elektroschock ohne Berührung des Patienten; *siehe auch* **Defibrillator.**

EEG: *siehe* **Elektroenzephalografie** bzw. **Elektroenzephalogramm**

Elektroenzephalografie: Messung der Aktivität des Gehirns durch Aufzeichnung der elektrischen Spannung, z. B. durch Anbringung von Elektroden auf der Kopfhaut.

Elektroenzephalogramm: grafische Darstellung der Ergebnisse der Elektroenzephalografie; *siehe auch* **Elektroenzephalografie.**

Epilepsie: im Deutschen Fallsucht oder auch Krampfleiden genannt; Bezeichnung für eine Gruppe erblicher, traumatisch bedingter oder auf organischen Schädigungen beruhender Erkrankungen; *siehe auch* **Anfall, epileptisch.**

Epilepsie, psychologisch: *siehe* **Anfall, psychogen** und **Anfall, dissoziativ**.

Halluzination: Sinnestäuschung mit Sinneswahrnehmung ohne echten äußeren Sinnesreiz, bei der Betroffene von der Realität des Wahrgenommenen überzeugt sind; *Vorkommen:* z. B. bei Schizophrenie und Psychosen, aber auch bei Migräne, Epilepsie oder als unerwünschte Nebenwirkung von Arzneimitteln.

Herzinsuffizienz: Herz(muskel)schwäche; unzureichende Funktionsleistung des Herzens bzw. Herzmuskels als Begleiterscheinung oder Folge verschiedener Herzkrankheiten.

Hirnödem: vermehrte Einlagerung von Wasser in das Gehirn; kann den Hirntod zur Folge haben.

Idiopathische Insomnie, *siehe auch* **Insomnie:** Schlafstörung, die bis in die Kindheit zurückreicht; Ursachen sind bis heute nicht eindeutig geklärt; *Folgen:* Konzentrationsschwäche, chronische Müdigkeit sowie eingeschränkte Leistungsfähigkeit.

Insomnie, auch Schlaflosigkeit: Form der Schlafstörung mit mindestens einen Monat lang anhaltenden Einschlaf- oder Durchschlafstörungen, ungenügender Schlafdauer oder Erholung und hohem Leidensdruck; *siehe auch* **Idiopathische Insomnie.**

Koma: Zustand tiefer, durch keinen äußeren Reiz zu unterbrechende Bewusstlosigkeit.

Krampfanfall siehe **Anfall, epileptischer**

Lorazepam: Arzneistoff zur Behandlung von Spannungs,-, Erregungs- und Angstzuständen; *siehe auch* **Tavor**.

Magnetresonanztomographie, *Abk.* **MRT**: ein Bildverfahren, das bei medizinischen Untersuchungen eingesetzt wird, um Anatomie und Funktion der Organe im Körper (z.B. des Herzens) darzustellen; bei einem Kardio-MRT (einem MRT des Herzens) können Ärzte z.B. sehen, ob ein Gefäß am Herzen verändert ist und ob der Herzmuskel richtig mit Blut versorgt wird; *siehe auch* **Radiologie.**

MRT: *siehe* **Magnetresonanztomographie.**

Nahtoderfahrungen, *Abk.* **NTE:** Erlebnisse am Rande des Todes; vielen Nahtoderfahrungen sind Empfindungen gemeinsam wie das Verlassen des eigenen Körpers, Begegnung mit Toten oder übernatürlichen Wesen, Rückschau auf das eigene Leben oder der Blick in einen »Tunnel«.

NTE: *siehe* **Nahtoderfahrungen**.

Paranoide Schizophrenie: häufigste Form der Schizophrenie; wesentliche Merkmale sind u. a. Wahnvorstellungen und Stimmenhören; durch abreißende oder sich einschiebende Gedanken kann die Sprache des Betroffenen unverständlich werden; die Symptome lassen sich weder auf einen Intelligenzdefekt noch auf eine organische Gehirnerkrankung zurückführen.

Psychogen: Bezeichnung für körperliche Zustände aufgrund seelischer Ursachen.

Reanimation: Wiederbelebung bei Atmungs- und Kreislaufstillstand durch Herzdruckmassage, Beatmung, ggf. **Defibrillation** und weitere Maßnahmen zur Unterstützung des Kreislaufsystems.

Schädel-Hirn-Trauma: Sammelbezeichnung für verdeckte bzw. offene Schädelverletzung mit Gehirnbeteiligung. *Komplikationen:* Hirnödem, Epilepsie, Koma.

Sertralin: Arzneistoff aus der Gruppe der Serotonin-Wiederaufnahme-Hemmer; *siehe* **Serotonin-Wiederaufnahme-Hemmer.**

Serotonin-Wiederaufnahme-Hemmer: Gruppe von Antidepressiva mit aktivitätssteigernder Wirkung; Erhöhung der Serotonin-Konzentration im Gehirn bei Depressionen, Angst- und Panikstörungen; *siehe auch* **Antidepressiva.**

Status epilepticus: andauernder epileptischer Anfall oder Wiederholungen epiletischer Anfälle; Komplikation kann zum Beispiel ein **Hirnödem** sein.

Tavor: *siehe* **Lorazepam**

Trauma: *allg.* Verletzung; psychische und körperlicher Reaktion auf ein Ereignis, bei dem das eigene Leben oder das anderer bedroht ist.

Tremor: *allg.* Zittern; unwillkürlich auftretende, weitgehend rhythmisch aufeinanderfolgende Kontraktionen von Muskeln.

Komm in die NIGHT SCHOOL!
Die Bestsellerserie in fünf Bänden

C.J. Daugherty
NIGHT SCHOOL
Du darfst keinem trauen
Band 1
ISBN 978-3-7891-3326-8

C.J. Daugherty
NIGHT SCHOOL
Denn Wahrheit musst du suchen
Band 3
ISBN 978-3-7891-3329-9

C.J. Daugherty
NIGHT SCHOOL
Und Gewissheit wirst du haben
Band 5
ISBN 978-3-7891-3337-4

Nach dem spurlosen Verschwinden ihres Bruders schicken ihre Eltern Allie auf das abgelegene Internat Cimmeria. Schon bald wird sie von Carter und Sylvain, zwei Mitschülern, umworben. Doch in der Schule gehen seltsame Dinge vor. Und mit einem Mal wird Allie des Mordes bezichtigt ...

Der SPIEGEL-Bestseller: Die atemlos spannende Story um Allie und das Geheimnis der „NIGHT SCHOOL", Thriller- und Liebesgeschichte zugleich.

Alle Bücher auch als e book
und Taschenbücher erhältlich

Oetinger

Weitere Informationen unter:
www.nightschool.de und **www.oetinger.de**

Beschossen. Inhaftiert. Gekidnappt.

Stephanie Tromly
Digby #01
ISBN 978-3-7891-4809-5
Auch als e-book

Dass man bei Digby mit allem rechnen muss, war Zoe von dem Moment an klar, als sie seine Bekanntschaft machte. Nicht klar war ihr, dass mit ihm von einer gefährlichen Situation in die nächste gerät.

Oetinger

Auch als Hörbuch. Weitere Informationen unter:
www.oetinger.de

Manor House
Strandhaus
ROUTE 166A
Motel
Sunrise
Trailer Park
Weston
High
ROUTE 166
COVE R
Elmwood
Pe
United
Church
MARINE AVE.
BATTLE AVENU
Westmill
Medical
Center
STATE STREET
Old
Cottage
SILVER
SANDS
Woodland